Dieter Wyss – Einstein rettet die Welt

Dieter Wyss

Einstein rettet die Welt

(Surreal durch Wissenschaft und Politik)

Königshausen & Neumann

Die Deutsche Bibliothek — CIP-Einheitsaufnahme

Wyss, Dieter:
Einstein rettet die Welt : (surreal durch Wissenschaft und Politik) / Dieter Wyss. – Würzburg : Königshausen und Neumann, 1994
ISBN 3-88479-924-X

Umschlag: Hummel / Homeyer, Würzburg
Druck: Verlag Königshausen & Neumann, GmbH
Gedruckt auf säurefreiem, alterungsbeständigem Papier
Bindung: Rimparer Industriebuchbinderei GmbH

Printed in Germany
ISBN 3-88479-924-X

Inhalt

Alle in dem vorliegenden Bericht vorkommenden Ereignisse und Personen sind frei erfunden. Irgendwelche Ähnlichkeiten mit realen Begebenheiten oder Personen sind als rein zufällig anzusehen.

" Wahn, Wahn, alles ist Wahn."
(Hanns Sachs nach Richard Wagner)

Das Buch gehört Katja, Björn und Alice

I. Kapitel: Schlimme Nachrichten

Wohlig ausgestreckt lag Wotan Rumpelmauser - Präsident der Universität von Pilzweiher, oberster Parlamentsabgeordneter, Träger zahlloser Titel und Ehrenämter, einziger Verwalter des roten und schwarzen Telefons, alleiniger Besitzer des Universaldetektors - auf seinem breitgepolsterten Diwan. Die untere Leibeshälfte bekleidete eine violett und rot gestreifte Pluderhose, das obere Körperteil ein zitronengelbes Bürstenhemd neuester Machart, das von nudellangen Goldhaaren gesäumt wurde, die die ehrwürdige Glatze umzirkelten, bis an Schulter und Brust reichten und von einigen weiß-grauen Strähnen durchsetzt waren. Rumpelmauser war zwar wuchtig gebaut, aber sportlich gehalten, grenzte er jedoch noch nicht an die Fünfzig und stand vor der Vollendung seiner Lebensmitte, wie an den aufgestapelten Akten zu sehen war, die sich unter der samtschweren Diwandecke hervordrängten. Er atmete ruhig und entspannt, preßte aber zwischen seinen Lippen das echt elfenbeinerne Mundstück einer Meerschaumpfeife, deren Nebelwolken er in das Zimmer stieß.

Aus den brodelnden Qualmwolken ragten Galerien aufgeschlagener Bücher hervor, vergilbende Familienfotos der Götterahnen baumelten mit Plüschquasten von der Decke herab, im Hintergrund verbargen schleppende Vorhänge das Kabinett und den Schreibtisch, das rote und schwarze Telefon, den Universaldetektor inmitten steinzeitlicher Nippesfiguren und mumifizierter Fragmente - Modernität und Tradition verbindende. Wotan selbst vereinte in seinen neudeutsch-germanischen Gesichtszügen die edle Einfalt Goethes mit dem Koboldhaften R. Wagners, Züge, die zwischen tragischer Größe und naiver Grausamkeit schillerten. Sein linkes Auge jedoch deckte eine schwarze Klappe - getreu dem einäugigen Wotan der Sage. Auf seinen Schultern saßen schläfrig mit halbgeöffneten, gelblich blitzenden Augen die beiden Raben Hugin und Mugin.

„Herein", bruddelte er durch das Wasser seiner Pfeife, als es an der Türe dreimal diskret schabte.

„Der Herr Kardinal Runzelfroh bemüht sich, den Herrn Präsidenten zu sprechen", miaute es durch eine direkt über Wotans Kopf angelegte Sprechvorrichtung.

„Wünscht er mit mir an der gleichen Pfeife zu zutschen?"

„Nein, nur ein Nuckel-Viertelstündchen, um Wichtiges zu melden!"

„Haben wir noch mehrere Pfeifennuckel zur Verfügung?"

„Jawohl, Herr Präsident, zwei wurden soeben von den Nornenschwestern entsterilisiert geliefert."

„Mit Marmelade bestrichen?"

„Jawohl, Herr Präsident."

„Und die Papalade auf ihren Tabaksgehalt geprüft?"

„Ist bereits geschehen."

„Gibt es Nachrichten von meiner Frau?"
„Mehrere Telegramme aus der Unterwelt."
„Ist die heilige Harfe gestimmt?"
„Hören Sie der Herr Präsident nicht?"
„Tristans Liebestod?"
„Mit Variationen nach Chopin. Soll ich Eminenz bitten?"
„Bitten Sie ihn, Lizzie."
Drei dumpfe Schläge erschollen an der Türe. „Zum Donnerwetter! Hauen Sie doch nicht immer mit Ihrem Schwanz an die Türe!"
„Miau, miau", war die klägliche Antwort.
Dann aber öffnete sich die Türe um einen kinderfußbreiten Spalt, ein brauner Dackel streckte schnuppernd seinen Kopf mit Dackelohren in das Zimmer, trippelte dann hinein, indem er vorsichtig einen kleinen Goldsattel balancierte, auf dem im kühnen Reitersitz der Kardinal thronte, der höchstens einen guten Mittelfinger groß war. Als der Dackel jedoch die Raben erblickte, begann er zu knurren und zog den Schwanz samt seiner Dackelperson zurück. Hugin und Mugin aber flogen auf, warfen ihm einige abgenagte Kaninchenknochen zu und verschwanden hinter dem Plüschvorhang, ihre Mittagsruhe fortzusetzen.
„Aber Eminenz, was ist mit die passiert? Du bist ja noch kleiner als wofür du dich hältst!" (Die beiden Herren kannten sich von Amtswegen seit Jahrzehnten und duzten sich.) „Leidest du an der neuen Schrumpfkrankheit, die neuerdings die Großen der Welt heimsucht, wohl von der Schicksalsschickung geschickt?" Bei diesen Worten nahm Rumpelmauser die Wasserpfeife aus dem Mund und sah den Kardinal mit eindeutigem Erstaunen an.
„Bin ich wirklich so klein - oder erscheine ich dir nur so?" piepste ein heiseres Stimmchen.
„Aber der Dackel kann dich doch jeden Augenblick verschlingen, sieh doch nur, wie ihm der Speichel aus den Lefzen tropft!"
Nein, nein, der ist antiklerikal und verdirbt sich an mir nicht den Magen. Außerdem hat er heute schon Kohlrouladen genossen!"
„Was, Kohlrouladen? Der hat wohl einen besonderen Stammbaum?"
„Nicht, wie du etwa glaubst, mein lieber Wotan; er stammt in 24. Generation von russischen Anarchisten und den Brüdern Karamasow ab, sein Urahne war Rasputin, der ihn bekanntlich mit der letzten Zarin gezeugt hat."
„Es ist ja sehr lieb von dir, daß du mir endlich dieses kleine Monster vorstellst, aber ich möchte nicht, daß er sich bei mir anarchistisch verausgabt."
Der Kardinal kletterte von seinem kleinen Thron herunter, bestieg die Aktenstöße, zog sich an Quasten und Troddeln empor und gelangte endlich auf Rumpelmausers Brustkasten.
„Mach es dir nur bequem, mein Teurer - hier, zum Beispiel auf diesem Hemdknopf!"
„Danke, zu gütig. Wie steht es mit einem Nuckelzug aus deiner köstlichen Pfeife nordgermanischer Machart?"
„Gerne, gerne - bitte, bediene dich nur, oder ist der Nuckel zu groß?"

„Nein, er paßt gerade noch." Der Kardinal bediente sich an Rumpelmausers Mundstück, zog einige bedächtige Blubberzüge und betrachtete sein Gesicht in dem spiegelnden Messingknopf, auf dem er saß.

„Oh weh, oh weh, mein lieber Präsident, meine Haare sind noch weißer, meine Nase noch spitzer, das Kinn noch dünner geworden, die Haut ist gelbrunzelig, die Zähne grau - äh, und meine Zunge! Pfui Herrgott! Ganz weiß!"

„Hast du's wieder im Magen? Schau dir doch mal meine Zunge an..." Und Rumpelmauser streckte ihm seine dicke Fleischerhundzunge entgegen, die in der Tat ganz grün war.

„Das ist ja ekelhaft! Das kommt vom jahrtausendealten Met! Steck' sie gleich wieder weg - sonst falle ich in Ohnmacht!" piepste Runzelfroh.

Rumpelmauser gehorchte, schluckte die Zunge ein, setzte drei Denkfalten auf die Goethe-Richard/Wagner-Stirn und fragte ernsthaft besorgt den kleinen Kardinal vor sich auf dem Hemdknopf: „Warum bist du so klein geworden? Sprich dich aus! Wir sind doch seit den letzten 30 Jubeljahren befreundet und haben so manches Stück trockenen Weges verspeist, nicht wahr?"

„Mein lieber Wotan! Wie recht hast du! 30 Jubeljahre in der Welt des menschlichen In-der-Welt-Seins! Könnten wir nicht eine Biographie â deux schreiben? Nach dem dialogischen Prinzip? Aber, Spaß beiseite. Die Angst um die Menschheit hat mich urplötzlich geschrumpft. Entsetzliches vernahm ich und wurde im Angesicht des Beobachteten physisch so klein, wie ich mich immer klein machte."

„Du bist nicht nur ein ärztliches, sondern auch ein klerikales Rätsel!"

„Aber es hat seine Vorteile!"

„Du meinst, daß du nun dem Papst mit deinen Meinungen geradezu in den Gehörgang schlüpfen kannst?"

„Erraten!"

„Aber wenn dich beim Hochamt ein Ministrant zertritt?"

„Unmöglich, denn ich bewege mich stets auf Rasputin. Also, laß mich zu Worte kommen, nur du, teurer Wotan, besitzt Wissen, Macht und vor allem Einfluß - vom Vermögen ganz abgesehen -, um eine ungeheuere, der Menschheit drohenden Gefahr abzuwenden, ja, sie möglicherweise zu verhindern."

„Du überschätzt mich - wie immer!"

„Du als einziger Verwalter des Universaldetektors, des roten und schwarzen Telefons, von deinem Einfluß im Parlament von Schildburga und in der Computerindustrie ganz zu schweigen, höre mir genau zu!"

„Ich höre", saugte Rumpelmauser an seiner Wasserpfeife.

„Aufgrund übler Gerüchte hatte ich mich im Versuchskabinett unseres Nobelpreisträgers für Physik versteckt, um mich selber von den Vorgängen dort zu überzeugen."

„Im quantenspiritistischen Vestibül?"

„Ja, ja, ganz recht. Die verstorbenen Nobelpreisträger, wie Einstein, Heisenberg, Bohr und Schrödinger waren ebenfalls anwesend."

„Ach, das möcht' ich doch auch einmal erleben."

„Es ist alles strengstens abgeschirmt. Ich bin nur mit Hilfe der Sekretärin, meines Beichtkindes, eingedrungen."

Es folgten einige Momente andächtiger Stille, durchpulst nur vom leisen Gurgeln der Wasserpfeifen.

„Stell' dir vor", piepste Eminenz mit zunehmend heiser werdender Stimme, „der verstorbene Oppenheim, du weißt doch..."

„Ja, ja, der Erfinder der Atombombe!"

„Eben der. Ein ganz großer Zyniker. Er holte ein Gedicht aus der linken Astraltasche - ein widerwärtiges Produkt von Kästner..."

„Das mit den Menschen, die alle in die Toilette fallen sollen - die Erde dann am schönsten wäre..."

„Du bist ein Gedankenleser, Rumpelmauser, genau das war es. Du bist ebenso belesen, daß du alles, was gesagt wurde und noch gesagt werden wird, schon gelesen hast!"

„Ja, so ist es. Durch meinen Universaldetektor bin ich unmittelbar mit der platonischen Anagnosis verbunden. Die Vergangenheit steht mir zur Verfügung, aber die Zukunft konnten mir meine lieben Nornen noch nicht in den Detektor programmieren", erklärte Rumpelmauser nicht ohne narzißtische Selbstbetätschelung, die er mit kleinen Schlägen seiner Rechten auf den Bauch ausführte, dabei den Kardinal auf dem Hemdknopf erheblich ins Schwanken brachte.

„Ruhig, ruhig, mein teurer Wotan, sonst versinke ich in einer deiner Hemdfalten."

„Hahaha! Dann werde ich ja noch heilig gesprochen!"

„Ungetauft hast du keine Chance. Lasse deine gotteslästerlichen Reden! Also, nachdem Oppenheim dieses Gedicht vorgelesen hatte, protestierten Einstein und Bohr natürlich, aber die jüngere Generation des Nobelpreisträgers lachte nur und erklärte: Jetzt her mit dem Antigraviton!"

„Wie, was? Habe ich dich recht verstanden? Das Antigraviton?" Wotan ließ die Wasserpfeife aus dem Mund fallen und setzte sich erschrocken auf.

„Jawohl, das Antigraviton", flüsterte der Kardinal, der gerade von dem Knopf noch auf Wotans Schenkel gehüpft war.

„Das wäre in der Tat eine Katastrophe!" äußerte sich Wotan bedächtig.

„Dann hast du vollständig verstanden, was uns und der Menschheit bevorsteht - und warum ich so klein geworden bin."

„Nach diesen Andeutungen des Kardinals folgte eine dialogische Bedenkpause, die sich schweigsam von Wasserblase zu Wasserblase hinzog. Lediglich der Dackel Rasputin verriet zunehmend schnappende Unruhe und begann sogar an der Türe zu kratzen. Er wurde aber an weiteren Unternehmungen durch das unvorhergesehene Heranhüpfen von Hugin und Mugin gehindert, die nach ihrer Mittagsruhe auf den Diwan flatterten und ein kleines Ständchen zu krächzen begannen, wobei sie artig und abwechselnd die eine und die andere ihrer rotgelben Krallen anhoben. In ihrer kaum als Gesang zu bezeichnenden Darbietung folgten sie der berühmten Melodie der Kartenspiel-Arie aus Bizets „Carmen":

„Ja, ja, paß mal auf!
Ja, ja, ja, paß mal auf!
Das Antigraviton!
Nimmt die Welt einen bösen Lauf!
Nimmt die Welt einen bösen Lauf!
Die, die, die, die
Po- Po- Po- Po-
Posaune tönet schon!
Es naht, es naht der Jüngste Tag,
es rette sich, wer's noch vermag!"

Nach diesem Intermezzo, das Rasputin leicht außer Fassung gebracht und ihn mit Demutsgebärde auf den Teppich gezwungen hatte, klatschten Wotan und der Kardinal Beifall, und die beiden Raben zogen sich nach geziemender Verbeugung wieder hinter den Vorhang zurück.

„Wer ist denn schon über diese umwälzende Entdeckung informiert?" nahm Wotan das Gespräch wieder auf.

„Das Komitee besteht aus drei Physikern und eben den Materialisierten, letztere sind aber ungefährlich. Bis jetzt zähle ich nur zu den Mitwissern. Die drei Physiker - es waren der Nobelpreisträger Professor X und seine beiden Assistenten - schworen einen Rütlischwur der Geheimhaltung, den zu brechen mit dem Tode bestraft werden sollte. Ich war glücklicherweise vor Schreck schon so klein geschrumpft, daß ich nicht entdeckt wurde. Nun weißt du es noch, teurer Wotan. Die drei Physiker versprechen sich natürlich die Weltherrschaft."

„In diesem Augenblick wurde das Gespräch durch das Auftreten der Hausmädchenkatze Lizzie unterbrochen, die nach kurzem Anklopfen in das Zimmer trat und ein Fax in den Pfoten schwang. Lizzie ging auf ihren Hinterbeinen, trug ein weißes Schürzchen um den Bauch, einen rosafarbenen Büstenhalter und war eine übergroße, grauweiß-gestreifte Katze.

„Von der gnädigen Frau", miaute sie und präsentierte ein Fax, in Sprache und Ausdruck mehr Menschliches als Katziges verratend. „Mein Gott, was ist denn aus Ihnen geworden, Eminenz, Sie sind ja kaum noch zu erkennen! Ich könnte Sie ja mit einem Happs verschlingen", bestaunte sie den Kardinal.

„Nein, nein, mein teures Fräulein", rief der Kardinal aus und hob schützend seine beiden Arme, während der Dackel sein drohendes Knurren vernehmen ließ.

„Ein Fax von meiner lieben Frau?" Rumpelmauser las laut vor: „Ich erwarte dich und den Kardinal im Musikzimmer zu Tristans Liebestod." Er wandte sich an Lizzie und bat sie, seiner Frau auszurichten, daß er und der Kardinal gerade in einer wichtigen Besprechung seien, einer Besprechung, von der die Zukunft der Menschheit abhinge. Sie würden aber in zehn Minuten in das Musikzimmer kommen.

„Als Katze interessiert mich die Zukunft der Menschheit nicht", maunzte Lizzie, die schon wieder hungrig nach dem Kardinal blickte. Er sah einer Spitzmaus wirklich zu ähnlich! Aber der Respekt vor dem roten Hut ließ sie doch die Türe rasch öffnen und entschwinden.

Dann holte Rumpelmauser den Universaldetektor hinter den Plüschvorhängen hervor, stellte ihn auf den Couchtisch vor dem Diwan und betätigte einige Knöpfe, nachdem er den Kardinal vorsichtig auf ein Kissen gesetzt hatte. Der Universaldetektor unterschied sich in nichts von einem Fernsehapparat, außer daß am oberen Rand geheimnisvoll eine germanische Ruhne nach Einschaltung aufblitzte. Er konnte jedes vergangene und gegenwärtige Weltereignis vermitteln und war als einiges Monomoniton von IBM hergestellt worden.

II. Kapitel: Einstein wird erpreßt

„Wir wollen einen Blick in das quantenspiritistische Vestibül unseres Nobelpreisträgers werfen, denn gewiß hat unser Universaldetektor alles gespeichert", sagte Wotan zu seinem Gast. Der Monitor leuchtete auf, und der Blick fiel auf einen kleinen Stahltisch, um den drei Herren mittleren Alters saßen. Sie waren unauffällig mit Sakko, weißem Hemd und Schlips bekleidet, die Haare waren gescheitelt und kurz geschnitten, alle drei trugen Brillen auf den offenbar vom angestrengten Nachdenken leicht geröteten Nasen. Es waren Gesichter, die weder einen besonderen Intelligenzgrad verrieten noch irgendwie auffallende Charaktereigenschaften, noch wirkten sie gar wie Persönlichkeiten von Rang, - sondern es waren Gesichter, die im Supermarkt ebenso auftauchen konnten wie in einem Parkhaus: sie waren schlechthin von der modernen Anonymität geprägt. Bei näherem Zusehen zeichneten sich jedoch die miteinander verschlungenen Hände der drei Herren ab, über die ihre Köpfe schwebend-erstarrt nachzudenken schienen. Das Vestibül selbst war erheblich abgedunkelt und schwer in seinen Einzelheiten erkennbar. Eine an der Decke angebrachte Birne verstrahlte ein eher bläuliches Licht, das die drei reglos sitzenden Gestalten mondhaft beschattete, aber eigentlich nicht beleuchtete.

Der ganz und gar profillose Herr in der Tischmitte gab flüsternd Befehle: „Klaus, bitte die Katode mit C 6 radioaktiv zu galvanisieren."

Das bläuliche Licht zuckte kurz auf und wurde noch schwächer. „Ich verfüge nicht mehr über ausreichend Fermionen und Bosionen", raunte der links von dem Profillosen Sitzende.

„Dann quanteln Sie doch noch welche! Es schwirren genügend Photonen im Raum!" Das Licht wurde heller und kälter. „Und Sie, Wilhelm?" fuhr nicht ohne schneide Kälte der Profillose wieder den links von ihm Sitzenden an.

Es melden sich immer Kaiser Wilhelm und andere Hohenzollern-Vorfahren."

„Aber nicht doch. Sie haben sich über dieses Problem neulich lange genug mit Freud unterhalten."

„Ja, schon recht, aber da kam mir immer seine Tochter, die Anna, dazwischen und wollte mir den Mund verbieten."

„Das Neutrino ist zerfallen!" flüsterte Klaus, der rechts von dem Profillosen saß..

„Läßt sich die Interferenz der Quantensprünge schätzen?" fragte der Profillose, der offenbar der berühmte Nobelpreisträger Professor X war.

„Ja, sie beträgt zirkulär 500 000 mal Wurzel aus minus des Logarithmus 857293," erwiderte Klaus.

„Ah! Das ist ja die Einstein-Welle!"

„Jeden Augenblick. Aber wir benötigen heute auch Niels Bohr."

„Den haben wir schon im Computer. Wie steht es bei dir, Wilhelm?"

„Ich habe eben den Kaiser zu Freud in Analyse geschickt. Er will versuchen, den dritten Weltkrieg zu verhindern."

„Einstein und Bohr sind nur noch zwei Unsicherheitsrelationen mal Pi x 55 entfernt."

Dann durchbrach Wilhelm das Flüstern und rief: „Wir haben sie! Schnell die Hochfrequenzspannung einschalten!"

„Den Atomgalvanisator und das große Magnetoskop zweimal Log. Alpha DX aufladen", befahl der Profillose. Das bläulich schimmernde Licht wich einer dunkelroten Beleuchtung, die aus allen Wänden zu strahlen begann. Die drei Herren waren aufgesprungen und bedienten eine gewaltige Computerschaltanlage mit der neuesten Hindenburgskala. Ein monotones Summen in tiefster Stimmlage erfüllte jetzt den Raum. Die Wand im Rücken der drei Herren teilte sich, zwei kopfgroße Glaskugeln wurden sichtbar, die in einem Abstand von vielleicht einem halben Meter blauweiße, laut prasselnde Funken sprühten.

„Hallo, hallo, wir sind da!" rief der Profillose von der Tischmitte, und plötzlich fiel aus dem trommelnden Blitzfeuer eine zerzauste Haarperücke, eine zerknitterte Jacke, eine Hose, eine Brille, dann erschien eine leicht gekrümmte Nase, um die sich Brille und Augen schlossen, eine Stirne bildete sich aus Qualm und Wolken, die Perücke fiel auf das inzwischen sich rundende Haupt, Mund, Hals und Krawatte entstanden buchstäblich aus dem Nichts. Anzugteile fügten sich zusammen, von links oben aus dem Raum schwebte ein Regenschirm gravitätisch auf die geöffnete Hand, Schuhe schnellten an nicht mehr ganz saubere Socken: Einstein stand im Raum. Die drei noch sitzenden Herren sprangen auf und verbeugten sich tief vor dem Begründer der Relativitätstheorie: „Herr Professor, die Ehre ist groß!" riefen sie wie aus einem allerdings mit zahlreichen Plomben dekorierten Mund.

„Meine Herren", redete der aus dem Jenseits zusammengestückte Einstein die drei Physiker an. „Meine Herren, ich verbitte mir Ihre Dreistigkeit, in der

Anwendung des Bell-Theorems und der Überspringung des zweiten Thermodynamischen Satzes mich in meiner gedankenschweren Ruhe zu stören."

„Es ist Ihnen bekannt", erklärte der Nobelpreisträger Professor X, „daß wir das Antigraviton entdeckt, experimentell verifiziert haben und es in Kürze in die Praxis einführen wollen. Zu diesem letzten Zweck benötigen wir noch von Ihnen die Umwandlungsformel der bekannten zwölfstelligen Imaginärzahl VWGTX. Wir werden Sie nicht eher aus Ihrer Position hier entlassen, bis Sie uns diese mitgeteilt haben."

„Aber das ist ja Erpressung! Unglaubliche Erpressung! Zu Hilfe! Wissenschaftler aller Länder vereinigt euch, um Einstein zu retten!"

„Sie wissen, Herr Professor, daß wir dank des von uns in die Praxis umgesetzten Bell-Theorems, des akausalen Zusammenhangs unendlich entfernter Teilchen mit anderen unendlich entfernten Teilchen Sie in eine äußerst unangenehme Situation bringen können?"

„Ich gebe zu, daß Niels Bohr recht hatte. Gott würfelt. Zufall und Wahrscheinlichkeit beherrschen das Universum, und die von Ihnen quantenmechanisch erwiesene Materialisierung von Verstorbenen hat die Annahme widerlegt, daß die Lichtgeschwindigkeit die höchste ist. Damit bin ich leider zu mir selbst in ein absolut relatives Verhältnis versetzt worden", beklagte sich Einstein.

„Das wir noch zusätzlich relativieren können, wenn wir unseren Quanten-Sprüheffekt auf Sie einschalten. - Los, Klaus", wandte sich der Chef-Physiker an seinen jüngeren Mitarbeiter. „Computerstellung Gamma-Mikro X Quadrat einschalten, auf D Porno B 2 transformieren."

Ein in Myriaden Funken stiebender, knisternd-sausender Regen von blaugrünen Blitzen umsprühte Einstein, der, wie angekettet, sich hilflos krümmte. „Schurken, Mörder, befreit mich sofort! Ich werde diese Behandlung an höchster Stelle melden!"

Lachend erwiderten ihm die drei Physiker: „Es gibt keine höhere Stelle, es gibt nur Würfel!" Wilhelm aber wies auf den gemarterten Einstein: „Da kommt er, der zweite Kopf wächst ihm schon aus der rechten Schulter... Da, der dritte links... Hahaha!"

„Was ist mit mir, was ist mit mir?" klagte das wohl größte Genie, das die Welt je besucht hatte. „Was ist mit mir, ich denke ja gleichzeitig an verschiedenen Orten das Gleiche und an gleichen Orten das Verschiedene, - als ob ich mehrere Köpfe hätte... Zu Hilfe!"

„Sehen Sie Ihr Spiegelbild an, Herr Professor, Sie sind die Verkörperung jetzt der speziellen Relativitätstheorie!" Und Klaus hielt ihm einen kleinen Rasierspiegel hin.

„Aber der Spiegel ist ja noch von meinem Vater! Ich erkenne ihn wieder!" rief Einsteins rechter Kopf, während der linke sich schüttelte. „Nein, Albert, der ist nicht von deinem Vater, sondern von meinem!" „Was heißt hier Albert", so fragte der mittlere Kopf, „du oder ich? Wir alle heißen doch Albert und sind nur zueinander relativ auf die absolute Mitte bezogen."

Der mittlere Kopf schloß die Augen. „Meine Herren, ich glaube an eine letzte Gerechtigkeit, und alles Unrecht rächt sich auf Erden", rief Einstein stoisch aus.

„Ha, ha, ha! Er glaubt an die ewige Gerechtigkeit! Hat sich jemals das Los Ihrer ermordeten Stammesbrüder gerächt? Im Gegenteil! Wir sind wieder Weltmacht! Geben Sie uns die Umwandlungsformel, und wir lassen Sie in Ihre Welt mit Überlichtgeschwindigkeit zurückkehren."

Es entstand ein nicht wiederzugebender Streit zwischen den Köpfen Einstein A, Einstein B und Einstein C. Die Köpfe gifteten sich unter dem knisternd-prasselnden Blitzregen an, widersprachen sich, zankten sich, die Hände - allerdings nicht verdreifacht - huschten in die Brillen und in die Haarmähnen - die Augen begannen verzweifelte Tränen zu vergießen: „Du kannst sie ihnen nicht verraten, sie werden die Welt mit dem Antigraviton zugrunde richten. Sieh' dir diese neue Generation Physiker an!" - „Doch, doch, wir müssen es ihnen sagen. Soll ich bis an das Ende meines Tot-Seins in dieser elektrischen Polterhölle verbleiben?" So zankte der eine Kopf mit dem anderen, bis der mittlere wieder beiden befahl: „Seid Märtyrer wie Galilei, Kepler, Newton und Friederike Kempner!" - „Wie? Friederike Kempner? Das war doch kein Physiker!" - „Nein, entschuldige bitte, die Sprache ist mir durcheinandergeraten. Ich will überhaupt kein Märtyrer sein. Mein ganzes Leben war schon ein Martyrium. Lassen Sie mich bei Niels Bohr in Kopenhagen aussteigen!"

„Herr Professor, wir können Ihnen noch drei weitere Köpfe anquanteln! Weitere fünf können Sie als Satelliten umkreisen!" blies der profillose Physiker den leidenden Genius an.

„Ich werde Ihnen die Formel aufschreiben, aber sie nicht aussprechen", sagte der mittlere Kopf. „Du wirst es nicht!" keifte der linke. - „Bleiben wir Märtyrer der Wahrheit", rief der rechte. Aber Albert der Mittlere setzte sich unter Zuhilfenahme seiner Arme und Hände durch, hielt die beiden anderen Köpfe fest und legte ihnen je eine Hand auf den Mund.

„Sind Sie bereit, Herr Professor?" fragte der Profillose. Der mittlere Albert-Einstein-Kopf nickte, während der rechte und linke sich durch Beißen der Hände zu befreien suchte. Kaum hatte jedoch Einstein der Mittlere sein bejahendes Nicken signalisiert, erlosch das blendende Blitzgeknatter und -geprassel, die beiden Köpfe schnurrten im mittleren zusammen, Einstein trat aus der Blitzaura in das Halbdunkel des Kabinetts. Aus der Luft schwirrten Gänsekiel und Tintenfaß herab, landeten im Gleitflug auf der Tischplatte, an den Tisch selbst setzte sich Einstein (wieder einköpfig) und griff nach dem Schreibinstrument. „Papier?" fragte er dumpf.

„Hier, hier, Herr Professor", damit schob ihm Wilhelm eilfertig einen Bogen Papier hin.

„Ich habe die zwölfstellige Imaginärzahl nicht vollständig im Kopf. Mein Gedächtnis hat offenbar in der Ewigkeit etwas gelitten", murmelte Einstein. Sie müssen mir Zeit zum Ableiten derselben geben."

„Wieviel Minuten benötigen Sie?" fragte jetzt der Profillose.

„Wieviel, - aber Sie wissen doch, daß die Zeit eine Dimension des Raumes ist, das ist doch die Grundlage meiner ganzen Theorie. Es gibt keine Zeit mehr, sondern nur wechselnde Felder der Schwerkraft, des Gravitons. Also fragen Sie mich nicht nach Zeit, sondern nach meinem individuellen Einstein-Schwerkraftfeld!"

„Dann müssen wir Sie leider einer verschärften Tortur unterziehen, wenn Sie sich mit Hilfe Ihrer Theorie den Realitäten entziehen wollen", drohte Professor X.

In diesem erneut kritischen Augenblick erschien in einer Vorhangspalte des Vestibüls, in der Höhe von Einsteins Kopf derjenige von Niels Bohr. Wachsweiß, mit geschlossenen Augen war er von einer Totenmaske nicht zu unterscheiden. „Albert", flüsterte er. Einstein schreckte auf und erkannte seinen alten Freund Niels. „Mein lieber Niels, wir haben uns lange nicht gesehen. Miß doch einmal deine individuelle Ewigkeit aus!"

„Sehr lange, mein lieber Alter, bis alles wieder zurückkommt. Das weißt du doch besser als ich!" hauchte Bohr.

„Ja, ja, du hast recht. Die Kopenhagener Konvention hat mir gegenüber recht behalten, Gott würfelt. Die Wahrscheinlichkeiten werden immer komplexer, und wir sind vom Chaos umgeben."

„Ich habe nur einen kurzen Landurlaub vom Allerhöchsten bekommen. Gib den Kerlen dort die dreifache Potenz deiner imaginären Zahl, die du aus der Wurzel des Integrals der Quadratgleichung von X hoch 11 erhältst."

„Danke dir, mein Lieber, danke dir!" rief Einstein erleichtert aus, blickte zu Niels Bohr hin, dessen Maske aber schon enthaucht war.

„Nun, Herr Professor, ...wird es bald?" schnauzte der Profillose den würdigen Greis an, mit den Fingern den Radetzkymarsch trommelnd.

„Nur Ruhe, - es wird, es wird ..." Und nach wenigen Sekunden stand schon das Resultat der von Niels Bohr eingegebenen Formel auf dem Papier.

„Meine Herren", erklärte Einstein, der sich jetzt erhob. „Ihre Entdeckung des Antigravitons bestätigt nicht nur meine Theorie, es widerlegt sie leider auch, insofern Sie den Beweis erbracht haben, daß dieses Partikel mit seiner zehnfach erhöhten Lichtgeschwindigkeit sowohl die Forderung der hidden veriables wie die des Bell-Theorems erfüllt. Alles hängt mit allem zusammen, alles ereignet sich gleichzeitig, hat sich gleichzeitig ereignet und wird sich gleichzeitig ereignen. Zeit ist eine Fiktion des Bewußtseins, es gibt keine Zeit, und das wiederum stimmt mit meiner speziellen Relativitätstheorie überein. Die Entdeckung des Antigravitons kann für die Menschheit nur die schlimmsten Folgen haben, wenn es in die falschen Hände gerät und nach Art eines Laserstrahls verwendet wird. Das ist mit einer Taschenapparatur möglich und scheint mir Ihre wahre Absicht zu sein."

Mit den letzten Sätzen begann sich die Gestalt Einsteins, der sich während einer kurzen Ansprache erhoben hatte, nebelhaft aufzulösen. Die Konturen verschwanden in einem unbekannt-dunklen Hintergrund, er löste sich buchstäblich von der Körperperipherie her auf. Nur seine beiden dunklen Augen samt der goldgeränderten Brille schwebten noch im Raum. „Los, verschwinde!"

riefen die drei Physiker wie aus einem Munde. Aber die Augen wandten sich jedem einzelnen zu, blickten ihn durchdringend an und schlossen dann die Wimpern. „Häng' die Augen und die Brille an den Kleiderhaken - hier, holt sie herunter!" Aber vergeblich versuchte der Profillose Brille und Augen zu greifen, sie entglitten seinen einhackenden Fingern immer wieder, auch als er auf den Stuhl, dann auf den Tisch stieg... sie zogen sich bis an die äußerste Decke zurück. Dort öffneten sich die Wimpern wieder, und die Augen blickten drohend auf die drei Physiker herab. „Stellt den Hochfrequenzkondensator ein!" befahl der Profillose. „Wir werden doch mit diesen Dingern noch fertig werden!" Aber auch das in das Totenreich hineinwirkende Prasseln und wieder einsetzenden Blitzen der umgekehrt transformierten Elektronen ließ die Augen und die Brille unberührt. Unentwegt blickte Einstein herab, und selbst den Profillosen überkam ein leichtes Frösteln. Dieses Frösteln jedoch durchschnitt ein jäher Schmerz, denn über den Tisch rief Wilhelm mit heiserer Stimme: „Unser Geheimnis ist in Gefahr! Der Kardinal ist unter uns, wir werden in Wotans Detektor beobachtet!"

„Mit dem Antigraviton und dem Universaldetektor sind wir allmächtig", entgegnete nach kurzer Überlegung Professor X. „Wir werden die beiden wie Probekaninchen für unser Antigraviton in die Luft entschweben lassen. Aber zuerst müssen wir uns noch den Detektor organisieren - dann ist die Macht und die Erde unser! Kommt, Klaus und Wilhelm, zukünftige Nobelpreisträger, laßt uns einen heiligen Eid des Zusammenhaltens durch alle Photonenkrümmungen und Quarksplitter schwören. Ein Rütlischwur, der den der Eidgenossen verblassen läßt!" Mit erneutem Funkengestiebe materialisierten sich drei Zweihänder-Schwerter aus dem 14. Jahrhundert, die über dem Tisch in schwebender Stellung verharrten. Der Profillose, Klaus und Wilhelm legten jeder seine Hand auf die überkreuzten, noch blutrostigen echten Schweizer Klingen und sprachen gemeinsam mit dem Profillosen folgenden Eid: „Bei der Aufhebung des Gesetzes der Energiekonstanz schwören wir, nie durch Raten zu verraten, sondern halten und walten, bis uns die Erde in den Schoß fällt!" Donner und Blitz folgten, aber Einsteins Augen dort oben an der Decke funkelten wieder auf, und ein ungeheuerer Wolkenbruch ergoß sich in das Kabinett. „Nach mir die Sintflut!" sprach Ludwig XVI. in fließendem Französisch, der plötzlich mit wallender Perücke, seidig funkelndem Purpur-Oberkleid, mattgrünen Pumphosen, zierlichen schwarzen Stiefelchen im Kabinett auf dem Tisch stand, eine kleine Miniatur-Guillotine in der Hand. „Den Kerl haben uns Rumpelmauser und der Kardinal geschickt. Beim dreifachen Rütlischwur: Uns ist die Rache! Nieder mit den beiden Menschheitswohltätern!"

III. Kapitel: Die Nebelfahrt des Kardinals

„Mein teurer Kardinal, Sie haben wirklich recht. Diese drei sind entschlossen, den Universaldetektor zu rauben und damit die Macht über den gesamten Erdball an sich zu reißen und alle in die Luft zu schicken, die Ihnen nicht passen. Es wird Ihnen ein Leichtes sein, wenn wir unsererseits uns nicht mit allen uns zur Verfügung stehenden Mitteln entgegenstellen." Rumpelmauser hatte sich unter Beobachtung der gesamten Einstein-Beschwörung neben einen Computertomogrammschirm (CQS) auf den Diwan gesetzt, die Wasserpfeife auf das Becken gestellt und aufmerksam die Vorgänge verfolgt - soweit ihm dies mit einem Auge möglich war. Der Kardinal, von seinem Kissen scheu, ängstlich und in hohem Maße beunruhigt, fragte spitz: „Nun, habe ich es dir nicht gesagt?"

„Ja, du hast recht. Wir sind alle verloren, wenn wir uns nicht rechtzeitig wehren", erwiderte sorgenvoll Wotan.

Lizzie hatte während der Vorführung der Geschehnisse im Monitor das Zimmer verlassen müssen, kehrte aber jetzt nach mehrfachem Anklopfen wieder zurück: „Meine Herren, die gnädige Frau hat ihre Harfe gestimmt und erwartet Sie dringend im Musikzimmer."

„Wir müssen uns beeilen, Runzelfroh."

„Aber warum faxt sie dir denn? Warum kommt sie nicht an deine Türe oder spricht mit dir hier durch die Wand?"

Denn Lizzie hatte dem Präsidenten schon wieder ein Fax präsentiert. Dieser erklärte: „Das, mein lieber Runzelfroh, verhält sich bei meiner Frau so: Sie erzeugt schöpferische Gedankenblitze. Diese entstehen, wenn sie Harfe spielt und Wagner singt, bevorzugt den Tristan. Um die Geistesblitze nicht zu verlieren und sie mir dank unserer engen Verbindung rechtzeitig mitzuteilen, gibt sie sie über unsere Hausfaxaufnahme weiter."

„Das ist aber doch eine echte Partnerschaft, mein lieber Wotan. Wo treffen wir Beziehungen dieser Art in der Ehe noch an? Aber hast Du nicht vorhin auch über die Häufigkeit der Tristanvorführungen - so schien es mir - geklagt?" fragte der Kardinal.

„Wir klagen doch nur aus Gewohnheit, und wenn wir nicht über das Wetter klagen können, dann über Tristan. Nicht, mein Lieber? - Nun, Lizzie", wandte sich Rumpelmauser an die Hauskatze, „bringen Sie mir meinen Kimono, daß wir uns in aller Ruhe zu Maya begeben können, um sie über den drohenden Weltuntergang zu informieren."

Lizzie gehorchte, verschwand hinter den Vorhängen, aus denen heftig kläffend Rasputin hervorsauste. „Ave, Rasputin, morituri te salutant", kommentierte Wotan das aufgescheuchte Wirbeln des Nachkömmlings russischer Alt-Terroristen, der mit einem Satz auf dem Diwan neben den Kardinal gesprungen war.

Inzwischen war Lizzie mit einem funkelnden, rot-weiß geblümten und goldbestickten seidenen Kimono an Wotan herangetreten und half ihm, diesen anzuziehen. gleichzeitig führte sie mit ihrem weißen Schwanz verführerische Schlangenbewegungen vor seinen Augen aus.

„Was für ein herrliches Stück!“ begeisterte sich der Kardinal an dem Kimono, und auch der Dackel blickte schon wieder mehr überrascht als erschrocken zu dem weiß-rot-goldenen Umhang. „Den hat mir der berühmte Zen-Meister Au-Wei im 12. Jahrhundert verehrt. Er war Abt im berührten Harakiri-Kloster bei Hiroshima, dessen tragisches Ende auch den Amerikanern zur Last fällt“, erklärte Wotan mit ausladender Geste, sein intaktes Auge zusammenkneifend.

„Wie alles Übel in der Welt, so sollte man meinen, von den Amerikanern stammt und nicht mehr vom Teufel“, kommentierte der Zwerg-Kardinal melancholisch, während Rasputin dreimal bellend zustimmte.

„Richtig, aber was wären wir ohne unseren Universaldetektor von IBM? Bist du, Runzelfroh, etwa auch ein antiamerikanischer Stimmungsopportunist geworden? Das wäre mir ganz neu!“ meinte Wotan, der jetzt in seinem herrlichen Kimono, in der ganzen Größe seiner archaischen Figur, vor dem Diwan stand.

„Nein, du weißt doch, ich mit meiner tausendjährigen römischen Vorfahren-Reihe bin überkonservativ und antiprogressiv-humanitär!“

„Sind Sie endlich soweit?“ maunzte Lizzie. „Sonst bekommen Sie wieder ein Fax!“ Aber Rumpelmauser war schon startbereit, der Kardinal bestieg Rasputin, Lizzie öffnete mit einem kleinen Knicks die Türe, und ein modern eingerichtetes, chrom-weißledernes Nebenzimmer empfing sie, dem ebenso viele, ja unendlich viele folgten, - wie es jetzt dem verdutzt daherreitenden Kardinal erschien. Wechselnd lila, schwarz-rot-golden gepolsterte Chromgarnituren reihten sich wie Glieder einer Kette aneinander. Die Wände jedes Zimmers waren mit verschiedensten Bildern in herrlichsten, leuchtenden Farben dekoriert, auf denen Landschaften, Figuren, Städte auftauchten, die aber jedesmal, wenn der Kardinal genauer hinschaute, sich in weißen Dunst auflösten. Unter diesem Eindruck, den er sich nicht erklären konnte, wurde er zunehmend schläfriger, - ja, war das nicht das Porträt seiner Mutter? Dort das Haus seiner Kindheit, hier das Seminargebäude in Rom, - aber schon waren die Bilder wieder verschwunden. „Was ist das denn, Wotan, was bedeutet das, war für ein Haus bewohnst du, das ist ja endlos! Mir wird ganz unheimlich!“ rief der Kardinal aus.

„Faß doch einmal eine Wand an“, forderte ihn Rumpelmauser auf.

Der Kardinal ließ Rasputin an ein modernistisch gesprenkeltes Bild herantrippeln und befühlte die Tapete. Aber im Betasten selbst merkte er, daß die Wand sich auflöste, er wie in Watte, dann in Nebel faßte, der ihn sogleich rauchdicht umschloß. „Zu Hilfe, Wotan, wo bin ich? Alles ist dunkel um mich, ich bin im Nebel verfangen.“ Ängstlich sich an den edlen Anarchisten-Abkömmling klammernd, wußte er nicht mehr ein noch aus, wußte nicht mehr, wo vorwärts oder rückwärts waren. „Zu Hilfe, zu Hilfe, Rumpelmauser, ich bin völlig im Nebel verloren!“ Ganz aus der Ferne tönte Rumpelmausers Stimme:

„Nimm dein Nebelhorn zu Hilfe, tute!" Runzelfroh griff in seine linke Tasche und holte ein zierlich vergoldetes Blasinstrument hervor, setzte es an die schon gespitzten Lippen und blies einige Sekunden lang anhaltende Tönchen. Es wurde jedoch immer dunkler vor ihm, und Rasputin begann unruhig seine Vorderpfoten hin und her zu bewegen, als ob er ein kleines Schiff im hohen Meere wäre. „Tute lauter, lauter!" hörte der Kardinal die Stimme des Präsidenten wie aus weitester Ferne. Er blies erneut in das Nebelhörnchen - ohne daß jedoch der Nebel sich lichtete. Mit zunehmend angsterfülltem Staunen bemerkte er, daß Rasputin sich nicht nur hin und her wiegte, sondern aus seinen Ohren jeweils eine rot und grün leuchtende Lampe herauswuchs, die Schnauze zum Schiffsschnabel sich verdünnte und nach oben wies, der Rücken zum Hohlraum einsank und der kleine Thronsessel die Form einer Ruderbank annahm, während vom Schwanz her ein Segel sich über die Barke entfaltete. Tatsächlich -, der Kardinal ließ die Hand über die Bordkante gleiten: da war Wasser, er schleckte sein Fingerchen ab: es war salzig. Rechts und links, zwischen den schwarzgrauen Nebelschwaden, tauchten mächtige Wogenkämme auf: „Rumpelmauser! Zu Hilfe! Zu Hilfe!" Aber Rumpelmauser war nicht mehr zu vernehmen, und verzweifelt griff Runzelfroh nach dem Nebelhörnchen und ließ dessen klagende Töne über das aufgewühlte Meer - allerdings nicht gerade lautstark - schallen. Da erklang ein Ruf: „Schiff in Not! Wo sind Sie geortet? Schießen Sie ihre Raketen ab!" - „Wo soll ich Raketen und Streichhölzer hernehmen", wimmerte Runzelfroh. „In der Klappe vorne, unter dem Bugspriet", antwortete die unbekannte Stimme. Zitternd erhob sich Runzelfroh, der schwankenden Bewegung, des Schlingerns und Stampfens seines neuen Gefährtes ungewohnt, kroch er auf allen Vieren vorsichtig zum Bug hin. Ja, da war eine hölzerne Klappe mit handlichem Griff, er zog an diesem, und zwölf lange Raketen, wie Zinnsoldaten aufgereiht, fielen ihm entgegen. Auch die Zündholzschachtel lag in dem kleinen Schränkchen - neben Verbandmull und Heftpflaster. Mit zitternden Händen griff er die Stöcke, von den Wogen hin- und hergestoßen - eine Nußschale auf wütendem Meer. „Warum, oh Herr, prüfst du deinen Diener in so harter Weise? Mußte ich nicht nur meine Gestalt einbüßen, sondern jetzt durch heidnisches Teufelsspiel plötzlich in dies' Meer verstoßen werden? Wenn ich wenigstens ein Jonas wäre und die Walfische nicht ausgerottet!" so klagte der Kleine vor sich hin, hantierte wie ein Däumling an den Raketen, die für ihn so groß wie Telegrafenmasten waren. „Wie soll ich diese riesigen Streichhölzer anzünden? Die sind ja so groß wie ich! Hilfe, zu Hilfe, Rumpelmauser!" Und wieder stieß er verzweifelt in sein Nebelhörnchen. Aber der Ruf desselben wurde plötzlich durch eine wunderbar vielklingende, fast himmlische Musik übertönt, die aus den Wolken wie in wallenden Regenbogenfarben auf ihn herabströmte. Über die Musik hinaus ertönte eine überirdische schöne Frauenstimme, die die berührte Arie von Tristans Liebestod in langen anhaltenden Bögen und schwermütigen Kadenzen sang. Runzelfroh ließ Zündhölzer und Raketen fallen, legte sich auf den Rücken und gab sich, ganz zu einem Ohr geworden, den Tönen hin, - die jetzt zunehmend sich rhythmisierend eine geheimnisvoll-bergende Einheit mit dem Auf- und Abschwellen der Wogen bildeten. Angst und Verkrampfung lösten sich, das Antigraviton und dessen Schrecken, seine Schrumpfung und der Verlust Rumpelmausers in Nebel und Meer wichen einer abgrundtiefen, beruhigenden, aber auch erquickenden Müdigkeit. Er fiel in Schlaf von Wagners und des Meeres Wogen, gewiegt und eingelullt, sank und sank er immer tiefer in den Abgrund seines Innen, in einen bodenlos-tiefen Schacht. „Halte dich fest! Tiefer darfst du nicht fallen - sonst gibt es kein Zurück“, hörte er wieder Rumpelmausers Stimme aus weitester Ferne rufen. Ein Echo trug die Stimme wieder fort, ein anderes trug sie wieder zurück - aber das „Halte dich fest“ rieß ihn aus der Betäubung. Festhalten? An was sollte er sich festhalten, wenn da nichts zum Festhalten war als schlaftrunkenes Gleiten in immer tieferes, abgründigeres Dunkel. War er überhaupt wach? Oder umklammerten ihn Schlaf und Betäubung, ihn immer tiefer ziehend? „Halte dich an dir selbst fest!“ ertönte wieder die Stimme. „Selbst“, an was für einem Selbst sollte er sich festhalten? Etwa an den spärlichen Haaren unter dem Kardinalhut - wie weiland Münchhausen? Er griff an seinen Kopf und zerrte unter dem Hut einige dünne Härchen hervor, umkrallte sie geradezu mit seinen Händchen. Tatsächlich! Es half, sein Fall kam zum Stehen und - oh Wunder - in der Wand des Schachtes öffnete sich ein Tor. Ganz selbstverständlich trat er heraus, und ebenso selbstverständlich schwänzelte Rasputin um seine Beine.

„Herr Kardinal, mein lieber Runzelfroh“, ertönte eine warm quellende Frauenstimme, „da sind Sie ja Gottseidank heil zu uns zurückgekehrt!“

„Ja, wo war er denn? Eine grüne Wiese umspielte seine Füße, sie war von Butter- und Glockenblumen übersät, Margeriten und Vergißmeinnicht umfluteten ihn - er blickte zu den Blumen empor wie in einen herrlichen Blütenwald, und dort oben, dieser Berg dort, das war ja Wotan in seinem japanischen Zen-Kimono. Er hatte wieder das hölzerne Ende der Wasserpfeife im Mund, lehnte den linken Arm an eine Weide, die frühlingsgolden ihre Zweige zur Erde schweifen ließ. Aber neben ihm auf einem altmodisch-ehrwürdigen gold- und silberbemalten Lehnstuhl, der wie ein Thronsessel aussah, saß eine große, vielleicht etwas üppige, aber doch wunderbar aussehende Frau: goldgelockt, in wallenden lila-blauen Gewändern, zeichneten sie ein königliches Profil aus, ein wogender Busen und strahlend-blaue Augen. Ihre Hände umschlossen die Saiten einer gewaltigen Doppelharfe, und Runzelfroh einen liebevollen Blick zuwerfend, griff sie in die Saiten, und wieder ertönte markdurchfrierend Tristans Liebestod - die Melodie wölbte sich über die Blumenwiese zum azurblauen Himmel. Aber der Text ihres Gesanges war nicht der Wagners, sondern sie sang:

„Wer mich besucht,
muß erst im Nebel wallen.
Wer mich befragt,
muß erst im Tiefen schallen.
Die Prüfung hast du wohl bestanden,
nun fasse Fuß in uns'ren Landen.“

Als der Gesang beendet und noch einige langanhaltende Akkorde über das Instrument donnerten, winkte sie Runzelfroh freundlich zu sich heran: „Mein lieber Kardinal, mein liebes Rasputinchen, wie fühle ich mich durch euren Besuch geehrt. Lange habe ich euch schon erwartet, lange euch vermißt. Machen Sie, teurer Kardinal, sich wegen Ihrer Schrumpfung keine Sorge. Mancher Däumling ist bei uns ein Rübezahl geworden, Ihre Gestalt spiegelt die wahre Lage des Christentums wider. Die Zeit der Borgias ist eben vorbei. Hoffen Sie auf ihre Restitution!“ Sie zog wieder einige Akkorde aus der Harfe und sang die Worte „Restitution“ nach der Melodie des Siegfried-Motivs.

Rumpelmauser gab jedoch stirnrunzelnd seiner Frau zu bedenken, daß sie den armen Kardinal erheblichen Gefahren ausgesetzt hatte. Was wäre geschehen, wenn er mit Schiff und Hund und Kragen ertrunken wäre?

„Aber mein Lieber, du weißt doch, daß das mein Entrée ist“, erwiderte sie, die Baß-Saite mit ihrem langen Fingernagel anzupfend, daß es wie Donner schallte und Wotan zusammenzuckte. „Es ist bis jetzt noch nie einer bei mir umgekommen, es sei, daß er eben so lange schläft, bis er eines natürlichen Aufwachens in seinem Bett zu Hause sich erfreut, - und alles nur ein Traum von Träumen war!“

„Ja, gnädige Frau“, erhob der Kardinal zögernd sein Stimmchen, „ich habe für die Episode keinerlei Erklärung. Wir befanden uns doch auf dem Weg in das Musikzimmer - ich ging durch eine wirkliche Zimmerflut, an den Wänden hingen Gemälde über Gemälde, die ich nie genauer erkennen konnte. Das war schon etwas irritierend!“

„Eminenz“, ließ die Harfenspielerin ihre Stimme ertönen, „heißt es nicht: In meines Vaters Haus sind viele Wohnungen?“

„Ja, aber ‘meines Vaters’, das, gnädige Frau, ist doch fast eine Blasphemie. Wir sind doch nicht im Haus unseres Ewigen Vaters, sondern höchstens in dem des Universitätspräsidenten!“

„Nun, können Sie sich nicht den gleichen Satz auf die Mutter übertragen denken: In meiner Mutter Haus sind viele Wohnungen?“

„Aber nein, aber nein, wir haben nur eine Mutter - die Mutter Gottes. Sie haben doch ein ganz anderes Haus im Sinn, wenn Sie von dem Ihrer Mutter und deren vielen Wohnungen sprechen?“

„Nun - äh, äh, nicht eben - aber so etwas wie Polyandrie erscheint mir nicht unwahrscheinlich, bei aller Toleranz heutiger Sexualität gegenüber.“

„Aber Runzelfroh, warum soll es nur einen Vater im Himmel geben und nicht mehrere, - und warum nicht eine einzige Mutter?“ warf Wotan ein, eine lange Dampfwolke aus seinen Nüstern schnaubend, „bedenke doch, wie viele Religionen eine Himmelsgöttin verehrten, wie etwa die Ischtar, die Hera, die Freia, die Tanit und noch viele andere. Aber dein jüdisch-christlicher Gott ist eben unverheiratet, er lebt im Zölibat - daher ist er wohl manchmal auch so ungerecht! Seine Frau ist bestenfalls der Heilige Geist, nicht wahr? Da ist euren Theologen eine Panne passiert, man hätte doch die Mutter Christi, Maria, mit Gottvater verheiraten sollen. Zum großen Nachteil der Menschheit ist das unterblieben. Hätte der liebe Gott eine Frau gehabt, wäre er nicht so intolerant geworden - hätte Karl der Große nicht meine Sachsen abgeschlachtet und die Spanier nicht die Indianer!“ schloß Rumpelmauser und blies wieder weißen Dampf aus.

„Vor solchen abwegigen Gedanken hat mich, gottlob, der Heilige Geist bewahrt“, bekreuzigte sich Runzelfroh.

IV. Kapitel: Mayas Kindergarten

„Meine Herren“, warf die wie aus Träumen erwachende Maya ein, „Sie plagen sich mit unlösbaren Problemen, hören Sie mir lieber noch einmal zu!“ Sie stimmte auf ihrer Harfe ein wehmütig-weiches, schmerzlich einwiegendes-einlullendes Lied an, das von Werden und Vergehen, von Zeugung und Tod, von Anfang und Ende sprach. (Es war weder von Richard Strauß noch von Gustav Mahler.) Runzelfroh und Rumpelmauser lauschten beide hingegeben, hingegossen. Ihre Züge glätteten sich, sie schlossen die Augen und fühlten, wie wundersame Kräfte ihre Muskeln und Glieder durchrieselten und stärkten, als ob die Jugend sich in das schon etwas angekalkte Knochengerüst schlich und Hirn und Herz zu frischer Tätigkeit anreizte. Sie streckten sich auf das Gras, lagen selig entspannt zwischen Margeriten und Vergißmeinnicht - wobei der Kardinal gerade bis an den Schuhrand Wotans reichte. Der Gesang stand über ihnen: eine große weiße Sommerwolke, und während sie immer tiefer sich entspannten, bemerkte Runzelfroh, daß sich die Lage seines zierlichen römischen Patrizierköpfchens verändert hatte. Er streckte ihn, blickte sich um, wunderte sich: ja, wirklich, etwas hatte sich verändert, denn auch seine kleinen Beinchen waren plötzlich weiter entfernt als ihm das beim Ausstrecken derselben vorgekommen war. Er wuchs, er wuchs - er gewann zusehends seine alte Gestalt zurück! „Wotan“, flüsterte er und stieß den fast schnarchenden, aber laut blasenden Universitätspräsidenten an, „Rumpelmauser, schau' mich mal an, es hat sich etwas an mir verändert! Ich wachse!“

Rumpelmauser blinzelte aus einer Lidspalte zu dem Kardinal herüber. Dann hob er seinen Oberkörper ruckartig hoch und rief - mitten in den dahinorgelnden Gesang - „Mensch, du wächst, du bist gewachsen! Du bist schon fast wieder der Alte! Reif sein und reich werden ist alles! Das ist nicht das erstemal, daß meine Frau das zustande bringt.“

Aber kaum hatte er seinen Satz beendet, brach der Gesang ab, und beide hörten die tadelnd-vorwurfsvolle Stimme Mayas: „Wotan, wie oft hast du schon eine Heilung durch dein Gerede gestört! Dem Himmel sei Dank, unser Kardinal hat seine Figur schon fast wiedergewonnen. Es fehlen nur höchstens zehn Zentimeter. Stehen Sie doch auf, Eminenz, erheben Sie sich!"

Runzelfroh stemmte sich schläfrig hoch, - ja, da stand er, ein ältliches Männchen mit etwas ausgedörrten Gliedern und schütterem Haar. Aber das Gesicht war durch eine schwungvolle Hakennase gezeichnet, die schwarzflackernden Augen von schlohweißen Brauen fast verhängt, sein Hut lag auf dem Rasen - und wirklich, da stand eine zwar etwas abgeblätterte, aber doch edle Gestalt! „Jetzt brauche ich einen Bernhardiner als Reittier!" rief Runzelfroh erleichtert, Rasputin tätschelnd, der begeistert winselnd an seinem nun wieder „alten Herrchen" emporsprang. (Die Kleider waren mitgewachsen.)

Kaum jedoch begann sich eine neue Gesangswolke über die beiden zu ergießen, hörten sie aus der Ferne ein Geschwirr und Gesumm wie von tausend zirpenden Grillen, Bienen oder Mücken, ein auf- und abschwellendes Sausen, Klingeln und Flöten, das wie ein vielstimmiger Sopranchor sich in den Gesang einwölbte. „Kommen wir denn heute gar nicht zur Ruhe, Maya", brummte Wotan, der aus dem Gras sich wieder aufrichtend, zu seiner Frau herüberblickte und an einer seiner Troddellocken noch verträumt lutschte. Mayas Kleider aber begannen, wie in Begleitung zu dem Gesang und in geheimnisvoller Übereinstimmung mit dem fernen Gesumm, auf- und abzuwallen, sich auszudehnen und sich wieder zusammenzuziehen, aufzusteigen und niederzugleiten, ihr Körper wurde dabei jedoch in keiner Weise sichtbar. Jeden Augenblick schien sie wie eine lila Wolke zu entschweben, blieb dennoch auf ihrem Thron, immer wieder ihrer Harfe volltönendste Akkorde zu entzupfen. „Sie ist wirklich so schön, daß ich an die Unschuld der Ursünde glauben könnte, wenn es nicht ketzerische Gnosis wäre", dachte Runzelfroh, verstohlen zu den auf- und abwallenden, klingenden Wolkenkleidergebilden hinüberblinzelnd.

„Jetzt kommen unsere Kinder! Das habe ich geahnt. Wären wir nur bei mir oben geblieben", seufzte Wotan. Und in der Tat, das ferne Gezirpe rückte näher und näher, nahm dabei mehr und mehr kindlichen Ausdruck an, wurde zu kindlichem Gelall und Gezwitscher, das bunt und lustig über die Wiese tönte. „Was ist denn jetzt los, Rumpelmauser, was geht in deinem Zauberhaus schon wieder vor?" rief jetzt der fast ausgewachsene Kardinal erschrocken aus, um genauer hinzulauschen. „Sind das die Kinder? Sind das Kinderstimmen?"

„Ja, mein lieber Runzelfroh, da hörst du richtig."

„Aber das müssen doch, - ja, das muß doch eine große, eine riesige Menge von Kindern sein?"

„Sind es auch... Leider!"

„Und dort, was ist denn das zwischen den Kleidern deiner Frau?"

„Du Kerl, Kardinal, da darfst du doch nicht hingucken!" versetzte ihm Wotan einen Rippenstoß.

„Nun ja, eigentlich nicht. Aber ich bin durch die Ereignisse hier so überrascht, daß ich mir wohl einen Blick auf das merkwürdige Kleiderwallen deiner Frau erlaubt habe. Die lila Gewänder kommen mir geradezu theosophisch vor! Gehört ihr etwa zu dieser Sekte? Sie wurde doch vor einigen Jahren im „Spiegel" sehr positiv mit den Urchristen verglichen?!" Ohne eine Antwort abzuwarten, fuhr er fort: „Da fallen ja lauter kleine Kinder aus ihren Kleiderfalten, das ist ja wie eine Apfelernte, ich meine ein Apfelfallen von Apfel- oder Birnbäumen, ein Birnenfallen, ein Apfel- und ein Pflaumenfall!... Lauter kleine blonde, buntgekleidete Purzelmännchen sprießen und schießen dort hervor! Und über die Wiese kommen noch mehr herbeigelaufen. Wotan -, sind das alles eure Kinder?"

„Leider ja! Allerdings habe ich manchmal begründete Zweifel an meiner Vaterschaft. Aber meine Frau kann jedes Jahr bis zu zwölf Kinder gebären - und die neumodische Pille hat nicht die geringste Wirkung."

„Deine Frau... Frau Maya? Aber das ist doch unmöglich... Das verstößt doch gegen die Naturgesetze... Deine Frau ist doch kein Kaninchen!"

„Das sollte man glauben. Aber sie ist ebenso fruchtbar, daß ich sie nur anzusehen brauche - und schon ist es passiert. Sieh' nur diese kleinen Buben und Mädchen. Die sind alle nur von den letzten zwei Jahren."

„Und wo sind die anderen x verblieben?"

„Viele sind ausgewandert und leben in Australien oder Kanada. Da sie alle sehr intelligent sind und zudem hochmusikalisch, sind sie einigermaßen untergekommen."

„Und kennst du denn alle mit Namen? Hast du sie wenigstens taufen lassen?" fragte Runzelfroh ganz aufgeregt.

„Aber natürlich. Getauft sind sie alle, wir haben eine kleine elektrische Fließbandtaufe mit Sprühbecken und eingebautem Tonband. Aber in der letzten Zeit müssen wir die sich wiederholenden Namen mit Nummern kennzeichnen, etwa wie Günther 72, Annette 136 - und so weiter."

„Das ist doch alles nur Hypnose... Wotan, wie vorhin mit dem Nebel und dem Meer..." ereiferte sich der Kardinal, zunehmend skeptisch geworden. Schon wollte er sich bekreuzigen und zum Exorzismus greifen. Aber Rumpelmauser kam ihm zuvor: „Du kannst dich handgreiflich von der unfehlbaren Wirklichkeit der Kinder überzeugen. Faß' doch die Kleinen mal an!" Der Kardinal griff nach ein paar Röcken und Hosen und hielt gleich ein Dutzend quäkend-lachender Däumlinge am Schopf, die er ebenso schnell frei ließ wie er sie angefaßt hatte.

„Wir wissen manchmal selber nicht ein noch aus, wenn ich nur an die Essens- und Bekleidungskosten denke, obwohl wir ja Kindergeld und auch Steuerermäßigung erhalten. Aber Fruchtbarkeit ist schließlich ein Götterlos -, jedenfalls in der heidnischen Mythologie, nicht wahr?" meinte Wotan und blinzelte den Kardinal schelmisch an.

„Hat denn deine Frau wenigstens Vermögen in die Ehe eingebracht?" fragte der besorgte Kardinal, der jetzt versuchte, die Kinder abzuzählen. Aber kaum hatte er mit dieser Tätigkeit begonnen, umringten ihn schon Dutzende Buben und Mädchen aller Altersstufen in bunten roten, grünen, gelben, blauen, locker genähten Blusen und Hemden, in kurzen Hosen oder einfach in Jeans. „Blinde Kuh, spiel' blinde Kuh mit uns!" riefen die Kinder dem verdutzten Kardinal zu, dem keine andere Wahl blieb, als mit vor die Augen gepreßten Händen sich auf den Boden zu hocken. „Nein!" riefen die Kleinen, „nicht Häschen in der

Grube, sondern Blinde Kuh! Du bekommst ein Tuch um die Augen gebunden und mußt uns fangen!“ Gesagt, getan. Schon war ihm das Tuch um die Augen gelegt... Aber jetzt stießen ihn grobe Hände an einen Pfahl, er wurde angebunden, eine schnarrende Stimme verlas das Todesurteil: „Wegen Vergehen gegen Führer und Volk, wegen Wehrkraftsetzung wird Pater Runzelfroh zum Tode durch Erschießen verurteilt.“ Er hörte wieder durch die Dunkelheit das metallische Klicken. „Zielen!“... Aber der Befehl „Feuer“ blieb aus. An dessen Stelle wölbte sich jetzt die Musik der ‘Gralserzählung’ über das Firmament. Unter den feierlichen Klängen floß wie ein silberner Wasserfall ein helles Lachen: „Blinde Kuh, blinde Kuh, was träumst denn du, was träumst denn du?“

„Wotan, nimm mir das Tuch von den Augen, das ist mit diesen schrecklichen Erinnerungen verbunden!“ Rumpelmauser trat zu ihm, löste die Binde, und Runzelfroh sah und hörte Maya auf ihrem Thron in eben das helle Gelächter verfallen, das unter den Klängen der ‘Gralserzählung’ hervorgesprudelt war. Die Kinder waren einige Schritte zurückgetreten und beobachteten den Kardinal jetzt gespannt, aber auch mißtrauisch.

„Mein lieber Josef Runzelfroh“, rief ihm Maya zu. „Wer bei uns Blinde Kuh spielen will, darf keine Vergangenheit haben - wie unsere Kinder hier. Sie haben noch zuviel Vergangenheit, - kein Wunder, Sie sind ja auch nur ein Mensch.“

„Papa, Papa!“ riefen wieder hundert Stimmchen, „spiel’ du mit uns... Wer ist denn dieser komische Alte dort?“

„Daß die Kinder mich alle Papa rufen, beweist nicht, daß ich es wirklich bin!“ lachte Rumpelmauser dem Kardinal zu.

„Oh, du gemeiner Tropf, dafür werde ich dich verwandeln... bis du das zurücknimmst!“ rief Maya, die jetzt ihr glockiges Lachen unterbrach und mit einer Schleuder auf den Präsidenten zielte und ihn auch traf. Sofort hopste er als kopfgroßer Frosch klagsam quakend zwischen den Kinderbeinen umher.

„Aber das dürfen Sie doch mit Ihrem Mann nicht machen!“ protestierte der Kardinal.

„Sollen ihn doch die Störche auffressen!“ intonierte Maya, „Strafe muß sein! - Kinder, der Frosch dort ist euer Vater. Wenn er laicht, dann können wir uns noch ganz anders vermehren.“

„Mami, Mami Maya, laß das, wir wollen unseren Papa wiederhaben! Keinen ekligen Frosch! Bitte... bitte, Mami...“ erscholl wieder ein vielstimmiges Kindergebettel. Die schöne Maya spannte ihre kleine Schleuder ein zweitesmal, traf den Frosch auf den Kopf, der sich aber nicht wie zu erwarten zurückverwandelte, sondern scheinbar tot, alle vier Froschpfoten von sich streckend, platt auf dem Bauch liegen blieb. „Papi, was ist denn mit unserem Papi, was hast du mit unserem Papa gemacht?“ ertönte es wie aus einem Kindermund.

„Aber nein doch“, murmelte Maya, zu dem Frosch eilend. „Habe ich etwa den Todesstein genommen?“ Sie prüfte ein kleines Säckchen mit verschiedenfarbigen Steinen, fühlte aber gleichzeitig mit ihrer Linken den Puls des hingestreckten Frosches. „Er lebt noch, Kinder, er lebt noch, - aber ich habe zufällig das Sonnengeflecht im Nacken getroffen. Das kann gefährlich werden! Kardinal, können Sie notfalls die Sterbesakramente erteilen?"

„Was? Die Sterbesakramente? Aber, gnädige Frau, mit denen reise ich doch nicht in der Welt herum. Sie sind doch die Beherrscherin des Lebens!"

„Das bin ich schon, aber gegen den Tod bin auch ich machtlos."

„Sie wollen doch nicht sagen...?"

„Nein, - nein, er wird schon wieder zu sich kommen."

„Wir haben Ihnen doch eine wichtige Botschaft mitzuteilen. Es geht um Untergang oder Bestehenbleiben unserer Welt. Wir sind einfach noch nicht dazu gekommen! Wecken Sie den Wotan wieder auf, Schluß mit dieser Spielerei!" befahl der Kardinal, der regelrecht wütend geworden war.

„Das erfahre ich so nebenbei?" Dürfen die Kinder zuhören?" fragte Maya, die durch das energische Auftreten des Kardinals doch etwas eingeschüchtert war.

„Nein", entschied der Kardinal, „das ist nichts für Kinder. Schicken Sie sie weg und sehen Sie zu, daß Ihr armer Frosch wieder Ihr Mann wird. Schließlich ist es doch Wotan!"

„Kinderchen!" rief Maya und klatschte in die Hände. „Lauft noch ein wenig in den Wald und spielt dort, bis das Essen fertig ist. Zehn Minuten!" Tatsächlich schlossen sich, auf eine Handbewegung der schönen Frau, die Kinder zusammen, stellten sich nebeneinander, und auf eine helle Knabenstimme „Einszwei-drei" begannen sie, im Wettlauf über die Wiese in das dunkle Waldgelände zu stürmen.

Unterdessen hatte Rumpelmauser einige verstärkte Atembewegungen ausgeführt, öffnete das Froschmaul, seufzte mehrfach tief auf und ließ einen ungeheueren Wind fahren. Der Kardinal wandte sich ab, murmelte etwas vom Teufel, während Maya wieder in ein ausgelassenes Lachen verfiel: „Er kommt zu sich, er kommt zu sich! So macht er das immer!" Und Wotan kam zu sich. Die grüne Froschhaut fiel von ihm ab, und wenig später stand er wieder in seinem brokatglänzenden Kimono da. „Ich verbitte mir diese Scherze!" wandte er sich höflich, aber bestimmt an seine Frau, „du bist auf meine Beziehung zu den Kindern nur eifersüchtig. Jedesmal, wenn sie mich zum Spiel bitten, läßt du etwas dazwischenkommen", fuhr Wotan fort, ohne daß er Maya zu Wort kommen ließ. Da schaltete sich der immer ungeduldiger seine Haare streichende Kardinal ein: „Aber meine Lieben, bevor ihr euch gegenseitig psychoanalytische Behandlung vorschlagt, laßt uns endlich zur Sache kommen! Die Zukunft der Erde steht auf dem Spiel, die Zukunft der Menschheit!"

„Die Zukunft der Menschheit?" fragte Maya nicht ohne einen spöttischen Unterton, „die steht doch immer auf dem Spiel. Seitdem sie besteht, spielt sie. Aber berichten Sie, deshalb habe ich doch die Kinder fortgeschickt."

Rumpelmauser setzte sich neben Mayas Thron auf das Gras, holte die Wasserpfeife wieder hervor, forderte den Kardinal auch zum Sitzen auf und begann: „Der Kardinal hat drei berühmte Physiker, darunter den Nobelpreisträger Professor X, belauscht, die im Begriff stehen, das von ihnen entdeckte Antigraviton für ihre eigenen Zwecke zu verwenden. Ich konnte einen Teil der

Vorgänge mit unserem Detektor verfolgen - mit dieser Erfindung können die drei die ganze Menschheit regelrecht in die Luft schießen."

Die schöne Maya schlug die Hände vor ihr Gesicht, stützte die Ellbogen auf ihre Oberschenkel, und der Kardinal bemerkte, wie sich blutig-rote Tränen zwischen den Fingern hervordrängten. Dann überfiel sie ein krampfhaftes Schluchzen, das ihren Leib auf- und niederstieß. Gleichzeitig begann sich der Himmel mit Wolken zu beziehen, das Licht wurde gelb, dann fahl, dann lila-dunkel. Aus den Wäldern, in denen die Kinder verschwunden waren, ertönte es wie von raschelnden und windstoßblasenden Blättern und Blüten. „Oh, meine Kinder", stöhnte sie auf. „Oh unsere Welt! War denn alles, alles umsonst? Muß dieses Wunder aus Glanz und Elend zusammenfallen?" Und sie nahm die Hände wieder von ihrem tränenüberströmten Antlitz, das plötzlich alt, faltig und schlaff das ganze Leid der Welt widerspiegelte. Sie griff in ihre Harfe, begann zu murmeln, zu summen, bis ein Gesang mächtig anschwoll: Es war Siegfrieds Tod, den sie jetzt tremolierte. Aus dem Wald aber trug der sich anhebende Wind Hunderte und Hunderte von welken Blättern und Blüten, die wie Schneeflocken in das Abenddunkel rieselten. „Unsere Kinder, unsere Kinder", schluchzte sie durch das tragische Melos. „War denn alles umsonst?"

„Beruhige dich, meine Teure, Liebste", redete Rumpelmauser auf sie ein. Er hatte die Wasserpfeife beiseite gelegt, sich erhoben und streichelte behutsam die über die Harfensaiten gleitenden Hände. Sie unterbrach ihren Gesang, sah ihn tränenverschleiert an und sagte: „Du, mit deinen ganzen Beziehungen zu den Spitzen der Politik in Ost und West, in Nord und Süd, zu Rektorenkonferenzen und Staatenpräsidenten, du mit deiner Kenntnis von 75 lebenden und totgeborenen Sprachen, du Erfinder des mathematischen Chaos, du mußt gemeinsam mit deinem Freund dieses Unglück verhindern. Meine Kräfte vermögen nichts gegen die Partikelphysik!"

„Ich werde sofort mit dem roten Telefon den Präsidenten der Sowjetunion, der Vereinigten Staaten und Chinas anrufen. Höchste Alarmstufe!" stieß Wotan hervor und schlug sich auf die Brust.

„Und ich werde meine Vorgesetzten informieren, die Erzkardinäle und meinen Freund und Herrn, Papst Hieronymus den 86sten, außerdem die Medien, Funk, Presse und andere im Dienst der Menschheitsrettung stehende Institutionen und vielleicht zuletzt mich an die Partei der gelben Umweltschützer wenden", erklärte der Kardinal.

„Vergessen wir nicht die Hilfsorganisationen, die WHO, das Rote Kreuz, Oxfam und vor allem die Care-Paket-Sendungen", ergänzte Rumpelmauser.

„Was wissen wir, wieviel Care-Pakete nach dem Untergang der Menschheit noch notwendig sind?" warf Maya ein, die inzwischen vermittels ihres Schleiergewandes die Tränen getrocknet hatte.

„Das wird schon die nächste Adventitia-Sammlung und die Organisation für die Verbreitung des Hungers in der Welt in die Hand nehmen, gnädige Frau. Aber wir müssen das Schlimmste verhindern - verhüten ist besser als heilen!" verkündete Runzelfroh feierlich.

„Das darfst du aber nicht in bezug auf den umstrittenen Paragraph 218 behaupten, mein lieber Runzelfroh, - nicht wahr?“ warf Wotan ein.

„Nein, nein, davor bewahre mich der Gottseibeiuns.“

Da griff Maya in die Harfe, um das Waldweben und die Siegfried-Idylle aufklingen zu lassen. Dann aber schlugen Ton und Melodie um, es ertönte die Arie aus dem Fliegenden Holländer, die heroische Melodie „Steuermann, halte die Wacht...“, die groß, wie zum Kampf rufend über raschelndes Laub und welke Blüten in das Abendrot einging.

V. Kapitel: Mediziner gesucht

„Sie sind Herr Dr. med. und Privatdozent Theobald Frey von Skrupel? ... Wenn ich bitten darf!“

„Jawohl, der bin ich.“

„Sie sind also habilitiert, rechtskräftig fakultiert, nicht linkskräftig, um alle Verwechslungen mit Stammheim zu vermeiden!? - Nehmen Sie noch einen Augenblick Platz, der Herr Professor wird Sie sogleich empfangen.“ Die blondschwingende Sekretärin mit Schlangenhautbrille und dem neuesten Zwinkergebiß schraubte ihren Drehstuhl kokett nach rechts und erhob aus ihrem grünvioletten Jersey-Ärmel den rechten Daumen an der linken Hand. „So, nicht?“ lächelte sie den habilitierten Mediziner an, der mit vorschriftsmäßigem Voll- bis Backenbart, Sonnenbrille, Beethovenmähne, mit zu kurz und eng ansitzendem dunklen Anzug sich der Ehrfurcht gebietenden weißen, elfenbeinfarbenen Ledergarnitur näherte. „Aber ja doch, nehmen Sie Platz, wir sind hier in der Physik nicht so formell wie bei den Medizinern, Sie können sich hier ad libido gehen lassen, um Ihren Freud zu zitieren.“

„Was Sie nur alle gegen Freud haben?“ wandte Herr Frey von Skrupel schüchtern ein, bevor er auf dem Clubsessel seine Landung improvisierte, ihm dabei der oberste Hosenknopf aufsprang. „Tse, tse, tse“, pfiff die Sekretärin. „Sie sind wohl noch nicht verheiratet - oder ist Ihre Frau emanzipiert, daß sie sich nicht mehr auf das Annähen von Hosenknöpfen versteht?“

„Ich bin selbstverständlich frei von Vorurteilen, wie ich glaube.“

„Tse, tse, tse“, schnalzte die goldlackig Frisierte und ließ tatsächlich eine gespaltene Zunge aus den Lippen hervorschnellen, schnellte sie auf die Tischplatte und holte sich eine Fliege. Wirklich! Da staunte selbst der doch schon etwas vorgealterte und dickliche Privatdozent: „Aber pfui, - essen Sie die?“

„Natürlich, vorher tunke ich sie in Danziger Goldwasser, dann schmecken sie als Appetitzügler ganz hervorragend.“

„Und Ihr Chef erlaubt Ihnen das?“ überlegte der Mediziner mißtrauisch.

„Mein Chef, ach, mein Chef", seufzte die Schöne, faltete ihre gut manikürten Hände und schoß einen schwermütigen Blick an die so ganz anonyme Decke des Sekretariats.

„Können Sie mir denn sagen, worum es hier geht? Was soll meine eventuelle Aufgabe beinhalten? Denn das konnte ich Ihrer Anzeige nicht entnehmen", fragte Theobald Frey von Skrupel schüchtern an. (Aus seiner Biographie ist zu vermerken, daß er ein durchwachsenes, weinerliches Muttersöhnchen war, das von seinen Schulkameraden nicht Theo oder Theobald, sondern Heulibald, dann Heulibaba gerufen wurde. Damit ist die Hauptperson des vorliegenden Berichts eingeführt.)

„Ja, mein lieber Frey von Vorurteil, ich meine Skrupel, diese Frage kann ich Ihnen nicht beantworten. Hier in diesem Haus ist alles geheim, und selbst der Verfassungsschutz, die ehemalige Stasi, Stabo und ehemalige NKWD haben keinen Zutritt. Ich muß alles blind schreiben, nach jedem Diktat muß ich unter Aufsicht eine Tablette Lethol einnehmen, um alles zu vergessen, was ich aufgenommen und niedergeschrieben habe."

„Lethol? Aber das wird ja nur... nur... sozusagen bei Euthanasie...?"

„Sie wissen ja ganz gut Bescheid. Sind Sie in der Chemie der Todesblocker bewandert?"

„Ich habe mich doch in der Molekularpsychiatrie habilitiert, bei Professor Hohlmann. Medikamente dieser Art haben wir ständig verabreicht - insbesondere bei infausten Krankheitsbildern."

„Sie sehen, wie ich hier behandelt werde. Aber ich kann auf mein Sondergehalt nicht verzichten. Und mit Ihren Erfahrungen sind Sie bei uns ganz richtig. Ich spüre, daß der Chef in den letzten Tagen nicht mehr richtig weiterkommt, er ist so unruhig und raucht bis zu achzig Zigaretten am Tag, allerdings antikanzerogen. Let's go West", trällerte jetzt die blonde Viper, mit ihren Augendeckeln klappernd. „Sie haben bei uns bestimmt Chancen!"

„Und die Bezahlung...?"

„Ah, die Bezahlung - tse, tse, tse... Ich höre Schritte... Eben geht er in sein Arbeitszimmer."

Der allbekannte, in allen Vorzimmern der Welt angewandte universale Summton ertönte, die schlanke Natter säuselte in den Informationstrichter der bekannten Nürnberger Firma, der über viele Generationen seine Aktualität bewahrt hatte, wenn er auch inzwischen vollständig computerisiert war. Auf einen ebenfalls universell vorzimmerrunden Knopf drückend, öffnete sie die Türe zum Gemach des Nobelpreisträgers, die natürlich keine beliebige Türe, sondern ein strahlensicherer Tresorflügel war, der mächtig wie der Granitblock einer ägyptischen Grabkammer langsam aus der Wand zurücktrat. Der in professoraler Ehrfurcht bestens eintrainierte Theobald erhob sich langsam, ja beinahe feierlich, um die wenigen Schritte in das Arbeitszimmer mehr zu wanken als zu gehen. Dort erwartete ihn der Profillose, der an der Mitte seines ebenfalls granitgrauen Schreibtisches saß und mit seinem bei Tageslicht totenmaskenhaften Gipsgesicht, den beiden dunklen Augenschlitzen dem Eintretenden entgegenstarrte und ihn bis auf das Hemd durchschaute. Natürlich erhob er sich nicht, um damit von Anfang an das universitär vorgegebene Herr- und Knecht-Verhältnis eindeutig für den Herrn festzulegen. „Sie sind bei Professor Hohlmann habilitiert?"

„Jawohl, Herr Professor", lispelte Theobald, und um seinen Bewerbungsplan geschickt einzufädeln, fuhr er fort: „Aus Ihrer Anzeige ging diskret hervor, daß Kenntnis im Umgang mit medizinischen Experimenten an lebenden Kranken erwünscht ist. Über diese verfüge ich."

„Für die, ja, die neue Richtung der molekularen Psychiatrie bekannt ist. Aber nichtsdestoweniger sind auf meine Annonce kaum Antworten erfolgt", führte der Profillose mit knarrend-heiserer Stimme aus. Während seiner Darlegung hatte Theobald einen zaghaften Blick über die Wände des sonst mit Labortischen, Bücherregalen und zahlreichen Computern eingerichteten Zimmers gewagt. War er in der juristischen Fakultät gelandet? Denn überall hingen naturgetreue Fotografien mit Autogrammen der großen Rechtsverdreher: Robespierre, Saint Just, Napoleon, Lenin, Himmler, Wyschinski und vielen anderen, - selbst Schönhuber fehlte nicht.

„Sie staunen?" beobachtete ihn Professor X.

„Jawohl, Herr Professor."

„Aber Sie sind doch frei von Skrupeln?" ironisierte der Profillose.

„Ursprünglich waren wir Freiherren von Skrupel", versuchte sich Theobald weiterhin in ein günstiges Licht zu setzen.

„Ah, ein Freiherr!" rief der Profillose gedehnt aus. „Ein Freiherr fehlt uns noch in unserer Schmetterlingssammlung fleißig-impotenter Mitarbeiter! Hä, hä, hä!" Zwei vampirhafte Eckzähne entblößten sich, die aus Mabuses Gruselkabinett entliehen schienen.

„Impotent?" Theobald trat gewissermaßen einen halben Schritt hinter seinen Bart, die Beethovenmähne und die Sonnenbrille zurück.

„Nun ja, der Umgang mit den von uns erzeugten Strahlen kann sich auf die Fruchtbarkeit auswirken. Aber Sie werden ja im Fall eines Falles reichlichst entschädigt." Und der Profillose zählte an seinen merkwürdig metallisch glänzenden Fingern die zehn Gebote des Reichtums auf, als da sind: „Du sollst niemand anders ehren als mich, deinen Herrn und Schöpfer: das Geld." Oder: „Du sollst nur um des Geldes willen töten." Oder: „Gegen Bezahlung darfst du dich an deines Nächsten Frau vergreifen." Oder: „Du sollst deinen Vater und deine Mutter ehren, nur solange wie sie dich finanziell unterstützen." Nach diesen Ausführungen präsidierte der Profillose Theobalds Gehalt, dessen Höhe jeder mühsam dahinsiechenden Bank bei selbst nur 2%iger Verzinsung neuen Aufschwung gegeben hätte. Obwohl aus dem einstigen Muttersöhnchen zu einem weitgehend emotionslosen Wissenschaftler herausgebildet, schwindelte es Theobald buchstäblich in den Knien, das Blut stieg ihm allerdings nicht zu Kopf, sondern sank in seine Füße. Da winkten die großen Erfolgsgüter, das Penthouse und der BMW-Spitfire! Was würde man da schon in Kauf nehmen, wenn außer vielleicht der Potenz nichts ausverkauft würde? Aber halt, Punkt zwei mußte er noch klären bzw. deren Bedingungen erfragen. „Was aber wird meine Arbeit sein, Herr Professor?" bemühte er sich, den Profillosen anzublikken, wich aber vor dessen maskenhafter Starre wieder zurück.

„Das, Herr Frey von Skrupel, ist eine absolut geheimzuhaltende Angelegenheit. Wir werden bei Ihnen, einem Mediziner, von den Lethol-Tabletten keinen Gebrauch machen - wie etwa bei Fräulein Gillich. Aber wenn eine vertraglich vereinbarte Geheimhaltung nicht gewährleistet ist, - dann können wir für etwaige Betriebsunfälle nicht garantieren. Vier haben sich bedauerlicherweise schon zugetragen, wie Sie dieser Statistik entnehmen können." Es folgte der schon längst fällige Knopfdruck, die Beleuchtung verglühte, und vor Theobalds Augen reihten sich Zahl und Art der Betriebsunfälle der letzten fünf Jahre, deutlich projiziert auf die Wand hinter dem Profillosen: Strahlenschäden. Hochspannungsberührung mit totaler Gesichtsverbrennung, Früh-Alzheimer und andere unerfreuliche Ereignisse mehr. „Da werden in der Tat die meisten Bewerber zurückschrecken", dachte Theobald fröstelnd, nur mühsam ein Klappern von Zähnen und Unterkiefer beherrschend.

„Sind Sie etwa eine Memme?" spöttelte sein Gegenüber. „Überlegen Sie sich Ihre Einstellung vielleicht lieber noch einmal bei Mutti zu Hause, bevor Sie mir assistieren. Die Betriebsunfälle haben sich ja nur bei Bruch der Geheimhaltung ereignet."

„Nein, nein, Herr Professor, ich bleibe, wo ich bin, das heißt, ich werde dorthin kommen, wo ich noch nicht bin, ich meine beruflich!"

„Nun gut, Sie wissen, was auf dem Spiel steht, - positiv wie negativ. Positiv die Penthouse-Wohnung, negativ ein kleiner Strahlenschaden."

Theobald war überrascht, daß der Profillose bereits seine kühnsten Wunschträume erraten hatte und jetzt fortfuhr: „Sie staunen? Das Penthouse ist doch eine Art Gehirnbanalität jedes strebsamen Akademikers. Dazu muß ich nicht Gedanken lesen können. Haben Sie außer der Besoldung noch einen anderen Wunsch? Vielleicht ein Kaffee gefällig?"

„Vielen Dank, ja, aber wenn möglich noch ohne Lethol", wagte Theobald - dem der Professor noch immer keinen Stuhl angeboten hatte - diesen Scherz. Tatsächlich überflog die Andeutung eines Grinsens das Gesicht des Profillosen, er entblößte seinen linken Vampir-Eckzahn und bewies damit die These der Zoologen, daß dem menschlichen Lächeln das drohende Zähnefletschen der höheren Affen entspricht. „Nehmen Sie doch etwas Platz, Herr Frey", forderte ihn jetzt der Physiker auf, während - nach dem bekannten Druck auf eine Taste - bereits Fräulein Gillich mit Kaffee, Zucker und Sahne auf chromiertem Tablett in das Zimmer schlängelte. Theobald atmete unter dieser unerwartet menschlichen Regung seines Gegenübers auf, nahm Platz und, von Koffein befeuert, setzte er auch seinem Gegenüber dort am Schreibtisch sein Anliegen auseinander: einen Ruf auf eine ordentliche C-8-Professur als Strahlenforscher und Molekular-Psychiater zu erhalten. War sein Ansinnen nicht berechtigt, wenn er sich in ein solches Unternehmen begab, das vor gefährlichen Verstümmelungen nicht haltmachte?

„Aber ja, mein Lieber", wurde Professor X immer freundlicher, jetzt auch seinen rechten Eckzahn entblößend, - der allerdings etwas bräunlich aussah.

„Sie wissen, daß solche Entwicklungen in erster Linie eine Frage der guten Beziehungen zu der jeweiligen Fakultät und zu den Ministerien ist. Als Nobelpreisträger verfüge ich über beide. Meine Verbindung zu der hiesigen Universität von Pilzweiher wie auch zu ihrer berühmten medizinischen Fakultät ist die beste. Der hiesige Strahlenspezialist ist ja kürzlich an den Folgen einer Leukämie verstorben - oder er ist zumindest im Begriff, ihr zu erliegen. Da haben Sie beste Chancen!"

„Ja, ich hörte, daß er kurz vor dem Exitus steht. Sein Lehrstuhl wird dann frei - das wäre super?" Aber hier unterbrach sich Theobald und blickte überrascht zum Fenster. Auch der Profillose sah auf, wieder ganz und gar erstarrt: „Schon wieder... schon wieder... Der verfluchte Einstein, er läßt mich nicht in Ruhe!" zischelte er vor sich hin. Vor der Oberlichtklappe des Fensters sah Theobald eine goldgeränderte Brille mit einigen weißen Haaren schweben, - nur einen Augenblick... dann war sie verschwunden. Fragend wandte er sich an sein Gegenüber.

„Machen Sie sich nichts daraus", knurrte der Nobelpreisträger, „hier fliegt ab und zu eine Brille herum. Sie gehört Einstein - aber das ist noch unser Fabrikationsgeheimnis. Kommen wir zu unserem vor dem Exitus stehenden Strahlenforscher und dem frei werdenden Lehrstuhl zurück. Wenn Sie in meinem hochwichtigen Anliegen die an Sie gestellten Erwartungen erfüllen, werde ich alles tun, daß Sie sein Nachfolger werden."

Theobald erhob sich von seinem Sessel, trat auf den Profillosen zu, streckte ihm die Hand mit den Worten entgegen: „Sie können über mich hundertprozentig verfügen."

Der Physiker winkelte in der Tat seine Rechte vom Tisch hoch, Theobald faßte nach ihr, aber zuckte wie von einem elektrischen Schlag getroffen zurück. Das war keine menschliche Hand - das war ja eine Prothese!

„Sie erschrecken? Ich habe meine natürliche Hand durch ein viel praktikableres Sensorium ersetzt. Sehen Sie hier, in jeder Fingerkuppe sind mikrodimensionale Sender und Empfänger eingebaut, die mich mit allen wichtigen Vorgängen im Quantenbereich und bis zur kosmischen Strahlung verbinden. Ein Computer hier über dem Handrücken gibt mir die Informationen über das Rückenmark und die Pyramidenbahnen an meiner Großhirnrinde. So bin ich schlechthin ständig über alle wichtigen Vorgänge im quantenphysikalischen Bereich orientiert."

VI. Kapitel: Theobalds Einweihung

Wenige Tage später sah sich Theobald im großen, schwarzgetäfelten Experimentiersaal wieder. Die Tresortüre öffnete sich - wie meistens - lautlos. Strahlensicherer Stahl wurde durch die Firmen Schneider/Creusot und Krupp/

Thyssen verbürgt, in den letzten zwei Weltkriegen bestens erprobt. Der eben noch trotz aller professionellen Beherrschung fast fassungslose Theobald wurde noch fassungsloser, als er sich von vielleicht zwanzig jungen Mädchen umgeben sah, die auf dem frisch gebohnerten Parkett an Stangen, Bänken, Hürden und anderen Gestellen zur Begleitung einer dürftig rasselnden, aber ausgeprägt rhythmisch stampfenden Klaviermusik ihre Sprünge, ihr Spagat, ihre pas-de-deux und andere Schritte erprobten. Bei aller Unterschiedlichkeit jedoch ihrer einzelnen Bewegungen sprangen sie, sobald ein explosiver Akkord ertönte, mit gespreizten Beinen und ausgebreiteten Armen in die Luft, - als ob sie fliegen wollten. Der Experimentiersaal selbst glich einer kleinen Turnhalle, und es herrschte in ihm auch jener typische Geruch, der Klassenzimmern, Turnhallen und Schulkorridoren gemeinsam ist. In der einen Ecke des Raumes jedoch, an dem das Klavier aufgestellt war, erschien nur ein auf- und abhüpfender Rücken im schwarzen Trikot, der den Klavierspieler personifizierte und neben dem sich der Physiker Wilhelm mit einem kleinen, einem Fotoapparat ähnlichen Gebilde in der Hand aufhielt. In der gegenüberliegenden Ecke stand Klaus, ebenfalls einen Apparat in den Händen haltend.

„Bleiben Sie hier stehen, Herr Frey, und beobachten Sie, was hier passiert. Berichten Sie mir in spätestens fünf Minuten!" rief ihm der Profillose durch eine kleine tresortürähnliche Öffnung zu, die er sofort wieder schloß.

Theobald, mit sich alleingelassen und doch etwas herzklopfend, strengte sich an, die Balletteusen in ihren fast durchsichtigen Trikots zu beobachten, - wie ihre zierlichen, hier und dort mehr athletischen Körper sich an den Geräten auf- und niederbewegten, ihre Beine über den Boden spreizten, im Dreischritt vor- und wieder zurücktanzten, während der Klavierspieler sich zäh bemühte, die beliebte Barockmusik auf eine Art rhythmisches Nähmaschinengeklapper zu reduzieren. Da! Der Akkord: Die Mädchen sprangen in die Höhe, und jetzt sah Theobald, wie aus dem Apparat des einen in der Ecke stehenden Physikers ein Blitz aufzuckte und eines der Mädchen tatsächlich etwas länger in der Luft schwebte als die anderen, sogar einige hilflose Flugbewegungen mit ihren Armen unternahm. Die Musik - jetzt ein Menuett - setzte wieder ein, die Balletteusen kehrten zu ihren Übungsgeräten zurück, das Menuett spritzelte sich über das Parkett, dann kam wieder der Akkord: bums, alle hüpften in die Luft, diesesmal blieben jedoch zwei Mädchen wie an die Decke gefesselt mehrere Sekunden in der Luft und riefen begeistert: „Wie herrlich, wie herrlich, - wir fliegen... wir schweben...", um dann mit kühnem Sprung wieder auf dem Boden zu landen. Theobald glaubte diesesmal beide Apparate in den Händen des Physikers aufblitzen gesehen zu haben.

Er beobachtete dann weitere drei Minuten die Mädchen, die, in ihr Anliegen vertieft, von ihm und seinem Erscheinen keinerlei Notiz genommen hatten. Jedenfalls glaubte er eine Beziehung zwischen drei Vorgängen entdeckt zu haben: einen gemeinsamen Sprung mit unmittelbarem Aufblitzen eines oder beider Apparate in den Händen jener Herren, der - drittens - mit einem verlängerten, der Schwerkraft entgegenwirkenden Aufenthalt einzelner Balletteusen in der Luft verbunden war. Vom Entdeckungseifer gepackt, lief er zu der von dem Profillosen ihm bezeichneten Nebentüre, die sich - selbstverständlich - von selbst öffnete. Aber was war das? Er griff, mit beiden Händen Halt suchend, in die Luft..., gab es hier keine Notbremse? Während seine Beine und mit diesen er selber in eine dunkle Tiefe sauste, ... nein, ...nicht in eine dunkle Tiefe, sondern er vielmehr auf einem Lichtstrahl saß und in ein schwarzes Etwas herunterschoß. Ja, er saß auf einem Strahl, wußte aber selber nicht genau, ob er schwebte oder schlechthin fiel. Plötzlich stand neben ihm der Profillose wie aus dem Nichts katapultiert auf, stellte sich ebenfalls auf den Strahl, und in Bruchteilen von Sekunden fand er sich in einem von Turbinen, Beschleunigern, Elektroaggregaten, Riesencomputern, Schaltbrettern und Manometern vollständig ausgekapselten Stahlgewölbe vor. Wieder stand er dem Physiker gegenüber, der ihn hinter seinem graumelierten Schreibtisch fixierte: „Nun, was haben Sie beobachtet? Berichten Sie!" Theobald gab sachlich, kurz und knapp in fließendem Dozentendeutsch seine Beobachtungen wieder.

„Sehr gut beobachtet", knarrte Professor X.

„Aber vor wenigen Augenblicken..." drückte Theobald sich wissenschaftlich weniger exakt aus.

„Was war denn jetzt eben?" entgegnete der Physiker.

„Ich weiß wirklich nicht, ob es eine Sinnestäuschung oder Realität war, aber ich glaubte auf einem Lichtstrahl gemeinsam mit Ihnen zu stehen oder zu sitzen."

„Sehr richtig! Sie haben gut beobachtet und faktengemäß einen Ihnen unbekannten physikalischen Vorgang registriert. Was für Schlüsse ziehen Sie aus Ihren Informationen?"

„Ja..., ja..., das ist nicht so einfach zu computerisieren, Herr Professor, die Koordination von aufblitzendem Strahl, den im Raum schwebenden Mädchen und nun auf einem Strahl gesessen zu haben..., wenn auch nur kurz, wie ich zu meinem Leidwesen bekennen muß..., ich vermute, daß es um die Aufhebung der Schwerkraft geht?"

„Bravo, bravo", krächzte der Profillose und zeigte wieder seine Eckzähne als Ersatz für die offenkundige Unfähigkeit zu lächeln. „Bravo, bravo, - der Lehrstuhl für Strahlenkunde und Molekularpsychiatrie ist Ihnen sicher, wenn Sie Ihre scharfe Beobachtungsgabe weiterhin unter strikter Geheimhaltung anwenden. Alles, was hier geschieht, läuft offiziell unter dem Namen Umweltschutz, Entwicklung von Bosonen und Fermionen zur Bekämpfung des Ozonlochs und des bevorstehenden Treibhauseffektes. Wir haben zu diesem Zweck elf Milliarden von nationalen Forschungsfonds erhalten."

„Und wie", stammelte der noch immer um seine wissenschaftliche Contenance ringende Theobald, der darüber hinaus in dieser ihm so fremden Umgebung sich nicht zum erstenmal Rat und Halt suchend an den Bart gefaßt hatte, - „und wie ist Ihnen das möglich gewesen, Herr Professor, die Schwerkraft wenigstens kurzfristig aufzuheben?"

„In der Tat geht es darum. Es ist uns schon fast gelungen, und Sie können sich die Konsequenzen für jede militärische und politische Planung vorstellen.

Für mögliche Energiegewinnung dagegen ist diese Erfindung ohne Bedeutung", belehrte ihn der Nobelpreisträger.

„Und wie soll man sich die Wirkung vorstellen?" wagte der noch immer seinen Bart abtastende Theobald sich zu äußern.

„Nun, das haben Sie im Ansatz schon gesehen. Wir entwickeln kleinere Geräte, um erste einzelne Personen in die Luft und damit auch an die Luft zu befördern, Personen, die uns z. B. im Wege sind. Bei größeren Geräten ist das gleiche Prinzip auf ganze Nationen, um nicht zu sagen, auf ganze Kontinente anwendbar. Es ist zweifellos ein wesentlich humaneres Vorgehen als diese primitive H-Bombe. Ich sehe, Sie schwanken? Nähern Sie sich etwa einem Betriebsunfall?"

Theobald hatte versucht, auf einem Stuhl gegenüber dem Schreibtisch Platz zu nehmen, war aber auf den Boden gefallen, da ihm seine jugendlichen Kreislaufstörungen wieder etwas zu schaffen gemacht hatten. Mühsam umschlang er ein metalloid glitzerndes Bein des Schreibtisches und zerrte sich empor: „Nein, nein. Es war nichts - ein kleiner Schwindelanfall... Es ist schon wieder überstanden. Ich neige zu niedrigen Blutzuckerwerten, zu Hypoglykämie, wie man das bei uns nennt." Der Profillose sandte lanzettförmige Blaustrahlen aus einem linken Auge und prüfte Theobald wieder durchdringend auf dessen Gesinnung. Hatte er, der illusionslos Gereifte und Gereinigte, der mit toten Nobelpreisträgern ebenso in Verbindung stand wie mit zukünftigen, für den es keine Energieschranke mehr gab, der bald die Welt wie einen Spielball buchstäblich in die Luft heben würde, - hatte er sich in einem Anfall von Menschlichkeit verplaudert?

„Und weshalb benötigen Sie noch meine Hilfe, die eines Mediziners?" fragte Theobald, der seine Schwächekrise wieder in den Griff bekommen hatte.

„Es sind physiologische und wohl auch genetische Probleme aufgetaucht, die Ihre Mitarbeit benötigen. Sie haben beobachtet, daß die Ballettdamen nur sehr kurz in der Luft blieben, obwohl sie schon dem Antigraviton ausgesetzt waren. Es arbeitet noch nicht wunschgemäß aufgrund einer, wie wir glauben, diesbezüglichen Strahlenimmunität des menschlichen Körpers gegen das Antigraviton, - im Unterschied zu den meisten Tierarten, die bei Bestrahlung sich sofort in die Luft heben und nicht mehr wiederkehren. Drei Schimpansen, ein Orang Utan, fünf Gorillas und neun Kaninchen umkreisen bereits erfolgreich die Erde. Natürlich können wir unseren zukünftigen menschlichen Versuchsobjekten nicht erst irgendwelche Tabletten verordnen, die ihre Immunität herabsetzen. Wir müßten die Strahlen dahingehend korrigieren, daß sie die Immunitätsschranke durchbrechen. Ihre Aufgabe ist es, die Wirksamkeit der Strahlen auf menschliche Objekte adäquat zu machen. Verstehen Sie mich?"

„Ich verstehe Sie vollkommen, Herr Professor, aber wo, wie und wann kann ich mit meinen Überprüfungen beginnen? Ich weiß ja nicht, ob die Balletteusen für tiefer eindringende, möglicherweise kanzerogene Strahlenschäden zugänglich sind bzw. sie hier schon eine Krankenkassenzulage erhalten werden?"

„Die Kanzerogenität ist völlig irrelevant. Wer einmal in die Luft entschwebt ist, den interessiert Krebs nicht mehr. Aber wir haben anderes, sehr interessantes Material zur Hand... Die genetische Struktur des Knochensystems..." In diesem Augenblick standen die beiden Physiker Klaus und Wilhelm neben Theobald vor dem Schreibtisch. Sie hatten sich, so erklärten sie, schnellstens materialisiert, - um mit diesem Begriff Theobalds ihr wie aus der Luft gefallenes plötzliches Auftreten verständlich zu machen. „Herr Professor, wir müssen Sie dringend alleine sprechen", stießen sie unisono hervor. Der Profillose deutete mit dem kleinen Finger seiner Prothese auf Theobald: „Kommen Sie morgen früh um Punkt acht wieder, Sie werden dann weitere Einzelheiten über Ihre zukünftige Tätigkeit erfahren. Arbeiten Sie bis dahin die gesamte Literatur durch, die die Beeinflussung des humanen Knochenbaus durch Quanten betrifft. Und, Herr Frey von Skrupel, vergessen Sie nicht: Es gibt Betriebsunfälle!" Geräuschlos entschwand Theobald, dem trotz aller eines progressiven Mediziners nicht unwürdigen Skrupellosigkeit einige Haare zu Berge standen, so daß er wiederholt, bevor er lautlos entschwand, seine byzantische Bartkrisole streichelte.

„Was gibt es Neues, meine Herren?" gab der Profillose sich jovial. „Nehmen Sie Platz. Soeben haben Sie unseren voraussichtlich zukünftigen medizinischen Mitarbeiter gesehen. Er verlangt allerdings als Gegenleistung einen ganzen Lehrstuhl! Diese Ansprüche der jungen Kollegen! Also... wo strahlt es?"

„Das Antigraviton und unsere Versuche sind dem Kardinal Runzelfroh und unserem Universitätspräsidenten verraten worden."

„Woher wissen Sie das?"

„Die Balletteuse Schneeröschen ist mit dem Hausmädchen des Präsidenten bekannt. Diese hat an der Türe gelauscht und alles erfahren, als der Kardinal und der Präsident den Universaldetektor auf uns einstellten", berichteten die beiden Physiker wieder im Unisono-Stakkato.

„Wir haben doch vermutet, daß uns schon jemand bei der Materialisierung Einsteins beobachtet hat", erwog der Profillose, seine Prothesen bedenklich hin- und herschwenkend.

„Es war eine so kleine Gestalt, daß wir im nachhinein nicht entscheiden konnten, um was für ein Lebewesen es sich möglicherweise gehandelt hat", warf Wilhelm ein. Der Profillose schwieg eine Weile. Seine erstarrten Gesichtszüge begannen erst leise zu vibrieren, dann nahmen sie rosa Töne an, und plötzlich wurden sie pechschwarz. Da wußten die beiden Physiker, daß er jetzt rot sah. „Der Universaldetektor", murmelte Professor X. „Wir müssen den Universaldetektor auf jeden Fall in unsere Hände bekommen. Dann werden wir unseren Präsidenten und den Kardinal in die Luft jagen! Sobald wir die Partikel kennen, mit denen wir auch das Skelett irreversibel schädigen können. Der Universaldetektor muß her!"

VII. Kapitel: Theobalds Träume

Glücklich, wenn auch noch immer mit leicht gesträubtem Haar, machte sich Theobald in der Kochnische seiner enganliegenden, knapp geschneiderten Schlaf-, Arbeits- und Eßwohnung zu schaffen, warf ein paar Spiegeleier in die Pfanne, zog sich Pantoffeln über die Füße, versank dann im Sessel, stellte den Fernseher an - über dessen Darbietungen er einzuschlafen hoffte. Ja, es war soweit. Fortuna hatte ihm gelächelt. Offenbar waren nur wenige Bewerbungen auf die Anzeige von Professor X eingegangen. Er war auserwählt? Jetzt mußte nur noch der derzeitige Strahlenforscher möglichst geräuschlos abtreten - dann hätte er die beste Chance, sein Nachfolger zu werden. Zwar stand ihm seine eigentliche Aufgabe noch nicht deutlich vor Augen, aber er würde es schon schaffen. Die Genetik und spezielle Partikelempfindlichkeit des menschlichen Knochenbaus kannte er aus dem ff. Da brauchte er sich nicht durch irgendwelche Literaturberge hindurchzuarbeiten. Nachdem er seine Spiegeleier vertilgt hatte, gab er sich ganz dem Genuß seines in Längslage umklappbaren Sessels hin. Aber die ungewohnte Erregung durch den Aufenthalt in dem ihm doch fremden Milieu hatte seine Nerven mehr beansprucht, als es ihm lieb war. Noch bevor er sich dem Fernseher zuwandte, senkte sich sanfter Schlaf auf seine Lider.

„Ja", murmelte er in sich hinein, „ich werde Ordinarius, werde Lehrstuhlinhaber, der Nationale Forschungsfonds stellt mir Millionen zur Verfügung... der Nobelpreis winkt... was will ich mehr!" Sein schlaftrunkenes Murmeln ging in einen Traum über: Im Erste-Klasse-Abteil eines ICC wurde ihm die vierte Flasche Sekt und das sechzehnte Paar Frankfurter Würstchen mit Kartoffelsalat von der Balletteuse Schneeröschen im duftigen Trikot serviert. Aber im Begriff, auf das sechzehnte Würstchen sich den kinderkotgelben Senf Marke „Steppenbrand" zu schmieren, hörte er die Ansage: „In wenigen Minuten erreichen wir Pilzweiher. Wir bitten den künftigen Lehrstuhlinhaber für Strahlenkunde und Molekularpsychiatrie, sich zum Empfang vorzubereiten und rechtzeitig den Zug zu verlassen!" Ja, da nahten schon die Türme und Kuppeln der neugotischen Barockstadt, zwischen Feldgewürzen, Wäldern und holdseligen Rebenhügeln gelagert, ein Anblick verheißungsvoller wissenschaftlicher Kreativität. Schnell die Würstchen auf beide Backentaschen verteilt, in Mantel, Weste und Schuhe geschlüpft - er pflegte immer die Schuhe auszuziehen und seine Strümpfe den Mitreisenden unter die Nase zu halten, denn er war ja progressiv eingestellt -, da begannen die Bremsen des sanft dahinsausenden ICC zu pfeifen und zu summen, die Wagen merkbar zu rucken, die Geschwindigkeit sich spürbar zu verlangsamen: Pilzweiher! Er kletterte die Stufen zum Perron herab, von einer riesigen Menschenmenge jubelnd begrüßt... Nein, nein, es waren eigentlich keine Menschen, sondern Zwerge, Liliputaner, vielleicht an die hundert, die auf dem Bahnsteig standen, ihn jetzt umdrängten und doch so klein waren, daß sie ihm kaum die Hände hätten drücken können, wenn er sich nicht zu ihnen gebückt hätte. Glückwunschberauschte, runzelige Zwergenhände streckten sich ihm entgegen. Alle trugen die prächtigen roten Talare der medizinischen Fakultät, und es schwoll ihm eher piepsend als überzeugend lautstark entgegen: „Hoch soll er leben! Unser Strahlenforscher und Molekularpsychiater! Wir strahlen das Ende von Irrenhäusern und Anstalten ein! Der zukünftige Entdekker des Schizophrenie-Virus und der Mammonsfalte im Stirnhirn!"

Aus dem wimmelnden Zwergensalat trat ihm ein ehrwürdiger Zwergengreis mit dem typischen langen, weißen Bart entgegen: „Ich habe die Ehre, mich Ihnen als Dekan vorzustellen. Schwanzelhuber ist mein Name, Lehrstuhl für Abtrittsphysiologie und für Biochemie des Linksdralls." Das ehrwürdige, von tragischen Falten durchfurchte Gesicht sprühte kleine Begrüßungsraketen, als sich Theobald zu ihm niederließ und ihn schon auf den Arm nehmen wollte, daran aber von der Studentenkapelle und einem ungeheueren Tusch gehindert wurde. Alle Studenten trugen Couleurmützen, Säbel und Floretts umgeschnallt - aber es waren auch nur Zwerge. Jetzt stampften die Treppe zum Bahnsteig drei indische Elefanten herauf, allerdings ebenfalls nicht höher als ein ausgewachsenes Kaninchen. Auf ihnen ritten drei Herren sehr unterschiedlicher Art: der eine war klein und dick, der zweite nur dick und der dritte lang und spitz. Der erste war mit einem weißen Smoking und einem schwarzen Talar bekleidet, der zweite mit einem schwarzen Smoking und einem grünen Talar, der letzte trug einen grünen Smoking und einen gelben Talar. „Die Universitätsspitze ist vollständig zu Ihrer Begrüßung erschienen", lud Schwanzelhuber mit handauflösender Geste ein. „Sie sehen Magnifizenz, den Kanzler, den Syndikus mit Namen Blinker, Klinker und Zinker. Zum Transport der restlichen Verwaltungsangestellten konnten wir nur einen frischen Amtsschimmel organisieren. Da kommt er schon angaloppiert!" Tatsächlich fegte ein normal ausgewachsener Apfelschimmel über die Gleise, bis unter die Mähne von bunt durcheinander gezwirbelten Zwergen behängt, die an Strickleitern, Tauen, Schnüren, Netzen es sich auf dem schnaubenden Riesenroß gemütlich gemacht hatten. „Sie sehen", fuhr auch hier wieder der Dekan fort, „selbst die gesamte Verwaltung läßt es sich nicht nehmen, Sie gebührend zu begrüßen!" Die Studentenkapelle intonierte einen neuen Tusch, dann die Landeshymne, zu deren flottem Rhythmus das gesamte Zwergenvolk einschließlich der Elefanten mit Tanzschritten in Richtung Stadtausgang hüpften.

„Warum bin ich nur so viel größer als meine zukünftigen Kollegen?" durchschoß es Theobald immer wieder. „Weil nur du wirklich groß und bedeutend bist, die anderen sind kleinkarierte Fachidioten", sagte ihm eine andere Stimme, so daß er förmlich Haltung annahm und selbstbewußt den neben ihm schreitenden Dekan um einige Köpfe überragte.

Hier erwachte der Träumer, der Faden der Handlung riß, doch sich im Sessel umwerfend, von Würstchen, Senf und Sekt angenehm berauscht, wurde er vom Traum wieder in das Zwergenland entführt, anscheinend zu einer privaten Teestunde im Haus seiner Magnifizenz. Jedenfalls sah er sich einem bezaubernden Einfamilien-Häuschen gegenüber, das sich zwischen Rosengärten, Kakteenhecken, Fliederbüschen und murmelnden Wiesenbächen mit noch anderen, ähnlich gebauten, erhob. Vor dem Haus war der Universitätselefant angebunden, der mit seinem edlen Rüssel in den Rosen spielte, ohne sie abzubrechen. Gelegentlich überreichte er einer vorbeieilenden Professorengattin eine Teerose, gleichzeitig artig ein Hinterbein lüftend. Neben ihm standen jedoch in blitzend-schimmernden Reihen die neuesten BMW-, Mercedes- und Porsche-Modelle. Theobald hielt jetzt einen Blumenstrauß in der Hand, klingelte an der Haustüre, auf der mit weißem Schild „Betteln und Hausieren verboten" freundlich zum Empfang grüßte. Es wurde ihm bald geöffnet, jedoch nicht von einem normalen, sittlich ausgereiften und universitätswürdigen Dienstmädchen, sondern von einer grau-gestreiften Katze, die mit weißem Spitzenhäubchen und weißer Schürze dezent bekleidet, auf den Hinterpfoten stehend, ihn mit „Grüß Gott" begrüßte. Theobald gab seine Karte ab, die die Katze las, dabei fauchend das Maul öffnete und etwas Speichel fließen ließ. Theobald war sich nicht im klaren darüber, ob dies als ein Zeichen ungezügelten Appetits oder einfach menschliche bzw. katzige Anteilnahme war. „Der Universitätspräsident, Herr Professor Rumpelmauser, erwartet Sie. Bitte folgen Sie mir möglichst unauffällig", wies ihm das Hausmädchen die zu befolgende Richtung an. Theobald konnte es noch nicht ganz fassen, daß die Katze ihrer Größe nach ihm bis an die Hüfte reichte und über eine menschliche Stimme verfügte. Er beendete seinen Gang in dem schon bekannten Arbeitszimmer Wotans, der, mit dem ebenfalls schon bekannten Kimono bekleidet, ihn in gewohnter Pose, auf dem Diwan ausgestreckt, Wasserpfeife schmauchend, empfing. Hugin und Mugin auf seinen Schultern beäugten den Eintretenden äußerst mißtrauisch.

„Ah", rief der Präsident aus, - er war keineswegs von zwergenhafter Gestalt -, „ah, Herr Frey von Skrupel! Ich begrüße Sie als Rektor und Präsident unserer Universität und beglückwünsche Sie zu ihrer bevorstehenden Karriere. Ich bin darüber orientiert, daß Sie von Ihrem jetzigen Chef, dem berühmten Entdecker des Antigravitons, den Auftrag erhalten haben, den Universaldetektor zu entleihen."

„Ich...", stotterte Theobald verlegen und mußte sich auch wieder an den Bart fassen, „ich weiß gar nichts von der Existenz eines solchen Dinges."

„Es ist nicht der Lügendetektor, sondern der Universaldetektor, über den Ihr Chef verfügen möchte. Aber da es ihm um unethische Ziele geht, können wir Ihnen dieses einmalige Gerät nicht überlassen, - so leid es mir tut, mein lieber Kollege."

„Aber bitte, Magnifizenz... äh, äh... Herr Präsident..., bitte... ich bin über diese Angelegenheit nur ganz ungenügend orientiert."

„Aber unser Hausmädchen", blies Wotan wieder eine Nebelwolke in den Raum, „Fräulein Lizzie, hat Sie doch über die Primaballerina jenes schwerelosen Balletts unterrichtet? Es ist doch das Mädchen, das Ihnen im ICC sechzehn Paar Würstchen, Kartoffelsalat, Senf und vier Flaschen Sekt servierte! Wir unsererseits sind über alles im Bilde, was sich im Labor Ihres Chefs und seiner beiden Assistenten ereignet."

Hier wurde der Schläfer wieder geweckt. Er glaubte ein deutliches Klingeln an der Wohnungstüre vernommen zu haben, beschloß aber, ein erneutes Summen abzuwarten, bevor er seine bequeme Lage mit dem angenehmen Traum wechseln sollte. Da summte es wieder, und sogar ziemlich anhaltend! Mißlaunig und schwerfällig schleppte er sich zu der Sprechanlage in dem hundehüttengroßen Vorraum, den er aber ohne Kriechbewegungen bewältigte. „Hallo? Hallo! Wer ist dort?“ Aus der Sprechanlage ertönte erst ein zögerndes, dann ein klägliches, endlich ein drohendes Gemaunze. „Sind Sie das Hausmädchen des Universitätspräsidenten?“ - „Miau, miau“, antwortete es bejahend. Er drückte den Türöffner, und in wenigen Minuten stand ihm das Hausmädchen Lizzie gegenüber, die in der Tat jene schon bekannte Katze aus dem Haushalt Rumpelmausers war. Natürlich war Theobald peinlich berührt, diesem Tier wiederzubegegnen, das ihm eben erst im Traum die Türe geöffnet hatte. Aber schlafbefangen, wie er noch war, konnte sich sein sonst skrupelloses Kausalitätsbedürfnis nicht durchsetzen, zumal die Katze einen artigen Knicks vollführte und ihm einen Briefumschlag überreichte. Ja, da stand nun schon deutlich in IBM-Druckschrift: Herrn Professor Dr. Theobald Frey von Skrupel, Professor für Strahlenkunde und Molekularpsychiatrie.

War das zu fassen? Vorbedeutung oder Verspottung? Die Rückseite in Augenschein nehmend, stellte er den nicht weniger deutlich verzeichneten Absender fest: Professor Dr. Wotan Rumpelmauser, Rektor und Präsident der Universität von Pilzweiher. Mit zitternder Hand riß er das Kuvert auf, bemerkte aber durch einen flüchtigen Seitenblick, wie die Katze - war es eine solche? - ihn mit halbgeöffnetem Maul schräg anblickte und ihr dabei wieder Speichel aus der Schnauze tropfte. Er tropfte so schnell und in so großen Tropfen, daß sich bereits eine kleine Pfütze auf dem Boden gebildet hatte. Pfui Teufel - durchfuhr es Theobald - ist das vielleicht nicht nur ein carnivores Raubtier, sondern gar eine emanzipierte Kannibalistin? Aber diese Frage wieder zurückstellend, las er: „Sehr geehrter Herr Kollege Frey von Skrupel, in Ihrer Eigenschaft als Mitglied der Ethik-Kommission unserer Medizinischen Fakultät bitte ich Sie, mich demnächst in Sachen Ihrer Bewerbung am Kernspaltungsinstitut aufzusuchen. Ich warne Sie schon jetzt vor dieser Tätigkeit, die nicht mit den ethischen Zielen der Medizinischen Fakultät zu vereinen ist. Gezeichnet...“ Gezeichnet war der Brief vom Universitätspräsidenten und dem Dekan Schwanzelhuber. Theobald spürte, daß so etwas wie ein geistiger Kurzschluß sich seiner bemächtigte, und nach seinem Kinnbart fassend, schrie er die Botin an: „Machen Sie gefälligst Ihr Maul zu, ich bin keine Maus! Sie können mich nicht fressen!“ Aber kaum hatte er diese verhängnisvollen Worte ausgesprochen, fauchte die Katze ihn mit einem übelriechenden Sprühregen halbverdauter Rattenreste an, drehte sich um und sprang laut miauend die Treppe hinunter.

Wie betäubt begab er sich in seinen Fernsehsessel zurück, und wirre Gedankenfäden begannen sich durch sein Hirn zu spinnen. Eine weitere Flasche Henkell Trocken und jetzt auch einige Frankfurter Würstchen mußten herhalten, nicht jedoch, um das „brain-storming“ zu beenden, sondern um ihn wieder in den Schlaf zu befördern. Ja, Schlaf tat not, denn offenbar war seine

Bewerbung im kernphysikalischen Institut schon bekannt, er war verwarnt worden, und womöglich wurde ein Betriebsunfall schon von höchster Stelle eingeplant. In die Schlafpfühle flüchtend, umfächelten ihn wieder sanfte Träume. Ja, er war wieder in Pilzweiher. Dort waren die niedlichen Einfamilien-Häuser in ihrer koketten Bauweise - zwischen Bungalow und französischem Miniaturschlößchen - schillernd. Er saß jetzt beim Dekan an der von Rosenthal-Porzellan wundersam gedeckten Teetafel, umprunkt von Edelgedeck und Hausmachermus. Ja, diesesmal waren es die wirklichen Kollegen und keine Zwerge mehr, die sich hier, von konservativen Tollen und Toupets kopfwärts bedeckt, die Nasen allerdings nur mit Tee begossen. Aber ach, von ihm nahm keiner Notiz, denn schon längere Zeit drehte sich das Gespräch nur um die Frage, wer in der Fakultät den schnellsten und teuersten PKW fahre und wer es auch am besten vermöchte! Wer der tüchtigste Fahrer sei - darum ging jetzt der Streit, an dem die Damen mit ihren feschen viktorianischen Kostümen und relativ modischen Locken, mit ihren noch von den Leiden des Abiturs gezeichneten Gesichtern lebhaft teilnahmen. Wie da mit Florett und Degen auf dem Ziehboden der besten PKW's die Nasen beschnitten wurden, - nein, so etwas, wie hier Chirurg und Frauendoktor mit Cuvette und Amputationssäge aufeinander losgingen, der Urologe seinen Kleinstkatheter zu schwingen verstand und ab und zu damit in die Torte piekte, der Augenarzt sein Monokel verlor und endlich der Geschichtsmediziner dem Anatom einige enzyklopädisch verstaubte Leichenteile aus der Brusttasche zog. Nein, so etwas! Dabei ging es doch nur um BMW, Porsche und Mercedes! Da aber gebot das helle Silberstimmchen der Altdekaneuse Schweigen und schreckte alle mit der Frage auf, wer den ausgeschriebenen Lehrstuhl für Strahlenkunde und Molekularpsychiatrie erhalten würde? Insbesondere, nachdem der jetzige Lehrstuhlinhaber vor zehn Minuten verstorben sei? Auf ihre letzte Bemerkung ertönte beifälliges Klopfen der Fingerknöchel auf dem Tisch. Unbeirrt jedoch fuhr die Altdekaneuse fort: „Ich habe hier die Sittlichkeitszeugnisse der Untersuchungen durch die Heilsarmee gesammelt, die alle anstehenden Kandidaten moralisch auf ihren Lebenswandel durchleuchtet haben. Herr Kollege Hohlmann, Sie als unser bewährter Psychiater, sagen Sie uns, wer Ihr Kandidat ist, dann können wir im Damenkränzchen alles weitere entscheiden." Beifallsgemurmel erhob sich, als Professor Hohlmann, ein aufgeschossener Schrumpfgermane mit blondem Moustache und merkwürdigerweise einer roten Stationsvorstehermütze auf dem Kopf, aufstand und sich mit gewinnendem Lächeln der filigranzarten Altdekaneuse zuwandte: „Mein Kandidat ist mein Schüler, der Privatdozent Theobald Frey von Skrupel. Ich verbürge mich für seinen hohen ethischen Modestandard, seine Fertigkeit im Umgang mit Patienten, seine gewinnende Diplomatie bei Bemühungen um Geldmittel der Pharmaindustrie. Darüber hinaus hat ihm der Nationale Forschungsfonds schon erhebliche Mittel für den großen Holzhammer zugesagt, mit dem er unsere wissenschaftlichen Bemühungen dem Stand der amerikanischen angleichen wird."

Theobald sprang erregt von seinem Stuhl auf: „Ich nehme den Lehrstuhl mit Sicherheit an! Mit Sicherheit!"

„Aber Herr Kollege“, wandte sich ihm der Anatom Bleichbein zu: „Herr Kollege, preschen Sie doch nicht so schnell vor!“

„Außerdem muß erst eine Kommission eingesetzt werden, die die Unterbringung des großen Holzhammers im Klinikgebäude verbürgt“, schaltete sich Dekan Schwanzelhuber ein. Dieser war inzwischen wesentlich verjüngt und funkelte mit cäsarischen Blitzen aus seiner Brille den Anatom an, den er weniger aus sachlichen als aus persönlichen Gründen nicht leiden konnte.

„Und der Sandkasten? Wir benötigen einen neuen Sandkasten, in den wir unsere Köpfe stecken können. Wer garantiert uns die Kostenübernahme?“ rief der Chirurg Sägefroh in die Debatte.

„Die Kosten hat schon die Städtische Baubehörde übernommen, der wir durch unsere Stimmen eindrücklich zum Wahlsieg verholfen haben“, erwiderte der Gynäkologe Schamberg.

„Eine Unterkommission, eine Unter-Unterkommission“, rief es jetzt von allen Seiten dazwischen, so daß das helle Sopranklingeln der Altdekaneuse sich nicht mehr durchsetzen konnte und einige ältere Fakultätsmitglieder, die schon über ihren Teetassen eingeschlafen waren, erschreckt auffuhren, die Tastatur der Abstimmungsmaschinerie drückten, und die Auszählung der Stimmen eine deutliche Ablehnung des großen Holzhammers ergab, der Sandkasten jedoch genehmigt wurde. Damit, so wurde es Theobald klar, verringerten sich seine Berufungschancen. Flehend blickte er zu seinem geistigen Vater Hohlmann, winkte diesem mit der Teetasse, schlug mit dem kleinen Silberlöffel an ihren Rand - aber Hohlmann konnte ihm nur freundlich, jedoch hilflos zuzwinkern. Die Altdekaneuse hatte die Stimme inzwischen zu einem fast markdurchdringenden Schrei erhoben: „Nein, die Unterlagen der Heilsarmee sprechen gegen den Lebenswandel des Herrn Frey von Skrupel, er neigt zum Lesbiertum.“

„Aber nein, nein, nein, was nicht ist, darf nicht sein!“ erhob sich das Kollegium im Unisono-Chor, stampfte den Takt mit den Füßen, setzte zum Kanon ein, der jedoch atonal in das Erwachen des naßgeschwitzten Theobald einbrach: „Nein, nein, nein, es muß ein besserer Schampus sein!“ summte er die Melodie noch vor sich hin. Was für ein Alptraum! Aber er war doch berufen? War er nicht längst schon Professor für Strahlenkunde und Molekularpsychiatrie? Wo war der Brief des Präsidenten? Wo war die Aufforderung, in Angelegenheit der Ethik-Kommission vorzusprechen? Theobald begann zu suchen, fieberhaft zu suchen, - wie die deutsche Sprache ein hastig-unruhiges Suchgeschäft bildhaft umschreibt. Der Brief war nicht aufzufinden! Der Brief war verschwunden! Nicht auf dem Tisch, nicht im Sessel, nicht auf der Couch, nicht auf dem Fernseher... In keiner Schublade... unauffindbar! War denn alles ein Traum gewesen? Er trat in den Miniflur... nein, auch dort lag der Brief nicht, - aber dort... Da war ja noch die kleine Pfütze von dem Katzenspeichel!

VIII. Kapitel
Düstere Pläne

„Sie zittern ja! Was ist mit Ihnen?" Mit entblößten Eckzähnen starrte Professor X Theobald an. Dieser war von den Aufregungen der letzten Nacht geschwächt und mußte sich wiederholt an den Bart fassen - bevor er der Aufforderung seines Gegenübers folgte, Platz zu nehmen.

„Ich habe mich Ihrem Wunsch folgend die ganze Nacht mit der Genetik des Knochenbaus befaßt", log Theobald entschuldigend.

„So, so? Nun gut. Sie haben doch verstanden, daß wir im Begriff sind, das von uns entdeckte Antigraviton in der Praxis zu bewähren. Stellen Sie sich vor, daß eine von der Schwerkraft befreite Menschheit - die nach Belieben mit Luftsprüngen ganze Kontinente überhüpfen kann - in die Stratosphäre steigt und sich auch wieder zu senken vermag. Denken Sie an die politische Verwertbarkeit einer solchen Erfindung! Sie muß natürlich in verantwortlichen, humanitär-sozialen Händen bleiben", dozierte der Profillose mit seiner wie üblich knarrenden, heiseren Stimme, von gelegentlichem Räuspern und ebenso gelegentlichem Betrachten seiner Prothesen, Ablesen der soeben eingegangenen Daten in den Fingerspitzen, unterbrochen.

„Selbstverständlich verantwortungsvoll, human, sozial - das ist auch ganz meine Überzeugung", echote Theobald eifrig, mit Haaren und Kopfhaut wakkelnd.

„Also, da sind wir uns ja einig. Wir sind jedoch begrenzt, da unsere Taschenapparate nicht ausreichen - wie Sie bei den Balletteusen richtig beobachtet haben -, einen Menschen länger als zwei bis maximal fünf Sekunden in der Luftschwebe zu halten. Die im Körper eingelegten Mineralien, vor allem das Kalziumhydroxyd des Skelettsystems, leistet dem Antigraviton noch einen zu großen Widerstand. Wir haben darüber vergleichende Studien - wie ich schon das letztemal erwähnte - an verschiedenen Wirbeltieren durchgeführt, die über diese Art von Immunität offenbar nicht verfügen. Ihre molekularbiologische Forschung, Herr Frey von Skrupel, kann vielleicht dazu beitragen, entweder die Strahleneffektivität zu erhöhen oder die Mineralisierungsquantität vermittels der Hamilton-Formel spezifisch zu beeinträchtigen. Das wäre Ihre eigentliche Aufgabe."

Theobald mußte jetzt seinen Bart nicht mehr befühlen, sondern spannte seinen Oberkörper hoch und sah den Profillosen selbstbewußt an. „Ich bin sicher, daß ich Ihnen hier helfen kann. Ich habe bei Schädeldurchleuchtungen von an Altersschwachsinn leidenden Kranken bemerkt, daß die Schädelkalotte den Kalkabbau merklich unter Bestrahlung mit CX 12-Bosonen der untersten Rangstufe fördert, der Schädel in kürzester Zeit porös und eindrückbar wird."

„So, das ist ja hochinteressant", krächzte der Profillose und beugte sich über den Schreibtisch zu Theobald.

„Aber die Bestrahlungsfolgen sind nicht umkehrbar. Einmal entkalkt, kann der Knochen nicht wieder aufgebaut werden, auch nicht mit intravenösen

Kalziumgaben noch mit Calcevita-Tabletten morgens in Wasser aufgelöst", gab Theobald zu bedenken.

„Es treten also Dauerschäden ein?"

„Damit müssen Sie rechnen."

„Mein verehrter Herr von Skrupel, ich meine gerade Frey von Skrupel... Nomen est Omen! Wer wagt, gewinnt!" begann der Profillose. „Wir werden Ihre Bosonen CX 12 einfangen, speichern und in die Antigraviton-Beschußapparate einsieben. Dann werden wir der Justiz und natürlich dem Parlament von Groß-Schildburga vorschlagen, daß die verschiedensten Verbrecher je nach der Zeit ihres Gefängnis-Aufenthaltes vermittels des Antigravitons als Versuchsperson in die Atmosphäre eingeschleust werden, um sozusagen als Satelliten die Erde zu umkreisen."

„Aber", raffte Theobald sich zu einer Entgegnung auf, „wenn ihre Strafzeit verstrichen ist, sind sie doch wahrscheinlich gehunfähig, das entkalkte Skelett wird größere Defekte, Löcher in seinem Aufbau enthalten."

„Da kommt es eben auf die rechte Dosierung an. Es muß die Proportion zwischen Dauer des Strafvollzugs, zumutbarer Entkalkung und vor allem Höhe des Schwebezustandes berechnet werden", trommelte der Profillose mit seiner linken Prothese zunehmend nervös auf den Schreibtisch.

„Sie meinen im Prinzip, daß die Höhe des zu erreichenden Schwebezustandes des in die Luft zu katapultierenden Sträflings mit dem Ausmaß der Entkalkung seiner Knochen in ein Kalkül gebracht werden muß", schloß Theobald, der sich immer wichtiger vorkam.

„Ja, ganz recht, aber ohne Anwendung der Mengenlehre, sondern nach dem Fermat'schen Funktionsprinzip. Vergessen Sie nicht den Limes Cauchys bei der Auflösung des Kalküls..." Denn Theobald hatte bereits seinen Taschencomputer in der Hand und begann zu rechnen. „Und", fuhr der Nobelpreisträger fort, „das zeitliche Ausmaß der abzubüßenden Strafe muß berücksichtigt werden!"

„Nicht auch eventuelle Winterbekleidung bei längerem Aufenthalt in der Atmosphäre? Bedenken Sie, Herr Professor, die tiefen Temperaturen!"

„Ja, gewiß, aber die Temperatur wird erst ab 1000 Meter aufwärts kritisch. Ich stelle mir vor, daß die Strafgefangenen in Höhen von nur 100 bis 200 Metern die Erde umkreisen. Natürlich wird sich ihre Zahl erheblich erhöhen, wenn die Gefangenen wie auch die Geheimpolizisten aus den ehemaligen sozialistischen Staaten hinzukommen", erwärmte sich der Profillose zunehmend bei seinen Ausführungen. „Aber nehmen Sie als weiteren Quotienten die Winterbekleidung hinzu, und vielleicht sollten Sie die Krümmung der Erdoberfläche nach Riemann berücksichtigen."

Der eifrigst mit seinem Computer kalkulierende Theobald wagte erneut einen Widerspruch. „Aber dann wird sie doch unendlich, und das würde einer zeitlich unbegrenzten atmosphärischen Inhaftierung entsprechen."

„Umso besser." Der Profillose versuchte sich ein Grinsen abzugewinnen. „Diese Leute belasten doch nur den Sozialstaat - seit unendlicher Zeit, oder?"

„Ja, das hängt eben ganz von unserer Berechnung ab. Wenn wir die Newton'sche absolute Raum/Zeit als Variable einführen, müssen wir die Zeit des Strafvollzugs in Kauf nehmen. Nach Riemann-Lobatschewsky jedoch wird der Strafvollzug unendlich."

„Berechnen Sie die vorübergehend Inhaftierten nach Newton, die lebenslänglich Verurteilten nach Riemann", schnitt Professor X weitere Einwände ab.

„Und wie stellen Sie sich, Herr Professor, die Ernährung und auch die Notdurft der Schwebenden vor?" erlaubte sich Theobald erneut zu fragen, der sich soeben einen fliegenden Strafgefangenen bei Erledigung seiner menschlichen Bedürfnisse über dem Bismarckplatz vorstellte.

„Selbstverständlich durch Mini-Raumstationen nach dem Vorbild der großen Satelliten. Aber lassen Sie uns das eine cura posterior sein. Sie sollten sich gleich auf die Entwicklung der Bosonen CX 12 konzentrieren. Unser Beschleuniger, der ja zu den größten und effektivsten zählt, wird Ihnen zur Verfügung stehen. Alle technischen Einzelheiten erfahren Sie bei meinen Mitarbeitern, die Sie mit Vornamen Klaus und Wilhelm ansprechen dürfen. Es sind über dreihundert Arbeiter, Techniker, Ingenieure in unserer Anlage beschäftigt. Aber - entschuldigen Sie..." Und der Profillose, über sein Maß hinaus erblassend, starrte an die ihm gegenüberliegende Wand. Unwillkürlich riß es Theobald auf dem Sitz herum. Da schwebte ja wieder die goldumrahmte Brille, direkt über den Fotografien von Heydrich, Robespierre und anderen Nicht-Physikern. Aber diesesmal sprang der Profillose mit ungewöhnlicher Hast von seinem Sessel auf, griff in eine hinter ihm befestigte Schalttafel, zog, schob, drückte - und schlagartig wurde es im Raum dunkel, ein flackerndes Knistern und violettfarbenes Blitzen glitt über die Wände. „Verschwinden Sie, Einstein, verschwinden Sie! Sie sind längst tot und haben hier nichts zu suchen", rief der Profillose mit hohltönender Stimme und löste fortlaufend das gespenstische Knistern und Flackern aus.

Theobald jedoch, der scheinbar so kühle, stets kontrollierte, ehrgeizig-emotionslose Nachwuchswissenschaftler, verlor die Besinnung und rutschte wie ein gefällter Strohhalm auf den Boden. Als er wieder zu sich kam, wäre er am liebsten wieder in das Dunkel der Bewußtlosigkeit herabgetaucht. Was zuviel war, war zuviel! Aber es gelang ihm nicht, den Blutkreislauf seines Großhirns kurzfristig und willkürlich zu stornieren. Neben ihm auf dem Boden lag eine grüne Schlange von der Größe eines erwachsenen Menschen. Sie trug zwar eine Brille über den angedeuteten Nasenlöchern, und er gewahrte zu seiner Beruhigung, daß sich ihm von dem Vorderleib des Untiers zwei Ärmchen mit einem Glas Coca Cola - jedenfalls der typischen Aufschrift entsprechend - entgegenstreckten. „Theobald, stärken Sie sich", hörte er die ihm schon bekannte Stimme von Fräulein Gillich und erkannte auch die lispelnd gespaltene Zunge schwarz-rot zwischen dem Ober- und Unterkiefer. „Aber Fräulein Gillich, was ist denn aus Ihnen geworden?"

„Lethol, Lethol - ich mußte nach der Dokumentierung Ihres Gespräches mit unserem Chef Lethol in größerer Menge einnehmen. Danach beginne ich kurzfristig zu halluzinieren. Ich halte mich jetzt für eine Klapperschlange!"

„Halten? Sie sind auch eine! Beißen Sie mich nicht! Hilfe!" Und Theobald, das Coca Cola-Glas an sich reißend, sprang schnell auf seine noch etwas wakkeligen Füße. Mit einem Zug trank er das köstliche, superkoffeinhaltige Naß, das ihm sogleich eifrig und fortschrittlich beide Herzkammern aufblähte. Durchhalten! Der Lehrstuhl winkt - und er konnte gerade noch das Schwanzende der sich aus dem Zimmer entfernenden Schlange sehen. Es war die Rassel, es war die Klapper, die dort im Format einer Schreibmaschine an der Schwanzspitze zitterte und die jetzt das berühmte Schicksalsmotiv aus der Eroica Beethovens mit Kastagnettenklang erschallen ließ: „Ta-ta-ta-ta, ta-ta-ta-ta."

IX. Kapitel
Erste Schritte zur Rettung der Menschheit

„Wir haben im Prinzip drei Möglichkeiten, der Bedrohung durch das Antigraviton entgegenzuwirken", meinte Rumpelmauser, der heute nicht - wie meistens - auf dem Diwan lag, sondern sein verplüschtes Arbeitszimmer mit bedächtigem Schritt durchmaß, von seinem goldroten Zen-Meister-Kimono umhüllt, auf den Schultern hockten Hugin und Mugin, die jeder ihm mit einem japanischen Fächer Kühlung zufächelten. Hin und wieder beugte er sich zu der Wasserpfeife, blubberte ein wenig Dampf und legte das Gesicht in sorgenschwere Falten.

„Und die wären, mein lieber Wotan?" fragte der Kardinal, der jetzt fast ausgewachsen seinerseits auf dem Diwan saß und mit scharfen Blicken den Präsidenten musterte, sich gelegentlich über die weißen Haare strich und wie ein altrömischer Gladiator vor dem Kampf aussah.

„Nun, meine Beziehungen als Präsident der Gesellschaft zur Förderung des transversellen Lebens, ständiger Berater aller wechselnden europäischen Staatshäupter, engster Berater des Präsidenten unseres wohlhabenden Schildburga, - und was ich noch mehr an Ämtern inne habe. Das rote Telefon dort hinter dem Vorhang verbindet mich mit jedem Präsidenten, König oder auch Diktator. Diese Herren kann ich warnen."

„Aber möglicherweise versuchen sie das Antigraviton in ihren Besitz zu bringen. Denk' nur an die militärischen Vorteile!"

„Ja, ja, mein Teurer, das stimmt! Das stimmt! Besonders bei den Großmächten! Aber es käme auf den Versuch an."

„Und was wäre die zweite Möglichkeit?"

„Daß ich als Universitätspräsident dem Mediziner jede Tätigkeit bei Professor X untersage. Er ist nämlich im Begriff, das Ding schußbereit zu machen."

„Und warum hast du von dieser Möglichkeit noch keinen Gebrauch gemacht?" fragte gespannt der Kardinal, der dabei einen Blick auf eine ihm gegenüber an der Wand hängende, eingerahmte Fotografie warf, er nicht ohne Genugtuung feststellte, daß sein Gesicht wieder normal proportioniert war: hohe, leicht rückwärts fliehende Stirn, etwas ausgefranste Brauen, vorspringende Hakennase, schmale Lippen und ein festes Kinn.

„Ich habe den Mediziner schon verwarnt, indem ich ihm einige verwirrende Träume geschickt habe und unsere liebe Hauskatze Lizzie..."

„Miau, miau", ertönte es sofort hinter der Türe, worauf Rasputin bellend aus den Vorhangfalten hervorsprang und die beiden Raben kurzfristig ihr Fächeln einstellten.

„Lizzie hat ihm einen Brief gebracht, den er allerdings verlegt hat. Auch Fräulein Gillich beginnt zu halluzinieren - das kann zu Komplikationen führen. Maya wird ihm einen Traumbefehl zukommen lassen, und ich glaube, daß es nicht lange dauern wird, bis er bei uns auftaucht. Die letzte Möglichkeit wäre, daß er das Betriebsgeheimnis der Herstellung des Antigravitons nicht mehr bewahrt und verunglückt."

„Aber wir wollen doch keinen Menschen in Lebensgefahr bringen!"

„Nein, nein, vielleicht läßt sich das mit ein paar Prellungen und Schrammen abmachen."

„Wird er jemals auf den Lehrstuhl verzichten?"

„Das ist schwer vorauszusagen. Er ist schon ganz in den Händen des Physikers - wie ich in meinem Universaldetektor beobachten konnte. Aber der hat ihn natürlich nicht in seine destruktiven Pläne eingeweiht - sondern seinem Vorhaben ein humanitäres Mäntelchen umgehängt!"

„Typisch für die Naturwissenschaftler", sagte der Kardinal lakonisch und fragte weiter: „Und die dritte Möglichkeit?"

„Du mußt die Medien mobilisieren, wie du schon selber gesagt hast. Die Weltöffentlichkeit, die Ökologen und vor allem den Papst Hieronymus, - auf den ja die Welt hört."

„Das kommt ja einem langen Gang durch die Institutionen gleich, mein lieber Rumpelmauser. Doch ich werde mein Bestes versuchen. Ich kenne ja die Großintendanten vom ADA und DFZ sehr gut. Aber meiner Figur fehlen noch immer zehn Zentimeter. Die müßten mir noch irgendwie nachwachsen, sonst nehmen mich die Herren nicht ernst, was können wir da tun?"

Rumpelmauser schwieg, saugte nachdenklich an seiner Wasserpfeife, öffnete den Kimono, schloß ihn wieder und meinte dann: „Du mußt noch einmal bei meiner Frau schlafen."

Der Kardinal sprang von seinem Stuhl auf, und schon stand Rasputin neben ihm und kläffte ihn heftig an.

„Nein, nicht so, - was denkst du denn - sondern einfach bei ihr auf der Wiese liegen, Wagner hören und schlafen, schlafen, schlafen..."

Bei dem dreimaligen Aussprechen des Wortes „schlafen" starrte Rumpelmauser ihn durchbohrend mit dem einen ihm verbliebenen stahlblauen Auge an. „Schlafen, - schlafen, - schlafen..." brummte er dann mit göttlichem Baß.

Den Kardinal überkam bei diesen Worten tiefe Müdigkeit, und wie aus weiter, weiter Ferne hörte er wieder Tristans Liebestod von herrlichem Altsopran gesungen. Ja, da lag er wieder auf der Wiese... zwischen duftenden Sommerblumen und von Kinderreigen umtanzt, zwischen Margeriten, Blauglöckeln, Schneeblättchen und Rosenrot... und wie die Sommerblumen alle heißen.

Wer gab ihnen denn die Namen? Der liebe Gott oder die bösen Menschen, fragte sich der Kardinal, als er sein dunkles, wohl noch zur Leidenschaft fähiges Auge erstaunt unter Mohnblüten öffnete. Windelweicher Sommerwind sanftelte über die zarten lippenblütigen Lippenblütler, über die feuerroten Nesselquasten... Aber um ihn ertönte das Lied von Tristans Liebe, von seiner Treue, von seinem Tod, aber auch von seinem Wortbruch... Es wogte, webte und wehte, wogte, webte und wehte (oh Wagner!), bis ihn schlafdunkle Zeitlosigkeit umfing. Im Schlafdunkel fühlte er Maya nahen, deren Harfentöne gestirnische Sphären zusammenfügten... Maya, das blonde, wogende Ährenfeld, die ihn jetzt an ihre Brust nahm... ihn, den Kleinen, davontrug in immer glücklichere, glücklosere Tiefen. Er fühlte wieder schlaftrunken seine Glieder pulsen, wie sie sich reckten und streckten, wie seine Stirne wuchs und der winzige Abschlußhaken an seiner Nase sich wieder einstellte!

„Werde, der du bist!" Runzelfroh vernahm die süße Frauenstimme: „Zieh' dich immer am eigenen Zopf aus den Sümpfen des Lebens, aber ziehe... ziehe..., dann werde, wachse... und erstarke", ertönte es heldisch im entschwebenden Siegfried-Akkord.

„Mein verehrter Kardinal, wie froh bin ich, Sie wieder einmal bei uns zu sehen! Nun, wir leben in einer schnellebigen Schnellzugszeit, und wie sollen wir da mithalten, wenn wir nicht noch schneller als die Zeit fahren? Wer bestimmt uns denn, wer ist denn unser Weltbild, unser Paradigma, Vorbild, Ideal, wer entwickelt die Massentheorie der Massen aus, um sie hochfrequenziert weiterzugeben? Und da spricht doch die Kirche heute ein gewaltiges Wort mit! Es braust ein Ruf wie Kirchenhall! Saeculum, saeculum aeternum lux perpetuum, - oder wie heißt es? Stehen wir nicht ganz im Dienst der christlichen Massenverkündigung, der christlichen Massenverhütung und Massenvernichtung? Mein teurer Kardinal, verehrter Paternoster Runzelfroh, sind Sie nicht ganz meiner Ansicht?"

Ehe der Kardinal zu antworten in der Lage war, hatte Rasputin dreimal gekläfft, denn er hatte zwischenzeitlich das gesamte elektronisch abgesicherte Mobiliar des höchsten Mediendirektors beschnuppert und nicht versäumt, auch gelegentlich sein linkes Hinterbein zu heben.

„Ja, ja, ja, natürlich, Herr Generalintendant", raffte sich der Kardinal zu antworten auf. Noch wie betäubt konnte er sich kein Urteil bilden, wie und von wo er so unversehens in den Raum des höchsten Satelliten-Fernsehchefs geraten war, wenn ihm jetzt auch sein eigentlicher Auftrag wieder eingefallen war. Er mußte dem Generaloberintendanten Dr. Lautlos die Gefahr des entdeckten Antigravitons nahebringen. Aber wie? Der ihm gegenübersitzende Generalintendant war wohlbeleibt, freundlich und strahlte ihn schon leicht beglatzt aus einer Art buntgewürfeltem Tropenanzug an. Aber er redete ununterbrochen, - wann und wie sollte er ihn unterbrechen?

„Natürlich müssen wir zur Sache kommen, Herr Kardinal, solange wir noch nicht bei der Sache sind. Aber wir vom Fernsehen sind immer schon vorher bei der Sache, bevor es möglich ist, überhaupt zur Sache zu kommen. Verstehen Sie? Ihre Sache ist vielleicht von gestern, vorvorgestern, wir sind immer schon im Morgen und Übermorgen. So erinnere ich mich an unseren gestrigen Besuch bei unserem berühmten Klinikchef, Professor Pepsin..." Hier unterbrach ihn Runzelfroh erneut: „Herr Generaloberintendant, ich habe Ihnen eine äußerst wichtige Mitteilung zu machen. Wenn Sie heute kein Ohr für mich haben, da Sie schon von morgen sind, muß ich mich an Doktor Lispler im zweiten Rangierfeld wenden oder an Herrn Kauhals im DWS oder an die Zentrale in Paris, London, New York." Jetzt erst bemerkte er schräg gegenüber den mondsichelförmigen, opalisierenden Schreibtisch seines Moderators, in dem ein kleiner Spiegel aufglänzte. Er warf einen Blick hinein: Er war es wieder! Er hatte seine volle Größe und sein volles altrömisches Profil wiedererlangt. Sein schwarzer Anzug, das weißseidene Flanellhemd, der altertümliche Hut, - ja, alles stimmte, auch der Stock mit der silberbeschlagenen Krücke! Kaum war die Inspektion beendet, versuchte er den Generaloberintendanten wieder zu unterbrechen. Dieser war aber noch immer bei seinem Klinikchef: „Und denken Sie nur, wie sich in der morgigen Zeit, von heute reden wir ja nicht mehr, da die Zukunft sich schon längst ereignet hat! Mein Durch-und-durch-Chef der Zukunft hat aber heute noch gelebt. Ja... der Tageslauf dieses Mannes! Ein bewundernswerter Tageslauf der Zukunft. Sein Auftrag beginnt schon um fünf Uhr morgens, die Familie nimmt mit ihm um vier Uhr dreißig das Frühstück ein, anschließend gehen die Kinder wieder ins Bett oder sie müssen eben in der Schule ausschlafen. Ist das dann ein Wunder, wenn die Kinder unserer hochkarätigen Schildbürger von morgen im Hippietum auf Ibiza oder in Nepal verschlendern und verwahrlosen? Aber Professor Pepsin legt Wert auf ein harmonisches Familienleben, er führt eine vorbildliche Ehe, zumal er seine Frau nicht einmal mehr im Schlaf sieht. Denn er ist ja dann ab sechs Uhr in der Klinik, um alle Telefonanrufe aus der ganzen Welt abzuhören, die morgen und übermorgen auf ihn einfallen werden. Er lebt für das Morgen! Die Anrufe werden sofort gespeichert, die Gespräche publiziert, und so bringt diese Koryphäe unter ihrem Namen allein an die fünftausend Publikationen pro Jahr heraus. Die Laserdruckmaschinen kommen gar nicht nach, aber es zahlt sich aus, denn wir übermitteln davon im Nachtstudio über tausendfünfhundert pro Jahr. Pausenloser Hagel von Anerkennungen, Nobelpreisen, Ehrenrettungen..."

„Und weiter?" fragte der Kardinal, der von dem Redefluß wie hypnotisiert sich an seinen dünnen Haaren zu seiner Mission wieder emporzwirbeln mußte.

„Weiter, mein lieber Kardinal, ja, wie geht das Leben eines solchen Supermannes weiter? Er kann gleichzeitig mehrere Vorträge diktieren, die allerdings Wiederholungen mit nur kleinen Veränderungen darstellen, er eilt zur 25. Kommissionssitzung für die Unterbringung von Fahrzeugen im Klinikgelände, die bis 12 Uhr mittags dauert. Dann folgt der Rapport der Oberärzte über Klinikzugänge und -abgänge, Einnahme des Essens in Tablettenform und einem mundgerechten Klistier, um 14 Uhr die staatliche Leichenschau, Überprüfung neuer Sterilisationsmaschinen, Abflug nach New York, um 13 Uhr US-Zeit Rede vor der UNO-Vollversammlung über das neue Gymnastikprogramm, dann ein Cocktail..."

„Und das Klinikpersonal, die Patienten?" mußte sich dennoch und widerwillig Runzelfroh wundern.

„Flüchtigste Kontakte, flüchtig, flüchtig! Alles per Monitor! Wann soll ein solcher Superarzt sich noch um Patienten kümmern? Sein Tageslauf hat uns eines der populärsten Features geliefert! Er hat selber die Hauptrolle gespielt... Ein glänzender Schauspieler! Die Weißwaldklinik ist nichts dagegen! Zwölf Millionen Zuschauer! Ein Rekord..."

„Wann hat er wohl Zeit, zur Beichte zu gehen?" grübelte Runzelfroh halblaut.

„Beichte, aber mein teurer Kardinal, wer geht denn noch zur Ohrenbeichte? Das ist doch nun wirklich mittelalterlicher Unsinn. Also wirklich, wir haben doch alle unseren Psychoanalytiker. Auch ich habe mir einen gekauft, nein, noch nicht im Portable-Format. Nein, lebenslänglich mit Anrecht auf Rente gemietet. Das DFZ trägt alle Kosten. Ich zahle 350 DM pro Stunde, nehme zehn Stunden im Monat ein, eine fabelhafte Erfindung. Es ist ein echter Freudianer. Er kannte noch als Säugling Freud; als er seine Mama in die Brust biß, hat ihn der alte Freud durchgehauen. Da konnte er nur selber Psychoanalytiker werden. Seine Eltern waren schon überzeugte Freudianer, - noch vor der Erfindung der Psychoanalyse... Die waren wie wir: von morgen!"

Runzelfroh kam wieder zu sich. Seine Mission! In diesem Augenblick geschah es: Ein leichter Blitz durchzuckte den Raum, und der Kardinal schwebte mit einem kurzen Aufschrei an die Decke, um gleich wieder herunterzufallen. Eines der zahllosen Tonbänder auf dem Schreibtisch des Generaloberintendanten setzte sich in Bewegung, die Stimme des Profillosen ertönte: „Wir warnen Sie! Das ist nur ein erster Versuch!"

„Ja, was ist denn das, was ist denn das!" rief der Generaloberintendant und sprang auf. „Was nicht sein darf, kann doch nicht sein. Es gibt doch noch eine Schwerkraft! Ich muß sofort meinen Psychoanalytiker anrufen. Womöglich leide ich an beginnendem Eifersuchtswahn?"

„Beruhigen Sie sich, mein lieber Doktor Lautlos, wir sind doch von morgen - aber Sie wollten mich nicht zur Sache kommen lassen", erklärte der Kardinal, den seine Contenance schon wieder in fester Hand hielt, „mit Gravitation hat es zu tun, und davon versteht ihr Psychoanalytiker gewiß wenig!"

„Mit Gravitation? Dann, verehrter Kardinal, wenden Sie sich doch an unseren Ressortleiter Physik, Dr. Lispler, er wird Ihnen gewiß weiterhelfen, und ich erteile Ihnen schon einen generellen Ablaß für alle Ihre geplanten Programme. Wir sind Kirche und Ökologie treu, wir dienen der christlichen Massenverhütung durch Entmassung des emanzipierten Individuums. Meine Parole ist: Brot für die Welt schafft Hunger, äh, ich meine natürlich umgekehrt: Hunger für Brot schafft die Welt; nein, Hunger schafft Brot für die Welt!"

Lautlos spulte sich Dr. Lautlos mitsamt seinem halbmondförmigen opalisierenden Schreibtisch, den vielen auf- und ableuchtenden Lämpchen, Computern, Mini- und Makrospeichern, Band- und Videogeräten samt 338 Großmonitoren aus dem Zimmer. Der Kardinal selbst versank mit seinem Stuhl liftartig einige Stockwerke in ebenso laut- wie praktisch reibungsloser Geschwindigkeit nach unten, eine moderne Falltüre, unbequeme Besucher auf andere Abteilungen zu rangieren. Er saß bereits dem Ressort-Leiter Physik gegenüber, der ein strenger Naturwissenschaftler war, aber gleichzeitig das Referat zur Geschichte für dialektischen Materialismus (DIAMAT) verwaltete. Dieser Herr war ein athletisch geworfener Bajuware, kurzleibig, viereckköpfig, blondstruppig mit ausgeprägt wissenschaftlicher Hammelnase und der progressiv sich gebärdenden Aluminium-Gummibrille. Er war gerade im Begriff, sein zweites Frühstück zu verzehren, und dokumentierte seine rustikale Herkunft durch Auswikkeln von Butterbrotpapier und Hervorzerren einiger dick mit Blauzipfeln in Sud belegter Stullen. Natürlich fehlte nicht das Maß Bier auf dem Tisch. Der Ressort-Leiter schien über das plötzliche Erscheinen des Kardinals ihm gegenüber nicht erstaunt. „Wollen's mithalten, Eminenz? So a guats Brotle gibts net alle Tage. Gelobt sei Jesus Christus." Da der Ressort-Leiter mit vollen Backen sprach, war er in der Tat kaum zu verstehen. Der Kardinal freute sich doch endlich, einem Gleichgetauften zu begegnen und antwortete: „In alle Ewigkeit, Amen."

„Womit kann ich Hochwürden dienen?" fragte jetzt Dr. Lispler, der von seinem zufällig imbißfreien Mund genötigt war, Hochdeutsch zu sprechen, zumal er katholisch getauft und physikalisch ausgebildet war. Der Kardinal versuchte ihm mit knappen Worten die Entdeckung des Antigravitons und die gefährliche Lage zu erklären, in der sich die Welt befand. Er stieß aber auch hier auf wenig Verständnis: „Aber gehen's, Hochwürden, wie schaut's denn aus, das Antigraviton? Dös hat doch noch keiner g'sehn! I kenn den Schandhuber von Physiker dort oben im Institut. Des is doch ein Phantast! Wissen's net, der hat Krimi g'schriebn, und was für welche! Blaubärtige Schnadershupferl, die vorn und hinten net stimmen."

Der Kardinal widersprach lebhaft, unterstützt von beharrlichem Aufkläffen, Wiffen und Waffen Rasputins, der Blauzipfel mit Sud witterte, - Runzelfroh sich selbst als Augenzeuge der letzten geheimen Sitzung der drei Physiker profilierte. Dr. Lispler jedoch unterließ es nicht, ihn immer wieder auf die Absurdität seiner Vorstellungen zu verweisen - von gelegentlichem Abbeißen und lebhaftem Schmatzen unterbrochen. Er entschloß sich aber, dem ihn vertraulich anwedelnden Rasputin doch einen Zipfel (ohne Sud) zu opfern. „Wissen's", so fuhr er fort, „i bin ja auch so ein diplomierter Physiker, und wir machen hier die Sendungen für die Oberstufe und die Fernsehuniversität. Bei der allgemeinen Relativitätstheorie machen wir Schluß, das geht net in den Grips von den meisten, aber dös sag i Eahna, dös mit dem Antigraviton ist ein Politikum, gehn's doch zu unserem politischen Referat „Zeit von heute ist Zeit von morgen."

Der Kardinal sauste jetzt in einer Art verglastem Liegestuhl schräg nach links in die Höhe, um im 34. Stockwerk des zentralen Fernsehstudios, im Referat „Zeit von heute...“, abgestoppt zu werden.

„Ja, mein Teurer, mein verehrter Herr Runzelhuber, entschuldigen Sie, ich meine Huberrunzel...“

„Runzelfroh“, betonte der Kardinal etwas indigniert.

„Nomen est omen? Natürlich! Waren Sie soeben beim Papst in Kattowitz, bringen Sie uns Neues? Wie geht es dem geistlichen Vater? Ich durfte ihm bei der Audienz schon dreimal den Petersring küssen, einmal in Abwesenheit meiner Frau, dann meiner nicht angetrauten Braut und jetzt mit meiner Freundin. Ja, diese großherzige Liberalität des Hieronymus... Sie wissen sicher der wievielte? Aber ich befürchte, er hat mich jedesmal für eine andere Person gehalten... Kein Wunder, bei Tausenden von Audienzen“, so floß es erquickend, sprudelte es plauderleicht und lippenfroh aus dem Mund und den dazugehörigen, Töne produzierenden Stimmbändern des Endfünfzigers, des ebenfalls stattlich beleibten, sogar eine Zigarette rauchenden Managers. „Denn was als Zeitgeschichte gelten soll, was in den Akten der Vergessenheit bis zum nächsten Auferstehungstag zum Schweigen verdammt ist, bestimmen wir!“

Dr. Tafelblitz redete so beschwingt und munter, daß der Kardinal sein Anliegen weder zur Darstellung bringen konnte noch Rasputin sein erstauntes Hecheln unterbrach. „Ja, ja, der Papst, der Papst, der Papst“, trommelte er leutselig auf den diesesmal umgekehrt zum Besucher geöffneten Halbmond seines jetzt türkis schimmernden Schreibtisches. Er begann sogar zu singen: „Der Papst lebt herrlich in der Welt“, wandte sich dann direkt an den Kardinal: „Sie sollten in Ihrer Sache den Papst ansprechen! Sie haben doch unmittelbar Zutritt zu diesem bewundernswerten Mann! Ja, die Zeit der Religionskriege haben wir ja glücklich überstanden, insbesondere nach der Einführung der katholisch-limitierten Ungläubigen, nicht? Aber, mein verehrter Kardinal, ich plaudere wieder so viel, wie es bei Mozart von den Frauen heißt... sie tun nichts, aber plaudern viel. Nun, damals waren die Frauen mehr zu Dekorationszwecken auf der Welt, das hat die Emanzipation deutlich geändert - oder? Also, zur Sache..., zur Sache..., sprechen Sie sich aus!“

Kaum hatte jedoch der Kardinal das Wort „Antigraviton“ ausgesprochen, kaum hatte er mit einem heimlichen Fußtritt Rasputin zu kurzem Gekläff veranlaßt, war Dr. Tafelblitz schon über das Antigraviton hinaus: „Also, wissen Sie, Eminenz, mit Physik und diesem Anti..., Anti..., also jedenfalls einmal kein Antikommunist und kein Antifaschist, sondern nur ein Antigraviton, - damit können wir doch keine Zeitdokumentation bestreiten. Wer sind denn diese Gravitons, eine Gruppe, eine Lobby von Antigravitonisten...“ Aber der Kardinal hatte sich schon erhoben und verließ, nachdem er den mit Schallgeschwindigkeit dahinsausenden Fahrstuhl abwärts benutzt hatte, kleinlaut und bedrückt das imposante Gebäude der zentralen Fernsehgesellschaft. Nun blieben ihm nur noch die eigentlichen Umweltschützer übrig, die Gelben, diese müßte er um Hilfe rufen, - obwohl ihm dieser Gedanke nicht besonders sympathisch war. Aber in der Not mußte er wohl selbst die Gelben „schlucken“! Und die

Presse? Nach diesen Erfahrungen im Fernsehzentrum wäre das zweifellos nur eine Wiederholung derselben. So betrat er die vom Verkehr brausende Straße, blinzelte kurz zur Sonne auf, während Rasputin an einer der monumentalen Säulen sich mehr Luft machte.

X. Kapitel: Theobald im Einsatz

„Sie zittern ja, was ist mit Ihnen?" Theobald, dessen Kopf zwischen zwei Elektronenbeschleunigern von je 50 m Turbinengröße knapp auftauchte, rechtfertigte sich gegenüber dem Profillosen, der, in einer Glaskugel sitzend, über ihm schwebte. „Nein, nein, ich zittere nicht, ich huste nur, mir sind eben ein Quark und zwei Fermionen im Hals steckengeblieben."

„Sie müssen auf zehn Millionen Volt beschleunigen", befahl es aus der Glaskugel, wobei Theobald diesesmal nicht die Eckzähne, sondern nur das Schuhwerk des Nobelpreisträgers zu Gesicht bekam. Schwarze Hebel drükkend und ziehend, zwischen rotglühenden Lämpchen hin und her eilend, löste er ein dumpf donnerndes Brausen aus. Ein Tonband begann zu sprechen: „Gefahrenstufe 1, Gefahrenstufe 1. Kühlwasser einlassen." Theobald eilte an das Radiumfenster, eine strahlenschützende Bleikalotte auf dem Kopf und die Gasmaske Modell Schützengrabenkrieg 1917 über das Gesicht gestülpt. Unmittelbar vor der Schmelzanlage konnte er sich nur vermittels des Megahertz-Telefons über den Alpha-Konduktor mit dem Profillosen verständigen. Das Kühlwasser siedete und dampfte bereits. „Hinunterschalten", rief er in das Megahertz-Telefon. „Hinunterschalten, der Schmelzpunkt ist überschritten!"

„Und ihre Bosonen?" knarrte es aus dem Telefon zurück.

„Wir können sie mit geringerer Spannung im CX Alpha-Kappa-Turm speichern."

„Wieviele benötigen wir?"

„Pro Individuum zweimal Wurzel aus fünf Neutrinostärken. Das Pauli-Prinzip muß durchbrochen werden."

„Dann geben Sie doch noch mehr Spannung!"

„Nein, nein, wir schaffen es bei 8 Millionen."

Das Surren und Summen in den Beschleunigern steigerte sich zu einem dumpfen, anhaltenden Dröhnen, das dem Donner eines fernen, riesigen Wasserfalles glich. Jetzt das Iridium-Sieb herausgeholt, um die Bosonen aus der Zerstäubungskammer zum Speicherturm umzukuppeln. Theobald packte die Aluminiumhalterung, an der das Netz - nicht anders wie ein Schmetterlingsnetz - befestigt war, öffnete das Radiumfenster und bewegte das Netz rasch über dem dampfenden Kühlwasser hin und her.

„Wieviele haben Sie schon eingefangen?" echote es wieder aus der reversiblen Informationsleitung nach Professor Shannon. Theobald drückte einen der hundertzweiundachzig Schaltknöpfe auf der Tafel nach rechts: eine Zahl leuchtete auf. „Eine Billion, 238.000", rief er in das Megahertz-Telefon hinein. Wieder ertönte das Tonband: „Achtung, Achtung, Gefahrenstufe 2, Kühlwasser beginnt zu kochen. Spannung auf 5 Millionen Volt reduzieren."

„Nein, nein, nein", reimte der eifrige Bosonenfischer mit, „das darf nicht sein. Noch fünf Minuten müssen die Beschleuniger aushalten, und ich werde genügend Bosonen umgeleitet und eingesammelt haben, um den Lehrstuhl für Strahlenkunde und Molekularpsychiatrie zu erhalten. Wenn ich ihn nur schon hätte!"

Das Telefon fragte erneut nach dem Stand des Bosonenfischens. Theobald konnte eine weitere Billion hinzuaddieren.

„Gut, gut, machen Sie so weiter. Lassen Sie sich durch das Warnsignal nicht stören." knurrte Professor X.

Die Caesium-Verklammerung begann Tropfen zu schwitzen. Das Sieb zeigte große Schmelzlöcher. Die Skala der Strahlenbelastung hatte bereits den Gipfel überstiegen: 596! Theobald wußte um seine Gefährdung hier im Zentrum des Nukleonenschmelztiegels, des Elektronenbeschleunigers GLX und Saab 900 SC. Aber durchhalten! Der Lehrstuhl winkt, - er würde schon Pilzweiher erobern, - Träume würden wahr werden... Wieder ertönte das Tonband: „Achtung, Achtung! Höchste Gefahrenstufe erreicht. In zwei Minuten erfolgt Explosion und Brand!"

„Abstellen! Abstellen!" rief Theobald in das Telefon. Ein ungeheueres Zischen setzte ein, weiße Dampfschwaden krochen aus allen Fugen und Klammern der Caesium/Blei-Leisten.

„Kommen Sie sogleich zur Besprechung in das Arbeitszimmer 6a!" hörte er den Profillosen. Aber er hatte es geschafft, die Zahl der gefischten und gespeicherten Bosonen reichte aus, um mindestens erst einmal 120 Millionen Individuen in die Atmosphäre entschweben zu lassen.

„Sie haben es geschafft!" grüßte ihn der Profillose und reichte ihm leutselig die Prothese über den Schreibtisch. „Sie haben es geschafft, ich gratuliere Ihnen. Der Lehrstuhl ist Ihnen sicher! Soeben habe ich mit dem Präsidenten der Universität und den wichtigsten Mitgliedern der Fakultät fernmündlich gesprochen. Es wird eine Liste ad personam ausgeschrieben. Ich habe mir erlaubt, Ihre Leistung zu detaillieren, auch auf Ihren schönen Halbbart wird die Ausschreibung Bezug nehmen. Das Ministerium und der Nationale Forschungsfonds von Schildburga sind ebenfalls erheblich interessiert. Also, Kopf hoch und Mund zu! Aber wir sind noch nicht am Ende. Doch ich konnte unsere Strahlenapparaturen schon wesentlich verbessern. Neulich habe ich den Kardinal, diesen alten Spitzel, beim Fernseh-Intendanten etwas angelupft. Ich war über seine Schritte genau orientiert. Hä, hä, hä!" Und der Profillose lächelte wieder seine Eckzähne hervor. „Aber wir sind noch nicht am Ende! Der Universitätspräsident besitzt den Universaldetektor, der ihm jederzeit jeden Vorgang auf der Erde vermittelt. Wir haben keine andere Wahl, als ihm dieses Gerät persönlich aus seiner Wohnung zu entwenden. Das ist Ihre Aufgabe. Wie Sie das anstellen, das muß ich Ihrer Intelligenz überlassen. Diese ist ja hervorragend durchschnittlich."

Theobald machte einen Versuch zu widersprechen, etwas in ihm regte sich, nicht immer „ja" zu sagen und sklavisch alle Wünsche, Aufträge und Befehle durchzuführen. Er hob Bart und Brille, - aber der Profillose sagte nur: „Es wäre doch schade, wenn Sie nach diesen Erfolgen noch einem Betriebsunfall zum Opfer fielen, - nicht?" Und seine Eckzähne wieder freundlich entblößend, fuhr er fort: „Beunruhigen Sie sich nicht, lieber Herr Frey von Skrupel, aber bringen Sie den Universaldetektor auf dem schnellsten Wege zu uns. Dann haben wir alles, was wir brauchen." Er hatte jedoch den Satz noch nicht beendet, als er nervös an die Decke starrte und zusammenzuckte. „Da ist sie schon wieder, da ist sie schon wieder...", knirschte er zwischen den Zähnen. Theobald war aufgesprungen und blickte ebenfalls wie angewurzelt an die Decke: „Was ist das, Herr Professor, was ist das? Das ist ja die Brille von neulich, Einsteins Brille...!" „Machen Sie, daß Sie fortkommen, verduften Sie", kreischte der Nobelpreisträger plötzlich auf. „Einstein läßt mich nicht in Ruhe..., da..., da..., da..., da..." Die Brille war fast auf den Schreibtisch herabgeschwebt. Der Physiker versuchte nach ihr zu haschen, - aber schon war sie wieder zur Decke entschwunden. „Ich werde noch verrückt, - ich muß noch einen Psychiater aufsuchen, einen Psychoanalytiker... den Doktor Fallstrick", hörte Theobald Professor X noch stöhnen, bevor er die Türe vorsichtig hinter sich schloß.

XI. Kapitel
Vorboten der Katastrophe

„Fassen Sie das Telefon nicht an, Herr Präsident, lassen Sie das Telefon in Ruhe, sonst muß ich es Ihrer Frau melden", miaute Lizzie drohend, als ob sie mit ihrer erhobenen Vorderpfote Rumpelmauser ohrfeigen wollte. Dieser war in dem Alkoven seines Arbeitszimmers im Begriff, vom roten Telefon den Hörer abzunehmen. Er wandte sich jedoch an die intransigente Hauskatze: „Aber wenn mich die Präsidenten und höchsten Kontinentalherrscher zu ihrem allerpersönlichsten Vertrauten durch Überlassen des roten Telefons gemacht haben, wenn ich das Weiße, Rote und Gelbe Haus jederzeit in allen automatisch versierten Übersetzungen ancomputerisieren kann, ...weil mich die Pflicht ruft in Anbetracht der Vernichtungspläne gewisser Physiker, dann muß ich handeln!" Wotan gestikulierte noch vor dem roten Telefon hin und her, einmal das linke Bein auf den rechten Samtpantoffel stellend, ein andermal über den linken Samtpantoffel das rechte Bein schwingend, während Hugin und Mugin sich ironisch zukrächzten. Das rote Telefon war mit einem Blitz und der Aufschrift gekennzeichnet: Nur vor unmittelbarer oder nach eingetretener

Atomexplosion zu benutzen. Zuwiderhandlungen werden bis zu hundert Dollar bestraft. Die Bundespost.

Aber Wotan entschloß sich, hundert Dollar zu riskieren, falls durch diesen Anruf die alarmierte Postkontrolle seine Sorge nicht einer Atomexplosion gleichsetzen konnte. Er griff über Lizzie hinweg, die sich jetzt in ihrer Angst hysterisch in fauchendes Klagen steigerte, und hob den Hörer. Die elektronische Curie-Schalttafel ließ „Rotes Haus" aufleuchten: Der ehemalige Kreml. Da er der russischen Sprache nicht mächtig war, mußte er die PPC-Transit-Doppelübersetzung einschalten, während Lizzie jetzt unerlaubterweise ihre Krallen an dem rotgoldenen Kimono des Zen-Meisters Au-Wei schärfte. „Wirst du sofort damit aufhören, elendes Katzenvieh!" schlug Wotan mit dem Hörer auf die Tischplatte.

„Elendes Katzenbiest! Das laß' ich mir nicht gefallen, nachdem Richard Wagner meinen Urgroßvater 1358ster Generation noch mit in Milch getunkten Brötchen gefüttert hat! Es war der berühmte Kater Alberich, der mit seinem Gemaunze Richard Wagner zum Alberich-Motiv inspiriert hat! Miau!"

Die Türe flog zu, Lizzie war zweifellos gekränkt. Aber der Präsident hing mit seinem Ohr bereits am Hörer: „Ja, bitte den ersten, zweiten oder dritten Präsidenten, Herrn Bourbaki."

„Nitschewo. Wir nix verstehen Deutsch, du spreche russisch!"

„Aber die Transit-Doppelübersetzung ist doch eingeschaltet?"

„Nitschewo. Nix Radar hier. Hier Reparatur von Telefon."

„Ich möchte einen der derzeitigen Präsidenten sprechen, wenn möglich Herrn Bourbaki. Hier Wotan Rumpelmauser."

„Nix Präsident mehr, Konterrevolution hat eben begangen. Moskau auf Millionen Beine, um Lenin-Leiche neu aufzupumpen!"

„Eine große Gefahr droht, das Antigraviton ist entdeckt!" schrie Wotan verzweifelt in den Hörer.

„Du wollen machen Geschäft mit Krasnja Armija? Du wollen Marschall Furzewo?"

„Nein, nein, Herrn Bourbaki."

„Nix Bourbaki, Bourbaki gewesen griechischer General in Frankreich, selbst sich totmachen, als Preußen bumbum. Du spreche mit Telefonleitungsleger. Nix Sekretär, nix Marschall, alle pumpen Lenin auf mit Riesenpumpe. Erst Marxismus, dann Fressen. Du deutscher Genosse? Heil Hitler!"

Nein, das war doch zuviel! Rumpelmauser schmiß den Hörer hin, ließ sich auf dem grünwattierten Telefonsessel nieder, während Lizzie sich durch diskretes Kratzen an der Türe wieder bemerkbar machte. Konnte ihn denn dieses elende Katzenvieh nicht in Ruhe lassen? Ihn, den Einzigen in ganz Europa, der über ein rotes Telefon verfügte, nur weil ihr Wagner in ... Generationen...? Aber Lizzie hatte bereits Schnauze, Schnurrhaare, dann den ganzen zierlich-raubtierwilden Kopf durch den Türspalt gesteckt: „Haben Herr Präsident..."

„Nein, ich habe nicht! Die Leitung zum Kreml wurde gerade repariert."

„Gottseidank“, miaute Lizzie, die auf ihren Hinterpfoten einhertrippelnd mit den Vorderpfoten ein silbernes Tablett mit Teetasse, Teekanne und Gebäck geschickt balancierte.

„Ah, mein Tee, den brauche ich, mein Blutdruck ist schon wieder abgesunken, - auch wir Götter altern, es dauert halt nur länger. Aber diese Aufregung mit dem Antigraviton hat mich doch arg mitgenommen“, klagte Wotan.

„Miau, miau“, bestätigte Lizzie, die ihm jetzt liebevoll den Tee eingoß. Wotan leerte die Tasse in einem Zug, dann rief er aber „Pfui Teufel“ aus: „Das ist ja dieser scheußliche Earl Grey mit seinem Bergamotte-Parfüm! Den trinkt doch nur Maya... Du hast dich in der Teedose vergriffen.“

„Oh, Herr Präsident, oh? Wie soll ich das wieder gutmachen?“ Und schon war Lizzie, diesesmal auf vier Beinen, aus dem Zimmer gesprungen.

Weißes Haus, dachte Rumpelmauser. Jetzt das Weiße Haus, vielleicht komme ich in den Vereinigten Staaten weiter, eine uralte Demokratie, die Toleranz und Drogenmißbrauch auf ihre Flagge geschrieben hat. Er hob den Hörer, drückte den Knopf „Weißes Haus“ und wartete auf die Verbindung. Da er als Uralt-General Englisch beherrschte, mußte er nicht die Doppeltransitübersetzungsanlage einschalten.

„Hallo!“... „Hallo?“

„This is Wotan Rumpelmauser. Europe's international Superpresident. Please contact me with Mister President. Urgent call, red tape.“

„What is the matter?

„Mister President, the Antigraviton has been discovered. Humanity is in danger of being extinguished.“

„Oh, gee, that's great, the Antigraviton! Do you want to sell it? You got already stocks?“

„No, no, I want to talk to Mister President. We are in a highly dangerous situation!“

„But for Heaven's sake, why?“

„A couple of malignant physicists intend to blow the world up. The President has to step in.“

„But the President can't step in without Senat and Congress. And Mister President has become slightly drug addicted, because in his fight against drugs he tried them all out.“

„But I want to talk to him personally“, wurde Wotan immer heftiger. Aus Washington näselte es: „Well, you can't - he is just seeing his shrink to get away from drugs.“

„What shall we do, that these physicists don't blow the world up?“

„Well, contact your Police Department.“

Hier wurde das Gespräch abgebrochen, Wotan warf den Hörer wieder hin, wandte sich um, denn Lizzie hatte sich inzwischen wieder in das Zimmer geschlichen: „Der Mann hat gar nicht so unrecht - soviel ich auf Englisch verstehen konnte. Wir sollten doch unsere Polizei verständigen, die Kripo!“

„Meinen alten Freund Barbarossa?“

„Ja, ja, tun Sie das“, hob Lizzie diesesmal ihre linke Vorderpfote.

„Nein, ich werde mein Glück noch einmal in Peking bei Präsident Ping Pong im Himmelspalast versuchen." Rumpelmauser betätigte wieder den entsprechenden Knopf des roten Telefons.

Nachdem längere Zeit nur das Sausen und Rauschen bekanntlich nicht existierender Ätherwellen zu verfolgen war, ertönte plötzlich durchdringendes Maschinengewehrfeuer, gefolgt von gellenden Schreien, - beides wiederholte sich ständig. Dann rief jemand gellend: „Coca Cola" -, und Stille folgte, absolute Stille. Lizzie war von ihrem Sitz aufgesprungen und begann ängstlich zu fauchen: „Hängen Sie ein, Herr Präsident! Hängen Sie ein, das ist ja nicht mitanzuhören!"

„Bei Wotan", entfuhr es Rumpelmauser, „was bedeutet das?" Er warf den Hörer hin: „Wird in China noch immer und pausenlos Coca Cola zwangsweise verkauft? Was würde Konfuzius dazu sagen?" Er tupfte sich mit einem zartgeblümten Seidentüchlein, das er aus den Hängefalten seines Kimonos gefischt hatte, die leicht mit Schweißtropfen beperlte Stirn. Fragend blickte er die Hauskatze an: „Was sollen wir denn tun, kann ich nur noch mit dem seligen Albert Schweitzer sagen."

Da klang und schwang aus weiter Ferne, aus Himmels- und Sternenräumen kommend, Mayas Gesang: geheimnisvoll, Wunderbares versprechend; nein, es war nicht Tristans Liebestod, es war Siegfrieds Schmiedegesang, - als Fafnir sein heiliges Schwert auf dem Amboß schmiedete: heia toho, heia toho..., ertönte es aus kosmischer Ferne. Das bedeutete Mut, das bedeutete Kampf, das bedeutete Siegeszuversicht!

„Rufen Sie die Kriminalpolizei an, die Mordkommission!" miaute Lizzie, nicht eben harmonisch und eher atonal, in die weihevollen Klänge. Da brach der Gesang ab. „Wenn die Großen dieser Welt uns verlassen, wollen wir uns an die Kleinen halten", räusperte sich Rumpelmauser, „aber wer hat schon gerne mit der Polizei zu tun? Selbst ich, der ich mir nie etwas zuschulden kommen ließ..."

Nach einer kurzen Bedenkpause trat er an das schwarze Telefon, um sich mit der Polizeizentrale in Schildburga in Verbindung zu setzen. Natürlich ertönte zuerst das Besetztzeichen, aber unbeirrt hob Wotan immer wieder den Hörer. Dann vernahm er: „Anschluß besetzt, bitte warten", von einer melodischen Frauenstimme ihm in das ungeduldige Ohr gesäuselt, es folgte die Papageno-Arie aus der „Zauberflöte" (Mozart). Sich erneut zu einem Anruf entschließend, stellte er fest, daß er bereits eine halbe Stunde diese Stimme und anschließend Papageno hören mußte, ohne daß er die Polizei erreichte. Endlich, endlich ertönte ein männlicher Diskant: „Hier Kyffhäuser, supernationale Euro-Ortspolizei, Zentrale Schildburga, Drogenabteilung. Sie wünschen?"

„Hier Wotan Rumpelmauser, Universitätspräsident, bitte verbinden Sie mich mit Barbarossa persönlich."

Die nächsten zwanzig Minuten wurden Rumpelmauser durch die reizende Spieluhrmelodie „Alle meine Entchen" angenehmst vertrieben. Zwischendurch ereigneten sich noch einige Fehlverbindungen wie: „Mordkommission" und

„Geländediebstahl". Um ihm das Warten zu erleichtern, führte Lizzie zu folgendem Lied ein Stakkatotänzchen auf:

„Die Polizei
hei hei
die Polizei
die Zeilipop
ziz ziz
zilillipop
pi pilozi
zolipipi
poplozipop
hei hei
die Polizei
die Polizei
zeizizili
polizpopi
ei zolipei
peizi popei
die Polizei
zei zei
hei hei
die Polizei
vorbei."

Endlich ertönte ein sonorer Baß am Hörer: „Hier Barbarossa, bist du's Wotan?"

„Ja, endlich einmal wieder! Wie geht es deinem Bart?"

„Der ist wieder zehn Zentimeter tiefer gewachsen..., immer tiefer durch den Granit-Tisch. Aber der Verkauf einzelner Barthaare an Wünschelrutengänger war dieses Jahr ungewöhnlich rentabel."

„Hör zu, mein lieber deutscher Erzkaiser, ich wende mich dienstlich an dich, als den Präsidenten der supernationalen Europolizei. Es geht um das Antigraviton!"

„Das Antigraviton? Ist es endlich soweit? Ich habe das doch schon anläßlich meiner letzten Einnahme von Jerusalem meinem Knappen Kunibert erklärt."

„Ja, es ist erfunden und steht kurz vor seiner Anwendung."

Nach längerem Schweigen erwiderte Kaiser Barbarossa: „Nachdem Wir" - er sprach natürlich im Plural majestatis - „durch magisches Vermögen die Wiedervereinigung des neuen Deutschland zum Vierten Reich bewirkt haben, sind Wir sehr erschöpft. Meine Volksmannen-Euro-Polizisten sind gerade im Begriff, den leitenden Psychotherapeuten eurer Universität, Dr. Fallstrick, zu verfolgen. Er steht unter Verdacht, ein terroristisches Pamphlet gegen den gleichabartigen Psychiater, Professor Hohlmann, verfaßt zu haben, in dem der letztere anonym wegen inhumaner Experimente an Patienten angeklagt ist. So sind wir zur Zeit ganz alleine in unserer alten Kyffhäuserhöhle und warten auf die Zugehfrau, daß diese uns unser Leibgericht, Spaghetti mit Schinkenknödel, bringt. Die Spaghetti zur Erinnerung an unsere Feldzüge in Italien, den Schinken in Erinnerung an unseren letzten Kreuzzug, von dem ja schon der Dichter sagt: Viel Schinken gab's und wenig Brot. Wir können dir zur Zeit nicht helfen, mein lieber Wotan, bitte bemerke, daß wir seit unserem letzten Gespräch im Dreißigjährigen Krieg fließend Neuhochdeutsch zu sprechen gelernt haben. Uns wäre es letztlich nur recht, wenn die Menschheit sich vermittels des Antigravitons endgültig in die Luft hebt und ich endlich meine wohlverdiente Ruhe habe. Wir raten dir, dich an die UNO zu wenden. Demnächst ist Vollversammlung, der Generalsekretär Waldmüller ist ausnahmsweise persönlich anwesend. Du weißt doch, der Waldmüller, der mit seinen 94 Jahren im Vergleich zu mir noch ein Säugling ist, der aber doch schon mit zehn Jahren seine Schulklasse zu einem antisemitischen Programm anstiftete und unter Adolf zündende Karriere gemacht hat! Wir werden zu weitschweifig, das ist eine Alterserscheinung... Bei über tausend Jahren doch zu entschuldigen, nicht? Ha, da kommen unsere Spaghetti!" Hier wurde das Gespräch von seiten Barbarossas beendet.

„Unser verehrter Dr. Fallstrick wird von der Polizei verfolgt!?? Dieser Mann kann doch unmöglich einen terroristischen Anschlag verübt haben! Noch dazu auf seinen besten Freund Hohlmann!" überlegte Wotan laut. „Lizzie, stell' den Universaldetektor an, computerisiere die Volksmannen-Euro-Polizei, Staffel 333. Wir müssen sehen, wo der Bedauernswerte sich aufhält. Dem Kyffhäuser entgeht kein Verbrechen, nur im Dritten Reich hat ihn selbst Himmler zum Schweigen gebracht. Schalte schon ein, Lizzie!"

Lizzie hatte bereits den Detektor zwischen beide Telefone gestellt und eingeschaltet und sich in Hab-acht-Stellung mit angelegten Pfoten vor ihn gesetzt. Ja, da blitzte schon der Citroen Typ Superflash auf, er zischte über die berühmte Corniche zum Mittelmeer mit 240 km Geschwindigkeit. Der Wagen dampfte und kochte bereits aus allen Ritzen und Karosserieblechen, denn er hatte schon 1000 km mit 250 km Durchschnittsgeschwindigkeit hinter sich! Eine Staffel von hundert schwarzen BMW-Motorrädern folgte ihm mit rasendem Donnern. Es waren die Euro-Volksmannen, Helm- und MP-bewehrt, eine mächtige Staubwolke hinter sich lassend. Kaum hatten sie aufstöhnend und aufheulend die letzte Kurve knapp hinter dem Citroen Superflash erreicht, - da, ja, Wotan und Lizzie hielten den Atem an: die ersten zwei oder drei BMW-Supermaschinen rutschten mit ihrer 198 km-Stoßgeschwindigkeit flach über die Straße. Von einem Augenblick zum anderen wurden die Fahrer in die Höhe gehoben, ihre Maschinen stürzten brennend und krachend die Geröllhalde herab, ohne Rücksicht auf mühsam angepflanzte Mimosen und Tamarisken. Da..., sie schwebten mit ausgebreiteten Armen in der Luft, drehten sich, spiralten sich langsam höher und höher... und schon folgten ihnen die übrigen 97 Polizisten, von unsichtbarer Gewalt aus ihren Sätteln gehoben, mit von Entsetzen aufgerissenen Augen und Mündern, mit Armen und Beinen hilflos zappelnd, strampelnd: ein einziger in die Luft sich erhebender schwarzer Menschenschwarm, der schon nach wenigen Augenblicken die ersten Kumuluswolken über dem blauen Mittelmeer erreichte. Die entleerten Maschinen waren gegeneinander gesaust, sofort hatte sich ein riesiges Geflecht von Schutzblechen, Chromstangen und Lenkern auf der Straße gebildet, die Benzintanks umtanzten gefährliche Funken, ...und jetzt stürzte der Gegenverkehr mit quietschenden Bremsen voller Gewalt in diesen schwarzblechernen Drahtverhau. Die luxuriösen Sport-Porsche, Ferraris, Alfa Romeos, Mercedes und auch einige Rolls Royce' brausten wie eine einzige Bombe in den hochaufgerissenen, staubumwühlten Motorradfriedhof. „Das Antigraviton, das Antigraviton!" rief Wotan aus, „es ist soweit... Wenn nicht ein Wunder passiert, ist die Menschheit verloren! Aber was ist denn aus unserem Dr. Fallstrick geworden? Lizzie, richte doch den Tiefensucher links 3 Komma 2 Grad auf unseren Psychoanalytiker... Ja, so... Was macht der denn?" Das Entsetzen über die Katastrophe auf der Corniche wich einem blassen Erstaunen. Lizzie, die schon mit Schmeichelpfötchen die erforderliche Tiefenschärfe eingestellt hatte, rief aus: „Eine Fledermaus, eine Fledermaus! Er schnallt sich Fledermausflügel an und fliegt nach Nizza herunter. Sehen Sie nur, Herr Präsident, wie sich die Mittelmeersonne in seiner Glatze spiegelt! Er fliegt direkt auf die Terrasse des „Hotel des Anglais"... Eben schnallt er den Hosengurt fester, er landet... Sieht der aber possierlich aus! Er setzt sich an einen Tisch, ...da kommt schon ein Kellner, der nimmt ihm galant die Fledermausflügel ab..., da..., schon werden ihm ein Kaffee und frische Croissants gebracht... Nein, hat man so etwas schon gesehen?!"

Gespannt verfolgten Wotan und Lizzie jetzt - fast ohne Standesunterschied nebeneinander stehend - das Frühstück des ortsbekannten Psychoanalytikers, wie dieser just sein frisches Hörnchen in den karamelfarbenen Milchkaffee tunkte, offenbar unbekümmert um den entsetzlichen Zusammenprall, der sich vor wenigen Minuten hinter seinem Superflash zugetragen hatte.

In diesem Augenblick klingelte das schwarze Telefon. Sofort wandte sich Wotan von dem Detektor ab und ergriff den Hörer: „Hallo, ja, Barbarossa... du bist schon orientiert? Eine unglaubliche Katastrophe! Nimm den Psychiater Hohlmann sofort in Gewahrsam, er ist an dem ganzen Unglück schuld. Hallo, hallo..., du bist schwer zu verstehen... du kaust noch an den Spaghetti? Nicht altersentsprechend weich? Ja, ich werde sofort das Internationale Forum für Austreibung der Humanität benachrichtigen..."

XII. Kapitel: Theobald in Schwierigkeiten

„Wie kommen Sie dazu, das Antigraviton auf die Polizei anzusetzen, woher wissen Sie, daß sich hundert motorisierte Volksmannen auf der Corniche in Verfolgung des Psychotherapeuten Fallstrick befanden? Wie konnten Sie diese treffen und von der Erde entfernen? Unsere Tätigkeit ist verraten, unsere Absichten entdeckt... Ihren Lehrstuhl können Sie nur noch zur Ent-leerung benutzen!“ Der Profillose hatte sein alabasterweißes Gesicht mit den entblößten Eckzähnen, dem fahlen, aber durchbohrenden Blick ganz dicht an das Theobalds herangerückt, der sich mit beiden Händen an die Stuhllehne der von ihm gerade noch behaupteten Sitzmöglichkeit klammerte.

„Ja, - ja, - ich wollte auf einige Spatzen zielen..., habe mir nichts weiter dabei gedacht, das war Zufall -, das Ganze war Zufall, Herr Professor!“

„Auf einige Spatzen zielen?“ zischelte der Profillose ihn an, wobei ihm einige Speichelspritzer wieder aus den Zähnen flogen und Theobalds Bart benetzten, - „auf einige Spatzen zielen..., ha, ha, ha, - daß ich nicht lache! Halten Sie das Antigraviton für ein Luftgewehr?“ Der Physiker wies mit dem linken Zeigefinger der rechten Prothese auf den diskret schwarz frisierten Apparat: „Ein Luftgewehr? Die Atombombe, die Helium-Wasserstoff-Superbombe ist nichts dagegen, weil ich hier individuell gezielt arbeiten kann... Gezielt! Wie kommen Sie dazu, die Polizei zu dezimieren? Das ganze Fernsehen ist voll davon, fünfzig Tote hat es durch den Aufprall des Gegenverkehrs gegeben. Gottseidank hat man vom Antigraviton aber noch keine Ahnung! Berichten Sie!“

„Ja, als ich auf die Spatzen zielte, fiel plötzlich aus heiterem Himmel eine Brille auf meine Nase, eine goldgeränderte Brille, ...da drückte ich auf den Miniknopf vor Schreck... Verstehen Sie? Vor Schreck über die Brille... Und weiter weiß ich nichts.“

„Ah“, stöhnte der Profillose auf, - es war ein Ah, das sich gleichsam aus dem letzten Magenloch heraufgurgelte. „Ah“, röchelte er noch einmal und wandte sich von Theobald ab, „Einstein, Einsteins Brille! Er will mich an der Ausführung meiner Pläne hindern. Ich durchschaue ihn! Er will die Aufmerksamkeit der Weltöffentlichkeit auf mich lenken! Den Polizeipräsidenten im Kyffhäuser, den alten Barbarossa auf mich hetzen. Aber ich werde die Weltöffentlichkeit täuschen... Und Sie? Sie hauswarmer Vollidiot? Sie Leertopfanwärter? Sie umgestülpter Nachtwächter? Holen Sie mir sofort den Universaldetektor, sonst verkoche ich Sie mit Fermionen und Bosonen zu Frankfurter Würstchen! Nur eines kann Sie noch retten: Bis morgen abend muß der Universaldetektor hier sein!“

XIII. Kapitel
In der Not frißt der Teufel Fliegen
(Professor X beim Psychoanalytiker)

Als Theobald den ganzen Nachmittag fieberhaft überlegte, wie er jemals den Universaldetektor an sich bringen könnte, kam er endlich zu dem Entschluß, noch diese Nacht in das Haus des Universitätspräsidenten einzubrechen - koste es, was es kosten wolle!

Auch Professor X war in einige unangenehme Überlegungen verwickelt, sofern er sich überhaupt Unangenehmes eingestehen konnte. Daß Einsteins

Brille wiederum seine Absichten durchkreuzt, der Verstorbene sich Theobalds bedient hatte, - das gab ihm doch zu denken. Die Toten waren eben unberechenbar, offenbar konnte er diesen Geist nicht einmal mit den bewährten Y-Kappa-Strahlen bannen, ganz abgesehen davon, daß das häufige Erscheinen der Brille im Labor über dem Beschleuniger zwischen seinen Mitarbeitern peinliches Gerede auslöste - und diese Brille auch schon nachts seinen spärlichen Schlaf störte. Das war doch mehr als lästig! Sollte er, der Stählerne, sich einer menschlichen Schwäche überlassen und jemanden in sein Vertrauen ziehen? Litt er vielleicht an einer Art Verfolgungswahn, mit dem er Theobald und sein Team angesteckt hatte? War die Brille wirklich - oder Einbildung? Das mußte festgestellt werden! Wäre es eine Halluzination - und er geisteskrank?! Nicht auszudenken!

Dann lieber eine echte Einsteinbrille! Würde er sich und der Sache schaden, wenn er ganz unauffällig einmal Dr. Fallstrick konsultierte? Den Psychoanalytiker einmal ventilieren, obwohl er als Naturwissenschaftler von dem Freudianismus nichts hielt. Wie wäre es mit Hohlmann? Nein, das wäre doch zu kompromittierend - obwohl vielleicht die Pharmaindustrie Einstein effektiver beseitigen könnte als ein Freudianer? Und Fallstrick stand doch unter Schweigepflicht? Er würde ihm selbstverständlich alles nur andeuten, gemäß seinem Schwur neulich im Kabinett. Wenn er wenigstens eine Nacht wieder durchschlafen könnte, physiologisch war er doch nur ein Mensch! Und wer weiß, vielleicht würde er eines Tages in Fallstrick einen Verbündeten finden, falls irgend etwas nicht nach Plan ging. Andernfalls bestünden ja keine Schwierigkeiten mehr, den Psychoanalytiker wirklich auf den Mond zu schießen. Aber diese Umstände! Vom Institut aus konnte er unmöglich Fallstrick antelefonieren. Er mußte also eine Telefonzelle in der Nähe der Villa des stadtbekannten Psychotherapeuten aufsuchen. Aus Nizza war er ja schon zurück, vermutlich saß er gerade beim Mittagessen. Er beschloß ihn aufzusuchen, stieg in seinen Jaguar (mit Laser-Antrieb) und brauste, 50 Zentimeter über dem Asphalt schwebend, zur nächsten Telefonzelle.

Dr. Fallstrick, Dozent für Psychoanalyse an der Universität Pilzweiher, durch Behandlung von Kindern und Ehefrauen intimer Kenner aller persönlichen Verhältnisse des Lehrkörpers, eingeweiht in Ehe-Einbruch und Ehe-Ausbruch, eingeweiht in die Zukunft unbesetzter Lehrstühle und überhaupt frei werdender Stellen saß, just nach seiner Rückkunft aus Nizza, von seiner Familie umgeben - zwei Söhne im besten Hippie-Alter, zwei altjüngferlich wirkende, aber sonst noch jugendliche Töchter - beim Mittagsmahl. Dr. Fallstrick sah wie ein richtiger Psychoanalytiker aus, der er ja auch war: mittlere Größe, Glatze, Brille, Spitzbart, leichtes Embonpoint. Zu seinem Leidwesen war es ihm nicht möglich gewesen, die mangelnde Ähnlichkeit mit Freud stärker zu stilisieren. Seine Frau, die einer verblühten, blondhaarig abgegrasten Schlappereule glich, hing ängstlich mit ihren jugendlich-großen, veilchenblauen Augen an dem Mund ihres Gebieters, denn sie war durch mangelnde Kenntnis der Schriften der Gertrude de Voirbeau weder emanzipiert noch selbstbewußt, vielmehr trug sie das entsprechende Frauenlos mit zur Neige gehender Ungeduld, d. h. sie wurde nach zwei Jahrzehnten Ehe ohne die Möglichkeit andernorts wahrzunehmender Eheberatung endlich geduldig. Dr. Fallstrick würzte das Mittagessen stets mit Plaudereien über seine Patienten, auch hier getreu seinem großen Vorbild, dessen Portraits in den verschiedensten Lebensaltern, vom fünfmonatigen Säugling bis zum betagten Greis, sich an die Wände des sonst bürgerlichen Eßzimmers reihten. Die Elf-Zimmer-Villa lag selbstverständlich inmitten der auserlesensten Umgebung und verfügte über vier Garagen, da die Söhne auch schon Wagen und Motorräder besaßen. Während Dr. Fallstrick also sein Lieblingsgericht - Pistazien mit eingelegten Schwalbenflügeln - vertilgte, die übrige Familie mit Kartoffelklößen vorlieb nehmen mußte und die Blicke aller Kinder fasziniert an der Tätigkeit seines Unterkiefers hingen, plauderte er über Frau Schmirgel, Gattin des Heldentenors der Städtischen Bühnen, die über dem pausenlosen Schmettern ihres Mannes mehrere Nervenzusammenbrüche erlitten hatte, wie diese schon von seinem großen Vorbild Freud vor über hundert Jahren meisterhaft beschrieben worden waren. (Ihm gegenüber, neben dem Superfernseher, hing eine lebensgroße Kopie des berühmten Gemäldes van Goghs: Sigmund Freud als Doktor Assincourt mit blauer Eisenbahnermütze.) In seiner Plauderei verwies er auf die einschlägige Literatur - die Schwalbenflügel waren abgelutscht - und fuhr fort, mit der ihm eigenen natürlichen Offenherzigkeit und Spontaneität, die Bedeutung der Sexualität im täglichen Leben der Menschen, insbesondere der Ehefrauen, seinen Halbwüchsigen darzulegen. Er zwinkerte dabei seiner Frau verstohlen zu: Bei uns ist das doch alles in bester Ordnung -, ohne daß sie diese Anspielung verstanden hätte. Seine Ausführungen wurden jedoch durch eine Art melodischen Schalmeiengedudels unterbrochen, die dezent auf die Anwesenheit eines Telefons verwiesen. Alwine, die verhärmte Dreizehnjährige, beeilte sich, in das Nebenzimmer zu gelangen, um den Hörer abzunehmen.

„Aber ich habe euch doch immer wieder seit Jahren gesagt, daß ich keine Anrufe beim Mittagessen wünsche, ihr sollt doch das Tonband einstellen!“

„Aber Balduin“, raunte die Ehefrau Grünhilde, „das ist doch ein alter Streitpunkt zwischen uns. Heute morgen sagtest du wieder, daß du Tag und Nacht erreichbar sein mußt, insbesondere daß wegen der unglaublichen Verleumdungsgeschichte der Präsident und der Dekan sich gewiß mit dir in Verbindung setzen wollen. Auch erwähnst du immer die Luftabwehr, ich meine die Feuerwehr.“

„Luftabwehr - Feuerwehr“, spitzte Fallstrick die Lippen zur Gegenrede, wobei seine Stimme in ein durchdringendes Falsett gelangte, „du wehrst ständig ab, ob Luft oder Feuer, mein Gegner C. G. Jung würde sagen, daß alle Elemente, Erde, Feuer, Wasser, Luft von dir abgewehrt werden. Aber es sind nicht die Elemente, die du abwehrst, sondern die 13 Abwehrmechanismen werden abgewehrt! Was abgewehrt wird, ist gleichgültig, Hauptsache, es wird abgewehrt, und bei dir wird eben alles abgewehrt. Nicht, Kinder?“ wandte er sich an die Jugendlichen. „Eure Mutti ist doch so ein richtiges Abwehrgeschütz, ich meine, ein kathartisches Abwehrventil, aber das ist ja schon wieder ein phallisches Symbol... Kein Wunder, daß bei so viel Abwehr in unserer Familie ich ständig

Penissymbole assoziiere. Wenn mein Kollege Professor Rutenläufer nicht so oral-expansiv wäre, würde ich ja einige Kontrollanalysen bei ihm durchführen, wie sie die P.A.V. vorschreibt, deren Präsident ich allerdings bin. Vorschriften gelten allerdings nie für den Präsidenten, und ich habe mich mit 3345 Stunden Lehranalyse finanziell beinahe ruiniert!"

So hätte Dr. Fallstrick noch unendlich fortgeredet, wenn er nicht von seiner Tochter Alwine unterbrochen worden wäre, die inzwischen eintrat und, nachdem sie vor dem Vater einen ordentlichen Knicks ausgeführt hatte, ihm meldete, daß Professor X, der bekannte Physiker und Nobelpreisträger, ihn dringend sprechen wolle. Er sei nebenan in der Telefonzelle.

„Ah, unser Nobelpreisträger, ein seine Koprophagie verdrängender Ehrgeizling! Ich kenne ihn nur zu gut, vielleicht wünscht er eine Behandlung? Es lebe Einstein und Heisenberg und..., wen gibt es noch? Jungens, wer fällt euch ein?" wandte er sich zum erstenmal an seine Söhne.

„Louis Armstrong."

„Ach was, Gernot, das war doch kein Physiker! Wie steht es denn mit euren Schulkenntnissen? Wann habe ich zum letztenmal eure Zeugnisse gesehen?"

„Vor vier Jahren, Vater, wir sind doch seitdem nicht mehr versetzt worden."

„Wie..., was, sitzengeblieben? Warum kein Nachhilfeunterricht?" wandte er sich an seine schuldbewußt zu Boden blickende Frau. „Sorge sofort für Nachhilfeunterricht! Und du, Alwine, sage der Praxishilfe Fräulein A. Bescheid, daß sie sofort mit Fräulein B. tausche, in zwei Stunden mit Fräulein C. und Professor X in das Wartezimmer führen soll. Professor X soll sofort kommen."

„Willst du nicht selber mit ihm sprechen, Vater? Ich weiß nicht, ob ich nicht Fräulein A., B. und C. durcheinanderbringe..."

Fallstrick warf die Serviette auf den Boden, sprang auf und eilte im Nebenzimmer an das Telefon. Seine Familie hörte ihn:

„Ah, mein verehrter Herr Professor, ja, wir haben Sorgen, ja, ja, wir haben Sorgen! Meine Wartezeit für die Aufnahme von Behandlungen geht bis zu fünf Jahren, aber bei Ihnen machen wir selbstverständlich eine Ausnahme. Jawohl, Sie können sofort kommen. Sofort!"

Dr. Fallstrick reagierte auf diesen bevorstehenden, nicht alltäglichen Besuch eines Nobelpreisträgers doch mit einer gewissen Nervosität, die sich besonders in verstärktem Harndrang, einem Zwang, sich immer wieder die spärlichen Haare zu kämmen, äußerte, und die er mit einer kurzen Andacht vor seinem Allerheiligsten erfolgreich zu bekämpfen hoffte. Das psychoanalytische Allheiligste befand sich in einem kleinen Gelaß - mittelfenstergroß - in seiner Privattoilette, das wie ein Tresor zu öffnen und natürlich nur von ihm, dem alleinigen Schlüsselinhaber, aufzuschließen war. Nachdem er wiederholt tröpfchenweise sich erleichtert, wiederholt vor dem Spiegel seine Haare gekämmt hatte, öffnete er die Tresortüre zum Allerheiligsten. Dort empfing sein Blick eine wohl ein Meter hohe, einen halben Meter tiefe, dunkle, aber mit dem Öffnen der Türe von oben erleuchtete Kunsthöhle, in der sich drei verhüllte Gebilde befanden. An der Rückwand leuchtete phosphoreszierend das psychoanalytische Glaubensbekenntnis auf, das Dr. Fallstrick nach Art eines Mantrams halblaut zu murmeln begann: „Ich glaube an die alles bestimmende Sexualität. Ich glaube an das alles bestimmende System Ubw. Ich glaube an das alles bestimmende orale, anale, phallische Entwicklungsstadium. Ich glaube an die dreizehn unbefleckten Abwehrmechanismen. Ich glaube an die absolute Symbolik von spitz und hohl im Traum. Ich glaube an die alles bestimmende Übertragung und Gegenübertragung, außerhalb der es keine menschliche Beziehung gibt."

Nachdem Fallstrick dieses Glaubensbekenntnis mehrfach halblaut ausgesprochen hatte, begann er sich in der Tat zu beruhigen, vor allem ließ der peinliche Harndrang, dieses psychosomatische Symptom höchster Alarmstufe, nach. Jetzt konnte er die drei Gebilde enthüllen: es waren drei übergroße, höchst realistische Plastikreproduktionen eines rotlippigen, halbgeöffneten Mundes, eines Anus (behaart!) und eines erigierten Phallus, frei nach den Erotikläden von Madame Buhse. Es waren die Repräsentanten der drei Stadien der sexuellen Entwicklung des Menschen, die wahre psychoanalytische Dreifaltigkeit. Zur quaternären-vierfältigen Einbeziehung der Vagina konnte sich nach jahrzehntelangen Fraktionskämpfen die psychoanalytische Internationale nicht durchringen, - die Frau blieb der kastrierte Mann. Jedoch wurden diese drei Gebilde preisgünstig an allerdings nur anerkannte Mitglieder dieser Gesellschaft abgegeben. Dr. Fallstrick betrachtete die Dreifaltigkeit intensiv mit zusammengezogenen Augenbrauen und versuchte dabei, maximal autogen trainiert, den Rücken zu entspannen. Tatsächlich hatte er sich beruhigt, moralisch und mental aufgerichtet und fühlte sich dem bevorstehenden Besuch des Nobelpreisträgers gegenüber gesellschaftlich durchaus adäquat gewappnet.

Inzwischen hatte der Jaguar des Nobelpreisträgers sich bereits lautlos vor dem schmiedeeisernen Gittertor des psychotherapeutischen Kleinpalastes, der sogar ihm die ungefähre Höhe der Honorare vermittelte, genähert. Das Tor öffnete sich automatisch, der Professor ging zögernd und etwas ataktisch auf die Haustüre zu, über der in gotischer Schrift das Grußwort prangte: „Tritt ein, bring' Glück herein". Ein possierlich schwarzhaariges Mädchen öffnete, lächelte ihn verklärt an und führte ihn in das Wartezimmer. Er durchschritt dieses, nahm nur blaugraue und chromglänzende Verzierungen wahr, durchschritt eine doppelt gepolsterte Ledertüre und befand sich im Konsultationsraum. Hier war alles schwarz und rot geledert, der Schreibtisch bestand aus einem großen Glasblock, der psychoanalytische Einführungs- und Plaudertisch stand zwischen zwei Sesseln neben der berühmten Couch. Fallstrick wedelte ihm betulich mit seinem Embonpoint entgegen, wäre aber fast, trotz jahrzehntelangem Umgangs mit Gestörten, vor der eiskalt-starren Maske des Profillosen zurückgeprallt. Er wußte sich aber zu beherrschen, denn er hatte seine 13 Abwehrmechanismen gut im Griff.

„Mein verehrter Professor X", schlug er seine Stimmbänder warmherzig an, „es ist mir und unserer Wissenschaft eine Ehre, Sie hier begrüßen zu dürfen! Bitte, nehmen Sie Platz, ich stehe Ihnen mit meinen bescheidenen Kenntnissen ganz zur Verfügung."

Der Physiker nahm zögernd und marionettenhaft sich verbeugend auf einem der echt-ledernen Sessel Platz - Stück 5000 Dollar -, fuhr sich mit dem linken Prothesen-Zeigefinger etwas über Kinn und Wangen und begann mühsam zu knarren: „In der Tat, äh, äh - es fällt mir nicht leicht, Sie aufzusuchen - äh, äh - wissen Sie, da ist etwas, das mich in meinem nur der Forschung gewidmeten Leben, äh, äh, zur Zeit irritiert, mich behindert..."

Fallstrick lüftete professionell seine Augenbrauen, unternahm aber - technisch einwandfrei - keine weitere Anpassungs- und Anbiederungsgymnastik an den Nobelpreisträger.

„Ja, äh, äh, äh", setzte wieder jenes merkwürdige Knarren der Stimmbänder ein, das selbst den professionell so gut im Sattel sitzenden Psychoanalytiker zu irritieren begann.

„Äh, äh, wissen Sie, wenn mich das nicht behindern würde, äh, äh" -

„...dann hätten Sie gewiß sich diesen Gang nach Canossa nicht zugemutet?" lächelte Fallstrick seinen doch ihm - trotz aller Psychoanalyse - zunehmend unheimlichen Patienten an.

„He-he-he, sehr gut, sehr gut, Canossa..., welcher Heinrich war das noch? Nun, - jeder hat so sein Canossa, he-he-he. Ich bin verschont worden... Sie kennen meine Karriere?"

„Selbstverständlich pflichtete ihm Fallstrick bei, „glänzende Karriere, wer beneidet Sie nicht?"

„Äh, äh, dankeschön, dankeschön, aber wissen Sie... äh...",
Was sollte es schon sein, schloß nach diesen nicht zustandekommenden Widerstandsformen Fallstrick. Was sollte es schon sein: Eheprobleme, Impotenz, Berufsknick...

„Äh, äh, wissen Sie, ich sehe bei der Arbeit, im Labor, am Beschleuniger, im Büro immer wieder Einsteins Brille, äh, äh. Wenn ich danach greife, äh, ist sie verschwunden, haben Sie so etwas schon gehört? Es stört mich kolossal. Verstehen Sie...? ...Kolossal!"

Beginnende Schizophrenie, setzte Fallstrick sein diagnostisches Repertoire in Bewegung - es war nicht allzu groß -, ich werde ihn gleich zu Hohlmann weiterschicken; molekulare Psychiatrie ist hier das Richtige, dachte Fallstrick. Ich werde ihn noch ein bißchen weiterreden lassen, nicht alle Tage habe ich einen übergeschnappten Nobelpreisler bei mir. - Professor X hatte sich wieder in sein von gelegentlichem Knarren unterbrochenes Schweigen zurückgezogen. Dieses Schweigen jedoch beschloß Fallstrick jetzt entgegengesetzt der Kunstregeln zu durchbrechen: „Einstein, was fällt Ihnen denn zu Einstein ein?"

„Ja, äh, äh, wir hatten kürzlich nach Durchbrechung des zweiten Energiesatzes Einstein, äh, äh, Einstein, zitiert. Er kam allerdings sehr unwillig, er will sich wohl, äh, äh, mit seiner Brille, mit seiner Brille... rächen..."

„Einstein zitiert? Wie meinen Sie das, Herr Professor X?" fragte Fallstrick, erneut gegen die psychoanalytischen Regeln verstoßend. Allerdings dachte er gleichzeitig: Der Mann ist doch wirklich schizophren, zumindest im Anfangsstadium.

„Äh, äh, wir haben darüber in unserer wissenschaftlichen Literatur berichtet... Es hat, äh, äh, nicht so großes Aufsehen erregt. Es hängt mit der Gravitation zusammen, äh - das tut aber hier nichts zur Sache. Das sind Berufsgeheimnisse, äh, äh, verstehen Sie? Aber diese Brille ist sehr lästig, sie erscheint mir schon nachts, obwohl ich immer sehr wenig schlafe, höchstens zwei Stunden... Immer arbeite ich, immer arbeite ich, äh, äh, es fällt mir sehr schwer, Ihnen davon zu berichten, äh, aber diese Störung ist, äh, sehr lästig..."

Fallstrick, überzeugt, daß er es nach wie vor mit einer akuten Psychose zu tun habe, beschloß, ihn einige unspezifische Fragen zwecks Ablenkung zu stellen. Er folgte genau den Richtlinien des von ihm herausgegebenen „Lehrbuch der psychoanalytischen Technik und Methode", Kapitel II, „Verhalten und Abwehrmechanismen bei Verdacht auf Schizophrenie". Diesem Lehrbuch folgend, entschloß er sich zu der entscheidenden Frage: „Sind Sie verheiratet?"

„Äh, äh, was meinen Sie... was verstehen Sie unter Heiraten?"

„Ich meine, ob Sie eine Ihnen standesamtlich angetraute Frau besitzen?"

„Äh, äh, diese Begriffe kenne ich nicht. Äh, was heißt angetraut? Ist das so etwas wie eine, äh, bipolare chemische Bindung... äh, oder tripolar... Ich bin aber kein Chemiker..."

Hier wurde Dr. Fallstrick zunehmend ratlos. Sollte er vielleicht zum Szeno-Spielkasten greifen und den Nobelpreisträger vermittels Püppchen, Indianern und Tieren sich selbst darstellen lassen? Oder den Freiburger Persönlichkeits-Ausverkaufs-Test anwenden?

Herr Professor, Sie wissen nicht, was eine angetraute oder überhaupt eine Frau ist?"

„Nein, äh, ist mir noch nie begegnet. An- oder unangetraut... Ich weiß nicht, was eine Frau ist, und es hat mich nie interessiert."

Fallstrick überlegte jetzt, ob er vielleicht seine Frau und die beiden Töchter zu didaktischen Zwecken vorführen sollte, er könnte dann auch das Honorar erhöhen. Aber eine Striptease-Darbietung seiner weiblichen Familienangehörigen war ihm doch nicht recht vorstellbar. Er beschloß, den Jung'schen Assoziationstest anzuwenden, ließ einfach das Wort „Sex" fallen und bat Professor X, zu diesem schnell wiederum ein Wort zu sagen. Der wiederholte nur: „Einsteins Brille", - auf weitere Reizworte, wie Scheide, Gebärmutter, Kaiserschnitt oder Eizelle, reagierte der Nobelpreisträger stereotyp mit „Einsteins Brille". Plötzlich aber schnappte er mit den Fingern seiner Prothese, eine wegfegende Handbewegung schloß sich an. „Da ist sie schon wieder... Die Brille! Die Brille... Sehen Sie sie nicht?"

Fallstrick nahm nun seinerseits die Brille ab, wischte sich die Augen, putzte mit seinem nicht mehr ganz sauberen Taschentuch die Gläser, setzte die Brille wieder auf... Er hatte tatsächlich so etwas wie ein goldgefaßte Brille auftauchen und wieder verschwinden gesehen. Ja, unglaublich -, aber da war sie schon wieder! Und schon wieder!

„Äh, äh, sehen Sie sie, - äh, habe ich nicht recht? Meine Mitarbeiter sehen sie auch, äh, das ist eben keine Halluzination..." stotterte Professor X erregt, wobei sein Gesicht sich gräßlich verzerrte und die langen Eckzähne hervortraten. „Da... schon wieder!“ Fallstrick sprang hinter seinem Schreibtisch hervor, um die kurz aufschwebende Brille zu fangen, beinahe wäre er bei seinem kühnen Sprung auf dem glänzenden Parkett ausgeglitten.

„Äh, das hat keinen Zweck. Wir fangen sie nie, können sie auch weder mit Insektenspray noch mit Kappa-Y-Strahlen vernichten. Sie kommt immer wieder... Da..., sehen Sie! Da ist sie schon wieder! Sie haben mich sicher für einen Geistesgestörten gehalten...“ Dennoch stand Professor X knurrend und ächzend auf, um einige hilflose Fangbewegungen mit seiner Prothese zu versuchen, während Dr. Fallstrick, geradezu gebannt von dem glänzenden Ding, über Sessel und Hocker nach ihm hüpfte, Professor X ihm knarrend nachhinkte. Sie waren schon eine Zeit lang zunehmend unpsychoanalytisch herumgehüpft und herumgesprungen, begannen sich gegenseitig anzufeuern, gestikulierten, wurden aber plötzlich von dem Telefon und dessen Pfeifton „Dringlich“ unterbrochen. Fallstrick tanzte an den Apparat heran, durch den die Vorzimmerdame C. flötete: „Professor Hohlmann ist im Wartezimmer. Er möchte sich bei Ihnen entschuldigen... Soll ich ihn hereinführen?“

„Hohlmann?“ Dr. Fallstrick, inzwischen durch die Jagd mit gerötetem Gesicht und schweißbedeckter Stirn erheblich außer Atem geraten, mehr verwirrt als klar denkend, rief in den Apparat: „Ja, soll hereinkommen!“

Wenige Sekunden später hatte sich die schalldichte Doppeltüre geöffnet, und die hünenhafte Gestalt des blonden, schnurrbartdekorierten Psychiaters stand im Raum... Nicht wenig betroffen, denn er sah den berühmten Nobelpreisträger und den Psychoanalytiker in eine Art Balgerei verwickelt. Sie hüpften beide im Zimmer hin und her und jagten einem plötzlich aufblitzenden, dann wieder verschwindenden Gegenstand nach, den sie vergeblich zu fangen versuchten.

„Herr Kollege, Herr Kollege!“ rief ihm Fallstrick zu. „Helfen Sie uns, Einsteins Brille zu fangen! Der zweite thermodynamische Hauptsatz ist von unserem Nobelpreisträger durchbrochen!“

Trotz aller wissenschaftlichen Besonnenheit starrte Hohlmann fassungslos auf das Treiben: War hier die multiple, tripersonale Schizophrenie endlich greifbar geworden? Das wäre ja eine kolossale Entdeckung! Doch..., da war aber etwas, das in der Luft schwebte, aufleuchtete und wieder entschwand..., wie eine goldglänzende Brille. Je länger er die beiden nach wie vor über Stühle, Chromsessel und Glasblocktische hüpfen und springen sah, umso mehr zog es ihn, sich auch an der Jagd zu beteiligen, ja, es zog ihn wie mit magischen Kräften! Schon sprang er zu Fallstrick herüber, kroch auf dem Boden unter Professor X... über..., unter..., hopp..., hasch..., hopp..., hasch..., vergeblich! Immer wieder entschwand die Brille! Aber sie konnten nicht aufhören, schweißgebadet jagten sie nun zu dritt mit Luftsprüngen hinter dem glänzenden Etwas her, selbst dem Physiker mit seinen knarrend-knackenden Bewegungen lief so etwas wie öliger Schweiß über die Stirn. Plötzlich aber standen die drei Sekretärinnen und Frau Grünhilde im Zimmer und riefen im Quartett: „Der Kaffee wird kalt!“ Sie riefen einige Male, aber ohne Erfolg. Die drei hochqualifizierten Fachwissenschaftler hörten nicht, und erst als Frau Grünhilde mit Wotan telefoniert hatte, als der Präsident versprach, persönlich zu erscheinen und er mit sechs kräftigen Sanitätern und Angehörigen des Gabrieliter-Ordens kam, die die drei noch immer Herumjagenden einfingen und in den Ambulanzwagen schleppten, trat im Behandlungszimmer Ruhe ein. Rumpelmauser ließ sie in die bekannte Kneipp-Anstalt „Blumenlust“ transportieren, wo sie durch die traditionellen Kaltwassergüsse von ihrem Vorhaben, Einsteins Brille zu fangen, endlich abgebracht wurden.

„Wie peinlich!“ - „Nein, wie peinlich!“ verabschiedeten sich die drei Fachwissenschaftler voneinander. Dr. Fallstrick unterließ es aber nicht, dem Nobelpreisträger nahezulegen, daß dieser ihn, wenn er jemals wieder in Bedrängnis kommen sollte, jederzeit wieder aufsuchen könnte.

XIV. Kapitel: Der Kardinal bei den Gelben 2. und 1. Klasse

Schon hatte sich der weltbewegende Massenzusammenstoß und die rätselhafte Entschwebung der Volksmannen-Polizei mit der üblichen Geschwindigkeit über die Medien-Internationale verbreitet, als der Kardinal im schwarzen Habit und Rasputin an der Leine - beide gleichermaßen sorgengefurcht und düster in die Zukunft schnuppernd - sich dem Versammlungslokal „Alter Reichssadler“ näherten, in dem heute abend die Vollversammlung der Gelben stattfinden sollte. Runzelfroh lebte in apostolischer Einfachheit und hatte im Hinblick auf das Bevorstehende selbst davon abgesehen, sich ein Taxi zu leisten. Die inzwischen wahlaufgeschossene Partei mit zahlreichen Sitzen in in- und ausländischen Parlamenten war insbesondere der politischen Ausbeutung von Umweltschäden zugetan, wie diese durch Autoabgase und Industrieschutt täglich die Natur zunehmend ruinierten. Aber darüber hinaus waren ihre Mitglieder überwiegend am Wohlergehen der Menschheit interessiert, obwohl sie letzteres mit den übrigen demokratisch gesonnenen Vereinigungen teilten.

Der „Alte Reichsadler“ war ein in einem leicht verwahrlosten Vorstandgelände gelegener Bierausschank, der über eine gewisse Geschichte verfügte, da ihn der Bombenkrieg zufällig nicht ausgemerzt hatte. Das große, zweistöckige, trübe auf die Straße glotzende Gebäude mit verwitterten, aber noch naturecht geschreinerten Fensterläden hatte schon Adolf Hitler als Versammlungsort gedient; nach dem Kriege war es von anderen Politikern benutzt worden, um dann langsam aus den rosa Pfoten der Vereinigten Sozialfreunde (VSF) in die der Gelben Umweltfreunde überzugehen.

Der hereinbrechende Abend hatte schon einige Lampen aufleuchten lassen, die Straßenbeleuchtung war spärlich, die Straßenbahn, die den Kardinal und seinen Dackel beförderte, quietschte vernehmlich in jeder Biegung, die sie von abbruchreifen Häusern zu verfallenen Flüchtlingsbaracken führte. Aber umso dichter drängte sich vor den Toren des „Alten Reichsadlers“ die Menge, wie Runzelfroh von der Plattform aus feststellte, bevor er vorsichtig die Trittbretter herunterkletterte, nachdem, wie vorauszusetzen war, die Bahn angehalten hatte. Rasputin, emsig Menschlich-Allzumenschliches in der Menge schnüffelnd, zog den Würdenträger ungeduldig in das Gewühl, um rücksichtslos an Hosenbeinen und Unterröcken herumzukriechen, sofern letztere überhaupt vorhanden waren. Von Joppen, Pullovern, aufgezwirbelten Pseudolumpen, künstlich zerschlissenen Hemden, von Jeans, Lodenhosen und alttestamentarischen Knickerbockern umgeben, von meist bärtig-struppigen, bebrillten, langhaarigen Gesichtern neugierig angestaunt, wurde Rasputin entweder freudig mit „Kiek mal, der kleene Köter" begrüßt oder mit „Hau ab, du alte Dreckwanze" gescholten. Runzelfroh, trotz asketischer Lebensweise an Körperpflege gewöhnt, hätte sich gerne die Nase vor dem zugehalten, was Rasputin faszinierte, aber das wäre zweifellos gegen die Etikette gewesen, denn die Liebe zur Umwelt war nicht identisch mit der Liebe zum eigenen Körper bzw. war das Waschen für zahlreiche Parteigänger kein umweltfreundlicher Akt, insbesondere wegen des Gebrauchs von Halogen enthaltenden Seifen.

Obwohl an seinem kirchlichen Stand erkennbar, wurde dem Kardinal eher zutraulich als spöttisch der Weg zum heurigen Parteivorsitzenden gewiesen. Dieser war ein allerdings hochbetagter Greis; einst General mancher Feldzüge, war er entsprechend dekoriert gewesen, den das Alter jedoch endlich zur Besinnung und zur Verbreitung seiner vielfältigen Lebenserfahrung berufen hatte. Er war teilweise sogar mit Stücken einer einst roten Husarenuniform bekleidet, trug einen Pelztschako nach Kosakenart, aus dem über das rosige Gesicht weiße Haarsträhnen und Locken, partnerschaftlich verstrickt, herabfielen. Über sein Gesicht gloste ein freundliches Lächeln, seine ehemals blauen Augen wandten sich erstaunt dem herannahenden Runzelfroh zu. Der Kardinal wiederum beäugte nicht ohne Mißtrauen diese Figur, die unter ihren Uniformresten Lederhosen und weiße Trachtenstrümpfe trug. Er ging jedoch nicht fehl, wenn er ihn für den Vorstand einer nationalen Jodlerkapelle gehalten hätte. Der Vorsitzende saß an einem der zahlreichen, schlechthin umweltfreundlichen Holztische, den halbvollen Bierkrug vor sich, während sich das Volk der Mitglieder allüberall behaglich ausbreitete. Da waren, wie Runzelfroh mit einigen flüchtigen Blicken nach rechts und links feststellte, offenbar Mütter mit mehreren Klein- und Kleinstkindern zugange, die letzteren sie auf Rücken oder Bauch gebunden trugen. Dort lagerte man zwischen Milchflaschen und Biergläsern auf dem Boden, einige breiteten vorausschauend Zeitungspapier auf diesen, um sich wohl vor weiterer Beschmutzung zu schützen. Da watschelten vollschlanke Sechzigerinnen neben weißbärtigen Pilgern, die sich wohl nach der Lektüre von Dostojewskys Karamasow einen Staretzen zum Vorbild genommen hatten, da war sogar ein Tandemradler mit seiner Partnerin abgestiegen, legte die Räder auf den Tisch, machte es sich - soweit das möglich war - auf ihm bequem.

Alles war über und über von einem ungeheueren Stimmengewirr durchdrungen, von Plappern, Reden, Juchzen, Keifen, von Predigen, Brummen, Krächzen und Lachen, das immer wieder von den Kleinst- und Brustkindern mit gellendem Gequietsche übertönt wurde. Dort begann eine Gruppe die Internationale zu intonieren (konservative Fassung), eine andere die Marseillaise, eine dritte gar das Horst-Wessel-Lied, das trotz lauter Buh-Rufe nicht zum Schweigen zu bringen war. Aufrufe, Abrufe und Parteiprogramme wurden von Hand zu Hand gedrückt. Ein großes, rotes Transparent an der Wand verkündete: „Arbeit - nein! Brot - ja!" Ein anderes: „Rollschuhe anstatt Autos!" Ein drittes: „Deutschlands Herz ist Deutschlands Wald!", wie Runzelfroh mit Staunen las. In welcher der 48 Teufelsküchen war er gelandet? Wie sollte er hier in diesem Gemengsel sein Anliegen vortragen, wie sollten diese Allzumenschlichen ihn unterstützen? Kurz entschlossen wandte er sich an den Vorsitzenden - der ihn mit halberloschenem Generalsblick schon einige Zeit gemustert hatte -, stellte sich ihm vor, während Rasputin schon wieder Anstalten machte, das linke Hinterbein an die russisch-wattierten Stulpenstiefel des Vorsitzenden zu heben, durch einen leichten Tritt des Kardinals jedoch daran gehindert wurde.

„Ah, Koschinski", räusperte sich der lädiert paramilitärisch wirkende Vorsitzende. „Kenn' Sie doch aus Wien, als ich noch Husarenbrigadeoffizier im K.u.K.-Regiment Kaiser Franz Joseph 322 war! Wir haben nicht die Ehre, jeden Tag einen Kardinal von Ihrer Qualität zu begrüßen..."

„Herr Parteivorstand", bemühte sich Runzelfroh, ihn zu unterbrechen, „ich komme in einer wichtigen, die Umwelt, die Menschheit betreffenden Angelegenheit. Ich ersuche um Ihre und um die Unterstützung Ihrer Partei..."

„Liegestütze sind morgens sehr gesund..."

„Liegestütze?" hatte sich der ehemalige K.u.K.-Offizier schon den gelben Jargon angewöhnt?

„Oder wolln'Se Unterstützung? Kommen wohl aus der Klapse oder sonst so einem verfackerten Bocklokal, um hier Ihre Zelte aufzureißen?" Da der Vorsitzende jedoch sich über Schwerhörigkeit beklagte und befürchtete, sich im Ton vergriffen zu haben, fuhr er fort: „Quatsch' mir doch direkt ins Ohr, Koschinski, ich lehne die Gehirn- und Nervenkraft anklapsenden Hörgeräte ab. „Also, was ist? Liegestütze? Sie auch jeden Morgen 32?"

„Nein, nein, nicht Liegestütze!" rief der Kardinal in das linke Ohr des doppelten Weltkriegsveteranen, dessen dichte, weiße Gehörgangsbehaarung ihm abstoßend auffiel... Von kleinen Schmalzklümpchen ganz abgesehen, die sich wie Ähren im Wind bei jedem das Ohr zutreffenden Laut bewegten.

„Unterstützung?" schlug sich der General auf die Lederhosen, „die Kirche will uns wohl die Finanzen aufpumpen! Das ist ja ein toller Bock!" Er ergriff eine Schelle und klingelte gellend durch den Saal. Allgemeines Gewieher und Gelächter antwortete ihm. Er schellte wieder und wieder, das Gelächter nahm nur zu. Endlich ergriff er das Mikrophon und rief mit der hartgesottenen Stimme des ehemaligen Kommandeurs: „Genossen, ein Kardinal hat sich hier bei uns in die Lumpen verkrochen, der will uns meterlang Kies vorstrecken. Laßt ihn an die Quasselstrippe." Damit wies er auf ein Rednerpult neben seinem Tisch, auf das schon Rasputin gesprungen war und die johlend-lachende Menge wütend ankläffte, so daß deren Gelächter sich noch steigerte. Gleichzeitig hatten sich einige der Bärtig-Bebrillten aus ihren Rucksäcken Schreibpapier und Kulis geholt. „Los, los, Oberpfaffe, her mit dem Kies, den brauchen wir alle!" so schallte es von einer Gruppe zur anderen. „Laßt den Pfaffen quatschen! Der bringt uns moralischen Ruck-Zuck bei." ..."Unsere Stammheimer sollen leben!" riefen plötzlich einige mit Western und Patronengurten ausgestatteten Typen, deren Ausrüstungsgegenstände Runzelfroh mit Scharfblick als aus einschlägigen Spielzeugläden stammend erkannte. (Er hatte Neffen und Nichten.) Seinen Hut abstreifend, griff er zum Mikrophon: „Sie haben eben meinen Dackel gehört!"

„Ja, ja...", ertönte wieder polyphones Gelächter, Gejuchze und Geschrei.

„Er stammt aus einer alten russischen Anarchistenfamilie und heißt Rasputin!"

Aus dem Gelächter erscholl es: „Zu den Vollidioten gehören wir nicht! Die Kerle wurden schon im Briefwechsel zwischen Marx und Oblomow liquidiert!"

Das Bemühen des Kardinals, sich als Anarchistenpfleger einzuschmeicheln, war gescheitert, in die „Binsen gegangen".

„Meine Damen und Herren!" Das Stichwort „Damen" bewog die zahlreich vertretene weibliche Zuhörerschaft, sofort auf die Tische zu steigen und ihre Brüste zu entblößen, - soweit diese nicht schon offenlagen. Der Kardinal wandte sich schaudernd ab, verschwand hinter dem Rednerpult, um sich zu bekreuzigen und sein „Apage Satanas" zu flüstern. Als er wieder auftauchte, hatte der Vorsitzende das Mikrophon ergriffen: „Genossen, haltet die Klappe, es geht doch um Kies!" Er schellte wild und verzweifelt, so daß ihm der Tschako immer mehr in den Nacken rutschte, aber der allgemeine Ruf „Fresse halten", führte zu einer gewissen Beruhigung. Da intonierte jedoch eine kesse Frauenstimme: „Hautse, hautse, hautse auf die Schnauze, hautse mit vergnügtem Sinn immer in die Fresse rin." Sie wurde jedoch von einem Baß unterbrochen, der wiederum zum allgemeinen Gelächter Arno Schmidt zitierte: „Walla, pumpsu mal den Zementtroch voll!"

Runzelfroh entschloß sich jetzt zu der Anrede: „Genossen und Genossinnen! Die von Ihnen so geschützte Umwelt, die Natur mit ihren rauschenden Wäldern und springenden Bächen ist in höchster Gefahr!"

„Wissen wir schon alles...", antwortete allgemeines Geraune und Gemurmel.

Unbeirrt fuhr der Kardinal fort, der Märtyrer in der Arena gedenkend: „Physiker haben das Antigraviton entdeckt und werden es zu persönlichem Machtgewinn gewissenlos einsetzen!"

„Antigraviton? Wohl neues Insektenmittel? Trip für Bayer-Leberkuchen oder Patent für Schwangerschaftsabknapsung? Kinda, prima! Abtreibung wird kirchenfrei!" ertönte es von allen Seiten.

Runzelfroh vermutete, daß nur wenige der Anwesenden je über Anziehungskraft, Schwerkraft, Graviton oder Antigraviton orientiert waren. Aber in die fortgesetzten Zurufe „Kies her, Pope, sonst hau ab" heulten plötzlich Polizeisirenen los, donnerten Motoren..., jemand hatte den Fernsehapparat eingeschaltet: Die Verfolgungsjagd auf der Corniche, der Sturz und Zusammenprall, das Entschweben der Euro-Volksmannen rollte auf dem Monitor ab. „Polente! Achtung! Polente!" erscholl es durch den Saal. Aber eine Gruppe Gelber hatte sich vor dem Fernsehschirm versammelt und jubelte: „Polente! Polente lernt fliegen. Wie die verduften!"

Runzelfroh, der über dieses Ereignis noch nicht im Bilde war, war jäh erbleichend zurückgetreten. Ja, es war soweit. Das Antigraviton hatte seine ersten Opfer gefordert... Rette sich, wer kann! Aber hier dachte niemand daran, sich zu retten. Es war nur eine große Gaudi! In diese Gaudi sprang jetzt ein kleiner, struppiger Kerl mit Stupsnase, schwarzhaarigem Bürstenschnitt und gewaltigem Kinn. Kurz behost kletterte er auf die Rednertribüne, stieß den Kardinal mitsamt seinem Dackel vermittels seines Ellbogens herunter, während die Menge zu gröhlen begann: „August, August, der Starke! August..., leg los..." In der Tat, August schien so etwas wie Respekt zu genießen, sofern dieser Begriff des vergangenen Jahrhunderts im Angesicht der Überwältigung durch das Zeitgemäße noch verbindlich war.

„Genossen, Genossinnen!" rief er mit bissiger Kreischstimme in den Saal, daß tatsächlich der morsche Reichsadler aus den Motten geriet und seinen kaiserlichen Schnabel zu wetzen, die Krallen zu schärfen begann: „Das Antigraviton ist das letzte Geplärr der spätkapitalistischen Mischpoke! Ein autoritärer Kies-Schwindel, ein Kinderspuk! Die Schwerkraft ist seit Marx und Engels dialektisch verbumst und nicht zu verkottern. Genossen, Genossinnen! Wir lassen uns von der Kille nicht vor den Latz furzen! Pfaffe bleibt Pfaffe und Gesellschaftsfeind Nummer eins! Aus mit Spucke durchs Tor! Die Konterrevolution im Osten hat auf der ganzen Linie geballert und flottgemacht. Unsere oberste Mama, die Sowjetunion, verwuchert sich zu einem marktgängigen Marktschwein! Der Kapitalismus hat sie eingeschmiert, Gorbi ist der größte Verräter und die größte Supersau! Wir müssen den Marxismus retten..." Und 'wums' haute er mit der Faust auf den Tisch. „Bei uns im Hintern Deutschlands, in seinem Herzarsch bei uns Umweltglotzern muß der wahre Marxismus wieder seinen Schwanz heben!" 'Wums...' sauste die Faust auf den Tisch. „Wir stehen da, wo wir 1917 standen..., am Anfang! Nieder mit den Menschewiken, rauf mit den Bolschis! Wir fangen wieder von vorne an..." Und mit jedem Satz ließ er die Faust auf das Rednerpult sausen, daß dieses bereits erste Risse bekam. 'Wumm..., wumm...' „Wir brauchen eine marxistische Stoßtruppe, wir werden die Spießer in die Luft schießen. Nieder mit dem Früh-, Mittel- und Spätkapitalismus! Hoch die Umweltgleichheit! Hoch der Fundamentalist! Oblomow!" 'Wumm', sauste die Faust auf das ächzende Holz. „Es lebe die GPU, die starke Faust im Nacken der Arbeiterklasse, es lebe Väterchen Lenin!" 'Wumm...' „Private Umwelten enteignen!" 'Wumm... wumm...' Größtes Gejohle setzte ein. Einige Klampfenspieler stimmten die Internationale an, andere die Marseillaise, wieder andere das Horst Wessel-Lied. Aber die Skinheads hielten sich noch im Hintergrund. Offenbar war man sich einig. „Nieder mit der Kirche!" 'Wumm...' sauste die Faust haarscharf an Runzelfroh vorbei, der immer wieder auf den Fernseher geblickt hatte, um mit Bedauern festzustellen, daß dieser bereits bei dem Programm „Mode und Märchenhüpfer" angelangt war. Der Fausthieb ließ ihn zusammenfahren und unter dem Kriegsruf „Marx und

Oblomow“ beschloß er, eiligst den Ausgang zu erreichen. Kaum stand er auf der Straße, wurde ihm klar, daß er hier kein Taxi finden würde und auch keine Telefonzelle. Nur von Rasputin bewacht, versteckte er sich hinter der Straßenbahnhaltestelle. Nein, von den Umweltschützern war keine Hilfe zu erwarten.

In diesem Augenblick trat ein soignierter Herr in Frack und Tennisschuhen, mit dem friedvollen Gesicht eines berenteten Bäckermeisters an den Kardinal heran. „Entschuldigen Sie, Eminenz, daß ich Sie auf der Straße anspreche. Aber meine Gesinnungsgenossen und ich haben diesen für Sie so beschämenden Auftritt von der Galerie aus beobachtet. Was, verehrter Kardinal, suchen Sie bei den Fundis? Diese sind doch längst passé, ein Anachronismus. Kommen Sie doch auf unsere hier auf dem Fluß ankernde Luxusjacht „Bluepeace“, - um mit uns die Lage der Menschheit in aller Ruhe zu besprechen. Ich bin Minister für Umweltschutz in Unterschildburga, dort sehen Sie meine auch in verschiedenen Ministerien unserer umwelt- und menschenfreundlichen Republik tätigen Kollegen schon auf Sie warten. Mein Name ist übrigens Minister Angler, verwechseln Sie mich bitte nicht mit meinem Kollegen Fischer. Darf ich Ihnen meinen Arm anbieten?“

Runzelfroh, ebenso überrascht wie erleichtert, nahm den ihm angebotenen Arm, und nach wenigen Schritten hatten sie den trüben, aber sanft dahinströmenden Fluß erreicht, betraten den Laufsteg und waren schon auf der im Licht zahlloser Lampen und Scheinwerfer verheißungsvoll schimmernden Jacht angelangt. Staunend stellte Runzelfroh fest, daß er sich in einem riesigen schwimmenden Hotel mit glasgelackten, messingumchromten, silber-alpacaumrahmten Türen, Gestühl, Sesseln, Plattformen und Tischen unter üppigen Tropenblumen befand, er kaum die edelsten Perserteppiche mit seinen demütigen Schuhen zu betreten wagte. Schiras und Bakiristan schützten den leise schlingernden Boden, und unwillkürlich mußte Runzelfroh an fernste Jugendsünden, an Baudelaires „Blumen des Bösen“, an „ordre et beauté...“ denken. Das war ja ein prunkendes Walhalla, im Gegensatz zu der übelriechenden Spelunke des Reichsadlers, - und diese zurückhaltend-vornehmen, so sympathisch wirkenden Ministerialbeamten - alle in Frack und Tennisschuhen. Wieder öffnete sich automatisch eine Glaswand, und ein dämmerig beleuchteter elliptischer Kongreßraum empfing ihn: Sitzreihen, selbstverständlich gepolstert, allerdings nur von wenigen besetzt, umgaben das Rednerpult.

„Eminenz, Sie haben vorhin so wahre und ergreifende Worte gesprochen, wahrlich Ihre Perlen vor die Unwürdigen geworfen - Sie wissen, was ich meine, - hier aber werden Sie ein aufgeschlossenes, tatbereites Auditorium finden. Uns sponsert die gesamte europäische Schwerindustrie, um damit Ihren Ernst zur Erhaltung der Umweltschäden zu demonstrieren.“

Der Minister führte Runzelfroh an das Rednerpult, und dieser begann, noch immer wie benommen von der Luxusfülle, erneut seinen Aufruf zu artikulieren, die Menschheit kurz vor zwölf vor der Vernichtung durch das Antigraviton zu bewahren... Aber als er sein Auditorium schärfer in das Auge faßte, bemerkte er, daß von den 200 Sitzen vielleicht zehn von tiefschlafenden, zum Teil sogar laut schnarchenden höheren Ministerialbeamten eingenommen waren. Auch Umweltminister Angler, der sich in der ersten Reihe niedergelassen hatte, war sofort eingeschlafen.

Was konnte der Kardinal im Anblick dieser friedvoll-heilen, bestens gesponserten Umwelt anders denken als „Den Seinen gibt's der Herr im Schlaf", - und sich leise, leise auf Zehenspitzen, von Rasputin gefolgt, über den Laufsteg zurück in die Stadt zu begeben?

XV. Kapitel
Die Jagd nach dem Universaldetektor

„Was steht nicht alles auf dem Spiel, was steht nicht alles auf dem Spiel! Alles, alles steht auf dem Spiel... Alles! Der Lehrstuhl und freie Forschung im Dienst unspezifischer Menschenvernichtung!" murmelte der vom Schicksal unsanft gebeutelte Theobald vor sich hin, als er zur dunklen Stunde, zwischen 2 und 3 Uhr nachts, sich dem Haus des Universitätspräsidenten zögernd näherte. Zögernd! Denn wer wagt es schon als gehobener Akademiker, einen Diebstahl zu begehen, einen Einbruch, einen Hausfriedensbruch, denn um nichts Geringeres lautete sein Auftrag. Ach, und dann noch das Unglück mit der Polizei. Diese verteufelte Brille! Obwohl ihn das persönliche Ergeben der Volksmannen nicht berührte, im Gegenteil, höchst gleichgültig war. Was scherte ihn die Polizei! Aber..., da war ja schon das Haus seiner Magnifizenz, des Universitätspräsidenten, absolut das gleiche, das er im Traum gesehen hatte: die grünen Fensterläden unterm grünen Walmdach, die kleinen Beton- oder Hartplastikzwerge im Vorgarten, echte polnische Importware, mit dem dieses leidgeprüfte Volk mühsam versuchte, seine Milliardenkredite abzuzahlen. Ja, im Licht der flakkernden Straßenbeleuchtung sah er die bärtigen Kleinchen, da waren auch die drei Elefanten, von Klinker, Blinker und Zinker beritten! Und überhaupt..., die ganze Zwergenfakultät saß dort beim Trunk um den Stammtisch versammelt, versammelt und fast vergammelt..., wie er sie im Traum gesehen! Unbeweglich, aber durchdringend schienen sie über ihre Henkeltöpfchen ihn, den Lehrstuhlanwärter für Strahlenkunde und Molekularpsychiatrie, anzustarren. Und hier sollte er eindringen, auf deutsch gesagt, einbrechen? In diesen trauten Mittelpunkt fortschrittlicher Forschung und Lehre?

„Ausweis bitte, was treiben Sie sich hier herum?" Vor ihm stand der Polizist, die Hand bereits an der Dienstpistole. Da, - es war soweit, sie hatten ihn geschnappt... Die Polizei! Nein, - er führte keinen Ausweis bei sich, nie, er lebte doch trotz allem in einem demokratischen Staat.

„Haben Sie nicht die Nachrichten und die Ankündigung begrenzter Notstandsmaßnahmen aus Schildburga gehört?"

„Notstandsmaßnahmen...? Nein, wieso denn das?"

„Es sind über fünfzig Polizisten durch unbekannte Strahlen in die Luft gehoben worden und seitdem verschwunden! Haben Sie das nicht mitbekommen? Deutsche Polizisten! Aus der Euro-Volksmannen-Brigade, dem Kyffhäuser unterstellt. Das Unglück hat sich in Frankreich ereignet, sie sind nicht einmal in der Heimat ums Leben gekommen. Sie haben davon nichts gehört?"

„Nein, nein, ganz und gar nicht, Herr Polizeiwachtmeister", log Theobald stotternd, bemerkte aber, daß der Polizist bereits eine Gasmaske am Gürtel trug, um sich damit gegen die unbekannten Strahlen zu schützen. „Fünfzig Polizisten verschwunden?"

„Ja, meine Kollegen, die meisten waren verheiratet und obendrein Familienväter."

„Da kann ich Ihnen nur mein höflichstes Beileid aussprechen, Herr Wachtmeister. Sind Sie auch strahlengeschädigt?"

„Nein, noch nicht", pflichtete ihm der Polizist bei, „aber wenn Sie sich nicht ausweisen können, dann muß ich Sie bis zur Abklärung Ihrer Personalien zur Nato bringen, ich meine, auf die Wache."

„Zur Nato? Aber ich bin doch hier zu Hause, sozusagen fast zu Hause. Hier bei Familie Rumpelmauser..." wand sich Theobald von einer Lüge zur anderen.

„Dann öffnen Sie doch die Haustüre und holen Sie Ihren Ausweis!"

„Das geht nicht so schnell, ich muß den Schlüssel suchen, einen Moment bitte... Hier..., nein, das ist er nicht, - das ist ja meine Zahnbürste..."

„Na machen Sie mal ein bißchen dalli, werter Herr, oder sind Sie hier doch nicht so ganz zu Hause?"

„Nicht so ganz, ich versuche hier gerade Fuß zu fassen."

„Nachts, zwischen 2 und 3 bzw. genau um 2 Uhr 32, 15 Sekunden?"

„Ich hatte hier eine Verabredung wegen meiner beruflichen Zukunft bei dem Hausbesitzer und Universitätspräsidenten, Professor Rumpelmauser..."

In diesem Augenblick ging im Treppenhaus ein Licht an, die Lampe über der Haustüre leuchtete auf, ein Fensterladen wurde beiseite geschoben, und Wotans wuchtiger Schädel, von einer weißen, mit Troddeln verzierten Nachtmütze behängt, sah auf die Straße herab: „Was ist das hier für eine nächtliche Ruhestörung? Zum Donnerwetter! Polizei mit Gasmaske! Wo stinkt es denn da? Hat sich die Notstandsgesetzgebung bereits bis in die Latrinen ausgewirkt? Und was macht denn unser Lehrstuhlanwärter um diese Zeit vor meinem Haus? Herr Frey von Skrupel, Sie verscherzen sich Ihre Zukunft, wenn Sie so weitermachen!"

„Herr Präsident! Bitte nicht! Bitte, denken Sie wenigstens an meine so früh verstorbenen Eltern, ich bin Waise..., leider nicht Witwe."

In diesem Augenblick trat der Polizist auf Hautnähe an Theobald heran, faßte ihn am schlotternden Jackenknopf, stieß ihm die Gasmaske in die Brust und rief: „Gestehen Sie nur! Sie haben meine fünfzig Kameraden, gestandene Familienväter, beherzte Euro-Patrioten umgebracht! Sie sind der neue Strahlenexperte, den die Universität erwartet! Ich habe Sie in flagranti ertappt!"

„Aber wieso denn... Ich bitte Sie... Wie kommen Sie dazu... Sie drücken mir ja den Bauch mit Ihrer ekelhaften Gasmaske ein", stammelte Theobald, der mit einem verzweifelten Seitenblick auf die Fakultätssitzung polnischer Importzwerge schielte und an den Beginn einer (organischen) Hirnerkrankung zu glauben begann.

Die drei Elefanten mit Klinker, Blinker und Zinker hatten sich in Bewegung gesetzt, wobei Zinker mit Stentorstimme rief: „Ja, er ist ein Massenmörder, Haltet den Dieb!"

Der Polizist hatte bereits seine Handschellen mit geschicktem Zeigefingerhaken aus der Backentasche geangelt - so erschien es wenigstens Theobald - und wollte sie ihm anlegen. Die Elefanten nahmen bedrohliche Größe an... als sich die Türe zu dem Haus öffnete und Lizzie mit einem mächtigen Sprung Theobald fort- und in den Hausflur riß. Die Türe flog krachend in das Schloß, verdutzt hielt der Polizist seine Handschellen in das inzwischen aus den Wolken hevorblinkende Mondlicht. Elefanten und Universitätsspitze hatten sich in ihre gewohnte Stabilität zurückbegeben.

„Haben Sie mir nicht einen Brief gebracht, - oder habe ich das nur geträumt?" rief Theobald aus, der auf den Boden gestürzt war, sich aber sofort zielstrebig und elastisch wieder erhob.

„Oh, das ist lang, lang her, Herr Theobald!"

Theobald wunderte sich nicht einmal, daß die elegant gekleidete Katze, die einen ausgestopften Büstenhalter am Oberkörper zur Schau trug, im Unterteil eng anliegende Jeans, mit weiblich-zirpender Stimme sprach. Nein, es waren so viele merkwürdige, wunderbare Ereignisse in der letzten Zeit eingetreten, daß er es aufgegeben hatte, sich noch zu wundern. Sein Blick umfing nicht ohne libidinöse Sympathie die Katze, die auf ihren Hinterpfoten artig hin- und hertänzelte, dabei das Gleichgewicht vermittels des Schwanzes hielt, den sie gleichzeitig mit den Vorderpfoten umklammerte. Auch reichte sie Theobald fast bis an den Hosengürtel - eher ein kleiner Leopard! Wie Theobald ferner feststellte, befand er sich wohl in der Garderobe des idyllischen Häuschens, denn allerlei Hüte und Mäntel, aber auch ein Eber-, ein Bärenfell und sogar ein Stiefelknecht bildeten das Mobiliar, von einem übergroßen Spiegel abgesehen, der, mit Goldrahmen verkleidet, eine ganze Wand neben den Hüten, Mänteln und Schirmen einnahm. Sein Blick blieb an der Spiegeloberfläche hängen, diese gab die Treppe wieder, die wohl zum nächsten Stockwerk führte. Er sah im Spiegel Lizzie, die sich inzwischen auf den Vorderpfoten niedergelassen hatte und ihren Kopf schnurrend am Treppengeländer rieb. Aber dort stand auch der Präsident, Professor Wotan Rumpelmauser, im elfenbeinfarbenen Nachthemd; das Haupt von der Nachtmütze dekoriert, sah er mit seinem einen Auge Theobald ruhig, prüfend und schweigsam an, so daß Theobald zu zittern begann: „Herr Präsident, Herr Präsident, was wird aus meiner Berufung auf den Lehrstuhl für Strahlenkunde und Molekularpsychiatrie?"

Das Spiegelbild antwortete nicht, hob aber den Zeigefinger drohend und bedeutsam empor. Theobalds Herz begann vernehmlich zu schlagen und entwickelte die Tendenz, die Schlagetätigkeit im Hosenboden fortzusetzen. Da aber hatte Wotan schon eine Gitarre im Arm, trommelte kurz einen Rhythmus auf den Boden derselben, während Lizzie auf ihre Hinterpfoten sprang, plötzlich in den Vorderpfoten Kastagnetten hielt und zu tanzen begann. Wotan intonierte die leidenschaftlichen Akkorde eines Flamencos, unterbrach diese wieder, streifte die Gitarre über das eine mächtige Brust verbergende Nachthemd und begann die Arie aus der Carmen „Draußen vor den Toren Sevillas..." mit leicht abgewandeltem Text zu singen, Lizzie drehte sich dazu und klapperte mit Kastagnetten den Rhythmus.

„Hast du dich nicht bei Hohlmann habilitiert?
Hast du nicht Verbotenes an Menschen probiert?
Hohlmann ist angezeigt, ganz anonym!
Unser'n Psycho hat er verdächtigt,
die Polizei folgte ihm.
Fallstrick ist ohne Schuld,
du bist außer der Huld!
Fünfzig Polizisten sind einfach verschwunden,
was willst du hier,
unverschämt unumwunden?"

Kaum hatte Wotan die letzten Akkorde gegriffen, legte er die Gitarre auf eine Treppenstufe, und Lizzie, erhitzt und etwas schnaubend, setzte sich erwartungsvoll neben das Instrument. Rumpelmauser redete Theobald an: „Hohlmann hat die Staatsanwaltschaft getäuscht. Er hat alle gegen ihn und seinen Oberarzt auch aussagende Unterlagen vernichtet. Das habe ich mit dem Universaldetektor beobachtet. Den du mir stehlen sollst! Ich weiß alles! Ich bin allwissend; und was ich noch nicht weiß, das berichten mir meine beiden Raben Hugin und Mugin." Hier klatschte Wotan dreimal in die Hände und begann wieder eine spanische Weise zu klimpern. Lizzie sprang auf und versuchte, den fieberhaften Rhythmus mit ihren Hinterpfoten im spanischen Stil zu stampfen, beendete jedoch diese Darbietung mit einem markdurchdringenden Miaugeschrei. Denn die beiden pechschwarzen Raben Hugin und Mugin flogen nicht etwa durch das Fenster, um Wotans Nachtmütze zu umkreisen, sondern krochen heiser krächzend und wie von Gicht oder Rheuma geplagt aus einem Verschlag hinter dem Schirmständer hervor.

„Diese Raben", rief Rumpelmausers Spiegelbild zu Theobald, „wissen mehr als der Universaldetektor. Sie künden mir die Zukunft! Kommt", so wandte er sich väterlich und fürsorglich den beiden Vögeln zu, „kommt meine beiden, tapferen, altsteinzeitgeprüften 200.000jährigen Söhne, kommt zu mir die Treppe hinauf, es wird euch noch ein frisches Kaninchen serviert!" Darauf begaben sich die ehrwürdigen Alten auf den Treppenabsatz, wetzten an diesem ihre Schnäbel und Krallen und begannen ebenfalls in menschlicher Sprache - die den Raben bekanntlich erlernbar ist - holperig zu krächzen: „Diese elende Tanzerei! Diese widerwärtige Katzelmacher-Musik! Wotan, wie kannst du dich so vergreifen! Du hast uns Migräne gemacht! Dieses alberne Theater hier!" Und Hugin versuchte, Lizzie einen heimtückischen Hieb in das Hinterbein zu versetzen, die Katze erteilte ihm aber fauchend eine Ohrfeige, daß er vom Treppenabsatz taumelte. „Raubtiere greifen uns an! Wotan! Wir werden dich und dein Haus verlassen... Jeden Abend dasselbe Theater!" meckerten und krächzten die beiden treppenwärts empor. Wotan hatte inzwischen ein Stück rohes Kaninchenfleisch auf eine Gabel gespießt und winkte den Raben liebevoll zu, worauf sie in der Tat ihren Wackelschritt beschleunigten und mit beiden Krallen sich von einer Stufe zur anderen hochzogen. Sie schnappten aber nicht etwa nach den Fleischstücken, sondern setzten sich auf ihr gefiedertes Hinterteil und warteten, daß Lizzie ihnen einen Latz um die nur wenig von Federn bedeckte Kehle band. Dann packten sie mit dem Schnabel manierlich einer nach dem anderen die köstlichen Bissen, die ihnen Wotan - nach wie vor in Nachthemd und Nachtmütze - präsentierte.

Das alles beobachtete Theobald im Spiegel, wunderte sich aber, seinem einmal gefaßten Vorsatz entsprechend, über nichts mehr. Nein!

Nachdem die Raben Hugin und Mugin abgespeist waren, griff Rumpelmauser wieder zur Gitarre, um die berühmte Torero-Arie aus der Carmen zu zupfen. Jetzt sprangen die Raben auf, rissen sich den Schlabberlatz von der Brust, spreizten einmal den rechten, einmal den linken Flügel und begannen, nicht ganz unmelodisch, eine Art wechselnden Krächzgesang: „Auf in den Kampf/ die Zukunft ist schon da/siegesbewußt/Strahl durch die Brust", und stiegen in die letzten Möglichkeiten ihrer Bässe herab, um kopfschüttelnd und tragisch zu gurgeln: „Schießt erst das Antigravitoooon/dann lebe wohl, du trauuuute Welt!" Mit diesem letzten Takt flogen sie gleichzeitig empor und setzen sich rechts und links auf Wotans Schultern, flüsterten und tuschelten ihm dabei heftig in das jeweilige Ohr, ja, zogen sogar gelegentlich kurz an seinen langen Ohrläppchen, so wie vergleichsweise früher die Dienstmagd mit dem Klingelstrick herbeigeläutet wurde. Wotan, der beim Anflug der Raben sein Gitarrenspiel unterbrochen hatte, griff jetzt wieder in die Saiten und begann den zweiten Vers der Torero-Arie zu klimpern. Die Raben erhoben erneut ihren Krächzgesang, aber jetzt von den Schultern herab zu Theobald, der das alles wie gespannt im Spiegel verfolgte: „Lehrstühle gibt's für Krankenquäler nicht/Scher dich nur fort!/Auf den Abbort!/Laß du die Finger von den Straaahlen/sonst wirst du noch leiden böse Qualen!"

Nein, es war nicht gerade Mozart, dessen Musik als angenehm empfunden wird, weil sie die grauen Rinderzellen im Gehirn in harmonische Schwingungen versetzen soll, sondern eher ein kriegerischer Anruf, den Theobald sehr wohl verstanden hatte. „Lehrstühle gibt's für Krankenquäler nicht", das war doch ein ungeheueres Unrecht, das ihm hier zugefügt wurde, wo stünde die Medizin ohne Vivisektion und Experimente am lebenden Kranken? Es bäumte sich in ihm alles auf, was zu bäumen in der Lage war, verzweifelt rief er zum Präsidenten, der ihn wieder schweigsam und durchbohrend ansah: „Gnade! Gnade! Herr Präsident! Denken Sie an meine allzu früh verstorbenen Eltern! Ich bin Waise!" Rumpelmauser verzog keine Miene, jedoch brachen die beiden Raben in ein gräßliches Gemecker und Gelächter aus, erhoben sich schwerfällig vom Treppenabsatz und umkreisten Theobald mit drohenden Flügelschlägen, die wie Peitschenhiebe in der Luft knallten. Jetzt überkam Theobald ein dunkles Angstgefühl: die Möglichkeit, von den Flügeln eine gewischt zu bekommen, wäre zweifellos unangenehm. Er warf sich auf den frisch gebohnerten Parkettboden, verbarg seinen Kopf unter den Händen und stöhnte leise vor sich hin. Wie sollte er jemals den Universaldetektor stehlen? Ihn dem Profillosen bringen? Ohne den Detektor würde er nie seine Professur erhalten, nie, bei diesem sich so albern humanitär gebärdenden Präsidenten. Kranke, insbesondere Hirnkranke, waren doch sowieso weitgehend gefühllos und experimentiertauglich laut Krankengeschichte. Darin stimmte die Molekularpsychiatrie ganz mit der biologischen Psychiatrie des Dritten Reiches überein. Also..., und? Was warf man ihm vor? Das Glück der Gesundheit ruhte auf den Opfern der Kranken, das war ein ehernes Gesetz, zum mindesten seit Darwins Lehre vom Überleben des Stärksten und seit Nietzsches genialem Wort: „Was schwach ist, soll man stoßen." Solche und ähnliche Gedanken schossen dem Aufsässig-Verängstigten durch den Kopf, während die beiden Raben immer bösartiger schrieen, krächzten und Anstalten zu machen schienen, einfach mit ihren großen gelben Schnäbeln auf ihn loszuhacken. Daran wurden sie aber von Lizzie gehindert, die sich bei übergroßer Annäherung der beiden Kerle vor Theobald aufgestellt hatte und mutig je dem einen oder anderen einen Katzenkopf mit der jeweils freien Krallenpfote erteilte, dabei jetzt ganz katzenhaft „tsch, tsch, tsch" fauchte. Rumpelmauser verfolgte die Szene nicht ohne verstohlenes Geschmunzel. Die Raben, einige Male empfindlich getroffen, ließen in der Tat von ihrem Flug ab, hocken sich beide auf den untersten Treppenabsatz, begannen ihre Köpfe rhythmisch abwechselnd nach rechts und links buchstäblich auszufahren und buckelten dabei zu allem Überfluß ihre Rücken hoch. Sie öffneten ihre Schnäbel und krächzten folgende Verse:

„Huckepack und Hackebein,
Experimente, die laß sein.
Zickezack und Huckepack,
holt das Schicksal aus zum Schlag.
Rübenschwein und Lotterpack
machen aus dir Frick und Frack.
Frikassee und Madenwurst,
unerträglich wird dein Durst.
Krümme nur und winde dich,
du verklebst ganz fürchterlich.
Quäl' den Kranken nicht zum Scherz,
denn er fühlt wie du den Schmerz.
Graviton wird dich verkaufen,
läßt du nicht den Lehrstuhl laufen.
Du krepierst zu guter Letzt,
weil dich nur der Ehrgeiz hetzt."

Die Strophen waren wohl nicht von Schiller und noch nicht beendet, aber die Raben führten noch ihre rhythmischen Zuckungen fort, die sie inzwischen zu einer Art Tanz stilisiert hatten: mit jedem dritten Taktschlag sprangen sie mit ausgespreizten Flügeln in die Luft, drehten sich und landeten äußerst geschickt wieder auf dem Treppenabsatz. Nichtsdestoweniger war Theobald unter den zunehmend schlechter sich darbietenden Zukunftsperspektiven an den Rand einer Ohnmacht oder eines Kreislaufkollapses gelangt. Die Sinne schwanden ihm unter dem rhythmischen Geversel, er hob, auf dem Bauch liegend, die linke Hand wie ein Ertrinkender empor, ein schwaches Stöhnen entwich seinem Bart. Auf diesen Augenblick hatte Lizzie anscheinend nur gewartet, sie sprang zu dem Zusammengebrochenen, packte ihn mit ihren Zähnen am Hemdkragen - wie sie wohl in Zeiten der Mutterschaft ihre Kätzchen trug - und zerrte ihn aus der Garderobe in ein Nebenzimmer. Hier ließ sie sich nieder, bestrich ihn mit ihrem Schwanz leicht, an den Schenkeln beginnend bis zum Hinterkopf, und tatsächlich entspannte sich Theobald langsam unter dieser magnetisierenden Berührung. Er wandte sich auf den Rücken, so daß ihn der Katzenschwanz jetzt über Schenkel, Bauch und Brust streifte...

XVI. Kapitel: Winnetous Schwester und Winnetous Wandlungen

Nein, das war selbst für eine so durch und durch nur der Arbeit ergebene Junggesellenkonstitution wie die Theobalds zuviel! Wer hat schon das Glück, daß ihn eine Riesenkatze über den Bauch und allerlei Anhängsel sanft streichelt? Sollte nicht selbst in diesem 150%igen Wissenschaftler sich der Hang zur Reproduktion seiner Keimzellen regen, die bisher jungfräulich eingesackt, noch nie Gelegenheit für Freiluftgymnastik erhalten hatten? Aber mit einer Katze? Einem Vieh? Und dazu nur halb so groß wie er? Das war doch pure Sodomie - pfui Teufel -, auch wenn es den letzteren nicht gab. Aber nun legte sich Lizzie auf ihn, bedeckte ihn mit Geschnurr und Geknurr, zog einmal unten, schob wieder oben, drückte hier, löste dort, - kurzum, spielte das Wechselspiel mit so viel Verstand und Hingabe, daß Theobald das Katzige an ihr bald vergaß. Zumal Lizzie auch noch ihre Jeans und ihren Büstenhalter von sich geworfen hatte und mit Treteln und Pfoteln Theobald in den Siebenten Himmel Allahs versetzte, ihm dabei noch allerlei Koseworte in sein allzu lobgieriges Ohr träufelte: „Du bist der Wissenschaftler der Zukunft, Theobald! Laß dir nicht deine Zukunft durch den alten Moralisten Rumpelmauser ausreden... Der Nobelpreis winkt dir..." Und nach einer heftigen Umarmung: „Soll ich dir nicht helfen, den Universaldetektor zu klauen? Ich kann ihn auch bedienen! Ich bin bereit, alles für dich zu riskieren! Meine Stellung bei Wotan aufgeben, wenn ich für immer bei dir bleiben darf, mein Theochen, mein Bäldichen, mein Heulibabalein, mein Freiherr von Skrupellos... Ich würde Freifrau werden! Ich bin für die Naturwissenschaft und gegen die Humanität! Das muß unser Wahlspruch sein!... Du mußt ihn in ein Wappen eingravieren!"

Theobald entbrannte unter dieser Perspektive zunehmend in zärtlicher Leidenschaft: Den Universaldetektor organisieren! Dann wären er und der Profillose wirklich die Herren der Welt, - er würde entscheiden, wer welchen Lehrstuhl bekäme... und wer den Nobelpreis bekäme... Und warum sollte er nicht mehrere Lehrstühle innehaben? Oder den Super-C-10-Lehrstuhl erfinden, den nur er, nur er bekleiden würde... Was für eine Perspektive! Was für ein Unsinn war das doch gewesen, den der alte Präsident mit seiner Gitarre und seinen dressierten Raben vorgeklimpert hatte... Was für ein Quatsch!

„Ja, Lizzie, ja, besorge mir den Detektor!"

„Und was bekomme ich dafür?"

„Du kannst bei mir Sekretärin werden, aber du kannst mit deinen Pfoten wohl nicht richtig computerisieren?"

„Du bist wohl nicht bei Troste..." Und schon war sie aus ihrer liebevollen Stellung aufgesprungen und fauchte den erschrockenen Theobald an.

„Aber was kann ich dir denn sonst bieten?"

„Deine Frau will ich werden! Deine rechtlich angetraute Frau! Und ich will in der Kirche heiraten, mit weißem Schleier und Brautschleppe, die kann mir Wotan tragen, Maya darf Blumen streuen! Das will ich... und nicht weniger für den Universaldetektor!"

„Oh Lizzie", weinelte Theobald, „oh Lizzie, geliebtes Kätzchen, laß uns nicht streiten und zanken! Eben haben wir uns gefunden und schon droht das zarte Gewebe unserer Liebe zu zerreißen! Laß einen Augenblick mich besinnen. Solche Entscheidungen kann ich nicht über mein Knie brechen, an meine armen, zu früh verstorbenen Eltern muß ich auch denken."

„Deine Eltern... Was gehen uns deine toten Eltern an?" maunzte Lizzie, die sich wieder neben Theobald auf den Boden gebettet hatte und erneut das zarte Spiel mit Vorder- und Hinterpfötchen (jetzt seitlich) begann.

„Aber was wird die Fakultät, was werden die Fakultätsdamen sagen, wenn ich mit einer Katze verheiratet bin?" flüsterte Theobald vor sich hin. Wieder unterbrach Lizzie ihre fast professionell praktizierte Zuwendung und sprang erneut mit einem Satz..., ja, auf das Fensterbrett. Ihre Augen glühten, ihr Schnurrbart stellte sich steil auf, der Schwanz peitschte wütend an das Fenster: „Die Fakultät kannst du dir sonstwohin stecken, wenn du mit meiner Hilfe den Universaldetektor bekommst. Ich verlange jetzt, daß du bei allem, was dir heilig ist, mich zu heiraten schwörst. Dann werde ich dir den Detektor besorgen... Auf der Stelle!" Und sie schlug mit ihrem Schwanz dreimal auf das Fensterbrett, daß es regelrecht durch das ganze Haus schallte.

„Aber Lizzie", begann der hin- und hergerissene Theobald, „wie soll ich schwören, bei allem was mir heilig ist, ...mir ist nichts heilig! Doch, die Professur ist mir heilig, wenn es eine heilige Professur gibt, schwöre ich bei dieser! Lizzie, mein Engelkätzchen, mein Augenbiestchen, meine feurige Flamenco-Tänzerin..., mein Ein und Alles, ja, ich will dir zuliebe schwören, was du willst. Besorge mir den Universaldetektor, bevor der Morgen graut und die letzten Hähne krähen!"

„Oh, Theobald, du Einziger, Stolzer, Schöner! Du Superkater und Supermann!" Lizzie war erneut auf Theobald herabgesprungen, schmiegte sich zärtlich an ihn, drückte ihre Katzenschnauze an seine Nase und Theobald bemerkte, daß sie etwas nach faulem Fisch roch. Er müßte ihr als erstes Mundpflege beibringen!

„Oh Theobald, Einziger, großer Heldenkater und Heldentenor! Du bist die Erfüllung aller meiner Katzenträume. Ich will dir eine liebe und echte Frau sein und verspreche dir, alle drei Monate Fünflinge auf die Welt zu bringen!" Unter erneuten Umarmungen und Liebkosungen war Theobald inzwischen zu allem bereit, - sogar zur kirchlichen Trauung. Dies könnte in einer protestantischen Kirche erfolgen, die heute in ihrer großen Toleranz ja auch Terroristen und Altkommunisten, Guerilleros und Häuptlinge alle Art ökumenisch unterstützte. Ob Lizzie sich vorher konfirmieren lassen müßte? „Bist du konfirmiert?" unterbrach er eine heiße Umschlingung der Vorderpfoten. Aber Lizzie, diese kluge und gebildete Vertreterin der weiblichen Tugend, zitierte Goethe (Faust, I. Teil): „Wer will ihn nennen..." Inzwischen hatte der Mond sein verstaubtes Licht in das Zimmer geworfen, und Theobald, erneut von der Aussicht auf den Lehrstuhl begeistert, begann ebenfalls auf Goethe Bezug zu nehmen und das Lied „Guter Mond, du gehst so stille" zu brummen. Lizzie stimmte ein, aber unterbrach den Wechselgesang plötzlich: „Dann muß ich jetzt zu Wotan in sein Zimmer schleichen und den Universaldetektor heimlich an mich nehmen. Jetzt schläft er..."

„Und Hugin und Mugin?"

„Oh, die treiben sich nachts im Weltall herum oder besuchen ihre Kollegen im Londoner Tower."

Kaum hatte Lizzie sich auf ihren Samtpfoten davongeschlichen, kaum hatte sich Theobald erhoben, um ein wenig unsicher Umschau in dem ihm unbekannten Zimmer zu halten, kaum strich er die in der Leidenschaft aufgewühlten Barthaare wieder zurecht, wich der Parkettboden unter seinen Füßen, und er fiel in einen dunklen Schacht. Erst schwebte er langsam im Dunkel herum, dann aber sauste er schneller und schneller herab. „Hilfe, Hilfe!" entrang es sich seiner zusammengepreßten Kehle, ohne daß von irgendwoher aus dem ihn umgebenden Schwarz sich ein rettender Arm ausgestreckt oder eine beruhigende Antwort ihm zuteil geworden wäre. Er glitt und glitt, wie er fühlte, immer tiefer, und bald umhüllte ihn nicht mehr undurchdringliche Finsternis, sondern schwach erhellte Nebelschwaden fingen ihn auf. Es war wie ein Nebelmeer, und tatsächlich begann er Schwimmbewegungen zu versuchen, drehte sich auf den Bauch, dann auf den Rücken, und es war wie ein fliegend-schwimmendes Gleiten, ein schwereloses Absinken in wallende Nebelberge.

„Ist das das Antigraviton? Hat Professor X mich angeschossen? Aber nein, es geht doch abwärts, nicht aufwärts, meine Schwerkraft muß sich ja verhundertfacht haben...", monologisierte er vor sich hin. Da aber tauchte aus dem Nebel etwas auf: es sah einem Vogelkopf ähnlich, war es eine Ente? Nein, jetzt erkannte er deutlich, daß es ein schwarzer Schwan war, auf dem zu seiner Überraschung Lizzie saß, die den Universaldetektor in ihren Pfoten hielt und damit verschämt winkte. Der Schwan näherte sich dem schwimmenden Theobald, schon hatte er ihn erreicht, und Lizzie rief: „Setz dich hinter mich, aber faß mich nicht an, sonst ist alles verloren!“

Theobald nahm auf dem breiten Rücken des Schwanes Platz, schob sich an Lizzie heran, wußte allerdings nicht, wie er sich festhalten sollte, bis der Schwan ihm seinen Kopf zuwandte und mit knarrender Stimme befahl, sich an den Federn zu halten, die er jetzt hochstellte. Tatsächlich..., es gelang, und obwohl Theobald sich trotz seines Entschlusses, sich über nichts mehr zu wundern, maßlos wunderte, sein Mund in Gefahr geriet, sich auszuklammern, - da ertönte die wunderbar beseligende Harfenmusik, die jetzt das Waldweben aus dem „Ring“ intonierte. „Was ist los? Wo sind wir? Was geht hier vor?“ rief Theobald aus. „Das ist ja Wagner? Mein Lieblingskomponist! - Diese Musik“, belehrte er Lizzie, „setzt die Kappa-Spalten der Neurosynapsen im Hippocampus in menuettone Schwingung, wie sie sonst nur Pharmaka vom Range der Pipiurine bewirken. Euphorie..., Euphorie..., herrlich, - ich fühle mich wie Mohammed bei den 1432 Huris im Siebenten Himmel Allahs! Oh Wagner! Du machst mich süchtig...“

Nun spielte die Harfe den Hochzeitsmarsch aus „Tannhäuser“, der schwarze Schwan begann schneller zu fliegen, die Nebel lichteten sich, ja, und jetzt erscholl wieder dieser inbrünstige Alt, der schön wie Carusos Tenor, metallisch wie die göttliche Callas Tristans Liebestod sang. Der sonst so emotionslose Wissenschaftler schmolz dahin. Herrlich, herrlich! Da sah er vom Rücken des Schwans, wie weiland Nils Holgerson in Lagerlöfs Wundersamer Reise, eine bunt-grüne Wiese, blumenübersät unter sich, auf die der Schwan sich im Sturzflug herabsenkte und, heisere Schreie ausstoßend, mit seinen breiten Schwimmpfoten Blütenstaub aufwirbelte, bevor er genau vor dem Thronsessel der Maya landete. Lizzie sprang vom Schwan..., aber nein, war das noch die Katze Lizzie? Wer war diese anmutige Indianersquaw, die mit Lizzie nur die Jeans gemeinsam hatte, jetzt ihr kühnes Profil, ihren Adlerblick Theobald zuwendete, ihre zart-schlanke Figur mit der angedeuteten Brust, wie vom Flug ermattet, streckte und Theobalds rechte Hand kräftig schüttelte, ihre Linke aber, zweifellos den Detektor umfassend, hinter dem Rücken verbarg:

„Theobald, unwiderstehlicher Supermann, du zukunftspotenter Hypertroph, ich bin Aikino, Winnetous Schwester und Lizzies Halbschwester. Lizzie stammt aus der ehelichen Unzeit meines Papas Wotan, wir wechseln uns in der Assistenten- und Habilitanten-Betreuung der Universität harmonisch ab, wir ergänzen uns, aber wir lieben beide den gleichen Supermann.“

Theobald, noch von Wagners Klängen feucht berührt, war doch nicht so fassungslos, daß er nicht gleich nach dem Universaldetektor gegriffen hätte, den aber Aikino ihm mit raschem Sprung entzog: „Liebst du mich noch?“

„Oh, Fräulein Indianersquaw, wie soll ich mich so rasch an den Wechsel der Verhältnisse gewöhnen? Natürlich liebe ich Sie, - aber auch den Detektor. Wie haben Sie den so schnell organisiert?“

„Das laß nur meine Sorge sein, - seit wann siezt du mich? Ich bin dir wohl entfremdet?“

„Ja, ein wenig schon“, gab Theobald kleinlaut zu, wieder seinen Bart streichelnd, „ich bin durch diese Reise nur etwas verwirrt... Ich bin noch nie auf einem Schwan geflogen... Und wo sind wir hier überhaupt? Und wer ist denn diese tolle Frau dort auf dem Thronsessel - in lila-rosa Schleiergewändern? Sie spielt so ergreifend Harfe und singt so herzzerschmelzend!“

„Wir sind hier in Rumpelmausers Vorstadtgärtchen, in denen er seinen Schreberlaunen nachgeht. Die Dame dort ist seine Frau und meine Mutter. Aber ich bin nur eines von ihren zahllosen Kindern.“

„Wo sind denn die anderen Kinder? Wie kann ein Universitätspräsident sich so merkwürdige Sitten erlauben? Und wie komme ich überhaupt in diesen Garten? Ich bin ja die ganze Zeit wie benebelt! Ich, ich gestandener Naturwissenschaftler, - wie soll ich mich in dieser Welt noch zurechtfinden? Das ist zuviel verlangt! Ich will doch nur meinen Lehrstuhl..., meinen Lehrstuhl!“ Beinahe wäre Theobald wieder zusammengebrochen. Zuviele Eindrücke waren auf ihn eingestürmt, auch hatte er eine ganze Nacht nicht geschlafen. Er warf sich auf die Wiese und barg Haupt, Brille und Bart zwischen Butterblumen, Gänseblümchen und roten Klimakterien. Wenn alles, was er erlebt hatte, ein wirrer Traum war, dann würde er - so sagte er sich - den Traum noch eine Traumstufe weiterträumen, dann war der Traum vom Traum vielleicht die Wirklichkeit? Die Wirklichkeit, das waren aber die Synapsen der Nervenzellen in seinem Gehirn, die er unbedingt mit einem Präparat aus der Reihe der Piperazine und Pipiurine erproben mußte. Es hing alles davon ab, die Adrenalinproduktion im linken Schläfenlappen zu bremsen. So zog ein wildes Denken durch ihn durch, aber ein echter Molekularpsychiater und Strahlenforscher, ein Bosonen- und Fermionen-Fischer gab sich nicht so schnell geschlagen! Doch da ertönte wieder die ergreifend-beseligende Stimme. Was sang sie doch? Konnte er doch alle Wagner-Opern von fliegenden Blättern abspielen..., aber dieser Text? „Wahn, Wahn, alles ist Wahn“, klagte es nornentief und midgarddunkel. Nein, das war wohl aus der noch unveröffentlichten Wagner-Oper „Wotans letzter Ritt“, von der zwar mancher schon geschrieben und gesprochen hatte, die aber aus technischen Gründen noch un-uraufgeführt geblieben war...? Ach nein, das war ja ganz schlicht die Arie des Hans Sachs aus den „Meistersingern“: „Wahn, Wahn, alles ist Wahn...“ Und als er diese Worte in sich aufsaugte, stand Aikino mit dem Universaldetektor vor ihm. Traum im Traum? REM-Schlaf bei vollem Bewußtsein? Er konnte es nicht mehr unterscheiden. „Wahrheit ist Wahn, Wahn ist Wahrheit“, ertönte jetzt ein mächtiger Septimenakkord, der sich zu Nonen, Deuteronen und Quadratwurzeln aus Dodekanonen wandelte. Was aber sah er jetzt auf dem Detektor? Sah er es oder war er bereits der Gesehene, der sich im Sehen der Umgebung des Gesehenwerdens anvermählte? Das war ja eine Habilitationsveranstaltung der medizinischen Fakultät, dort saßen ja alle seine zukünftigen Kollegen, die er schon anläßlich der Teestunde bei der Altdekaneuse kennengelernt hatte. Da war ja der Gynäkologe, der Chirurg, der Anatom und der Dekan Schwanzelhuber! Und sein hochverehrter Lehrer Professor Hohlmann! Jetzt sah er, wie der Habilitand vorbereitet wurde, - dort, in dem kleinen Zimmerchen vor dem Sitzungssaal. Ja, was war denn das! Er bekam ja ein regelrechtes Klistier von dem Dekanatsfaktotum, dem greisen Bärgurgel, die dunkle Hose war ihm heruntergezogen... Nein, es war kein Klistier, sondern Bärgurgel bearbeitete eine Luftpumpe, unter deren Einwirkung der Bauch des Kandidaten immer unförmiger aufgeblasen wurde, bis der Kandidat sich vom Boden erhob und nach geöffneter Türe an die Decke des Sitzungssaales schwebte. Dort hielt er von oben herab seinen Vortrag, ließ das vorbereitete Blatt seiner wissenschaftlichen Publikationen, Glanzleistungen und anderer Ehrenzeichen herunterfallen, während die Fakultätsmitglieder ihn mit Feldstechern beobachteten und dann mit Applaus feierten. Einige schon im vorhinein abgesprochene Fragen wurden ihm pro forma vorgelegt, er beantwortete sie, indem er mühsam schwebend eine Hab-acht-Stellung einnahm. Nach genau zehn Minuten wurde die Vorstellung beendet, der Kandidat schwebte zurück in das Nebenkämmerchen, um sich dort die Luft mit pfeifendem Ton wieder abzulassen. Erschöpft setzte der Habilitand sich nieder, das Faktotum bot ihm einen Kognak an, schon stand der nächste mit niedergelassener Hose für die wissenschaftliche Aufpumpung bereit. Jetzt sah er den Mini-Cäsar, den Dekan Schwanzlhuber, mit hochgebürsteter Mähne die Liste der Veröffentlichungen des letzten Kandidaten vortragen. Die Lesung von über 120 Titeln der Kongreßansprachen, der Ehrungen, der gedruckten und ungedruckten Vorträge dehnte sich über das vielfache Gähnen der Fakultätsmitglieder aus, auch dem bedauernswerten Dekan schnurrte die Stimme ab, - doch: Publizieren um jeden Preis, und zwar über die unbedeutendste sogenannte Entdeckung: kraß gesagt, jeder Furzfleck gibt eine wissenschaftliche Glanzleistung. Hauptsache, der Name wurde bekannt und an den nationalen und internationalen Börsen für Wissenschaftler verhandelt. Wieviele Arbeiten hatte er insgesamt aufzuweisen? 182! Ein schöner, lehrstuhlreifer Veröffentlichungsrekord! Da kam der nächste Habilitand angeschwebt, er hing wie eine kleine Gewitterwolke an der Decke, aufgeblasen von der Würde der Wissenschaft..., bis ihm nachher im stillen Kämmerchen die Luft wieder abgelassen wurde. Jetzt wurden die Gelder verteilt, die Erlasse des Ministeriums verlesen, neue Professoren zu alten ernannt, verschoben oder geschoben, je nachdem wie von den Stammtischkollegen an fernen Universitäten die Gutachten verfaßt worden waren.

Nach der Sitzung folgte das Steh- und Sitz-Konvent im Stammlokal bei Bier, Wein und auch Schnaps, Verzehr hin und wieder einer kalten Platte. Denn sie, die eigentliche Elite, besteht trotz allem auch aus magenbehinderten Menschen. Der Detektor zeigte ihm Gesicht an Gesicht, Brille an Brille, Geflüster an Geflüster..., Tausch, Beziehungen nach dem Radfahrerprinzip... Dort wurden die Gelder avisiert, dort die Stellen geschaffen, dort wieder abberufen, je nach dem Sitz in der Hierarchie. Dann wurde noch ein später Kaffee gereicht, um die überhitzten Gehirne auf Volldampf zu bringen. Es durchzuckte Theobald, ja, vier Bedingungen müsse er noch erfüllen: die riesige Publikationsliste, die einflußreichen Bekannten, die Verbindungen zum Ministerium..., Radfahren mit einem Schuß Kriminalität. Hatte er das alles? Denn was sollte sonst diese Vorführung hier im Detektor, als daß er sich auf seine unmittelbare Zukunft vorbereitete?

Aber Aikino rief ihm zu: „Willst du zurück in diese Welt, Theobald?“ Und wieder zeigte ihm der Detektor seine eigene Tätigkeit bei Hohlmann: den tief benommenen, nur lallenden Patienten noch eine Spritze zu geben, wohl wissend, wie gesundheitszerstörend sie war. Erneut Blut entnehmen, das neueste, letzte Pharmakon auszuprobieren... Die über seinen Schreibtisch flatternden Kontoauszüge wohltuender, illegaler Überweisungen der Pharmaindustrie... Den schmunzelnden, bestenfalls seinen Schnurrbart zwirbelnden Hohlmann... Da wölbte sich wieder der Altsopran jener verschleierten Frau an der Harfe: „Wahn, Wahn, alles ist Wahn! Die Wahrheit ist Wahn... Wissenschaft ist Wahn...“ Und was tauchte jetzt im Detektor auf? Das war ja Professor X! Er sah sich im Nuklearlabor, hörte, wie er seine Vorschläge zur Knochenentkalkung dem Profillosen unterbreitete, er sah dessen zynisches Lächeln. Und jetzt mahnte Aikino wieder: „Theobald, willst du diesen Weg weiterbeschreiten?“ Und wieder zeigte ihm der Detektor ein anderes Bild: Hohlmann, wie er leibte und lebte, neben ihm sein Oberarzt Lauch..., beide tuschelten zusammen. Jetzt gab ihm Lauch offenbar einige Krankenakten. Hohlmann flüsterte: „Lassen Sie die Eintragungen in der Kartei verschwinden, Sie haben doch zwanzig Patienten ohne Einwilligung injiziert.“ Und Lauch erwiderte: „Wenn ich Sie decken soll, dann müssen Sie mich noch nächstes Semester habilitieren, spätestens in einem Jahr muß ich Anstaltsdirektor sein!“

„Gemacht, gemacht“, erwiderte Hohlmann und versprach seinem Oberarzt alles, was dieser wollte. Das war doch Erpressung!

Wieder rief Aikino: „Noch kannst du umkehren, Theobald, besinne dich, laß von diesem Handwerk ab!“

„Aber Aikino“, wandte Theobald ein, „du hast mir doch eine großartige Karriere prophezeit und mich als den bedeutendsten Wissenschaftler der Zukunft bezeichnet!“

„Das war Lizzie, diese falsche Katze, - ich will dich nur vor deinem Untergang bewahren!“

„Und was für eine Alternative kannst du mir bieten?“

Schon schwang er sich, von Aikino eng umschlungen, auf einer weit über alle Länder hin- und hersausenden Schaukel. Es hob ihn in Wolkenhöhe, hinein in riesige Kumulustürme, in Schnee und Regenfall und entließ ihn über sonnenbeglänzten Wiesen und Auen. Sie sausten hinauf bis an die Sternbilder, so daß er Orions Gürtel und die Keule des Herakles zu greifen glaubte... Und jetzt sausten sie herab, über die gewaltigen Meere, den Pazifik, den Indischen Ozean, den Atlantik... und wieder herauf, wie an Planeten geheftet, an das Mondhorn gebunden, Sternenstrahlen im Mund, in den Augen... und wieder herab in Nächte und Nebel. „Das ist ja ganz schön, aber der Universaldetektor wäre mir lieber!“ murmelte Theobald und blickte verstohlen zur Seite, ob die rassige Indianerin noch immer den Monitor in der Hand hielt. Ja, sie hielt ihn mit der Linken fest umklammert und warf ihm einen glutheißen Blick zu.

Plötzlich ging er Hand in Hand mit Aikino über eine blühende Wiese; zwischen den Margaritenblüten, im wilden Mohn und in den blauen Papillons sah er winzige Kinder eingekuschelt, schlafend, die Finger in den Mund gesteckt.

„Was ist das? Was ist das?“ fragte er erstaunt, bückte sich zu den Blüten herab, um die kaum fingergroßen Säuglinge zu betrachten.

„Das sind Mayas Kinder, ihr Vater ist auch mein Vater.“

„Mayas Kinder? Aber das ist doch ganz verrückt, das ist doch genetisch unmöglich“, wandte Theobald ein, zog seine Hand aus der ihren und sah Aikino zweifelnd an mit dem typischen Blick, den er sich während seiner Tätigkeit als Molekularpsychiater den Patienten gegenüber angeeignet hatte.

„Wir leben hier in einer Welt, in der das Unmögliche möglich ist“, erwiderte Aikino.

„Das widerspricht allen Gesetzen der Logik und der Wissenschaft!“ protestierte Theobald.

„Als Maya hier die Nachricht von der Erfindung des Antigravitons erhielt, verwelkte gleich eine große Anzahl von Kindern und Säuglingen.“

„Verwelken? Aber das ist doch Unsinn! Kinder sind doch keine Pflanzen oder Blumen!“

„Vielleicht doch“, rief Aikino. Sie lief ihm davon, kam mit dem Detektor in der Hand wieder zurück: „Fang mich, fang mich!“

Theobald riß sich vom Anblick der Blumenkinder los, sprang auf, um ihr nachzurennen. Kaum hatte er sie erreicht, griff er zärtlich nach ihrem Arm, ihrer Hand, faßte den Detektor an. „Den bekommst du nicht! Erst mußte du mich heiraten!“ lachte ihn Aikino an. Aber da waren sie schon beide von warmen Wogen und Wellen umgeben, schwammen im tiefblauen, kristallklaren Meer, tauchten herab, tiefer und tiefer... Und er konnte unter Wasser atmen! Sie schwammen zwischen Felsen und Grotten, zwischen Myriaden und Kaskaden silbern schimmernder Flossen, zwischen grau-blauen Fischen tiefer und tiefer herab in eine rubinrot schimmernde Höhle, die mit ihren verzweigten Grotten und Gängen, ihren flutendurchpulsten Ausblicken wie ein Palast aussah, nein, nicht nur aussah, sondern ein Palast war! Denn aus dem rubinroten Dämmern tauchten jetzt, in lila und rosa Schleiergewänder gebadet, goldhaarig-zarte Mädchen auf, ja Nixen, wirkliche Nixen... Denn anstatt ihrer Beine schleppten sie einen schuppigen Fischleib. Sie trugen Schalen mit Obst, Karaffen, Weingläser, goldene Tabletts mit dampfenden Speisen... Unten, ja unten im Meer! Und dort, im innersten Dunkel, sah er den Meeresgott thronen, von Najaden und fischkopfbehelmten Pagen umgeben, von Würdenträgern in blaubestirnten Mänteln, von muschelbekrönten Nixen, die alle immer wieder sich vor ihm niederbeugten. Der Meeresgott selbst erschien wie eine aus Erz geschmolzene Gestalt, die hier verblühte, dort wieder erstarrte, dann wieder verfloß, hier nicht zu fassen, dort ganz deutlich war. Er sah ihn und Aikino heranschwimmen, winkte ihnen freundlich zu... Aber nein, nein, nein, was nicht sein darf, kann nicht sein, dachte Theobald, wieder nach dem Universaldetektor schielend. Aber Aikino lachte ihr schelmisches Lachen und hielt den Monitor fest.

„Was nicht sein darf, kann nicht sein“, dieses Motto aller Wissenschaft rief er schallend in die rubinrot durchleuchtete Tiefe, rief es in den Palast... Und in der Tat: grauer Staub hob sich, schwarze Wolken verdunkelten das purpurne Leuchten, die Stalaktitensäulen wichen zurück, Nymphen und Pagen zerfielen zu

Perlen und schimmernden Kieseln... Er rang nach Luft..., nach Luft! Da war er wieder im Licht, den Mund, die Kehle voll Salzwasser, spuckend und hustend.

Jetzt flog er auf einem schwarzen feurigen Mustang über die atemlos weite Prärie, aber, - seit wann konnte er denn reiten? Aufregend war es ja, doch der Universaldetektor wäre ihm lieber gewesen! War das der gleiche, nur durch Hypnose zu erklärende Zauber, der ihn vorhin in das Meer geworfen und wunderbarerweise wieder an Land geholt hatte? Aber es blieb ihm keine Zeit zum Nachdenken. Aikino galoppierte ihm voraus, die Pferde fegten über die Fläche dahin. Schon waren sie in eine Wolke rötlichen Staubs gehüllt und schossen wie Pfeile über den harten, von dürftigem Gras bewachsenen Boden. Hatte er da nicht in fernster Pubertät einmal ein Gedicht gelesen, das etwas mit Reiten, Reiten, Reiten in den Tag, in die Nacht... zu tun hatte? Goethe, Mörike, Benn oder Rilke? Dies festzustellen erlaubte ihm der Galopp nicht, denn beinahe wäre er vom Sattel gerutscht, als sich Aikino umdrehte und den Detektor in die Luft hob. Dabei lachte sie ihr helles, aufregendes Lachen und zeigte wieder ihr weiß schimmerndes Indianergebiß. Schneller, schneller, das Pferd in die Weichen getreten, die Gerte über Kruppe und Hals gezogen... Hinter ihr her, bevor sie entschwand. Entschwand sie? Wurde ihre zierliche Gestalt schon kleiner und kleiner, die Staubwolke dichter und dichter, in die sie eingehüllt war? Schneller..., schneller..., noch schneller..., aber der Mustang ließ nach. Schweißgebadet dampften ihm die Flanken, er verfiel in Trab, dann in Schritt, und Aikino war nur noch ein kleiner rötlicher Fleck am Horizont. Verlassen? Allein auf dieser Steppe? Wo war er überhaupt? Hätte er nur einen Kompaß! War er nicht im Haus des Professor Wotan Rumpelmauser, des Universitätspräsidenten, des wichtigsten Mannes seiner zukünftigen Karriere? Wie kam er bloß in diese gottverlassene Gegend, wo die Sonne auf ihn niederbrannte, daß er so schweißgebadet war wie sein Pferd? Was für Mächte zogen ihn in dieses absurde Abenteuer, das doch eines Wissenschaftlers ganz unwürdig war? Aber..., wer stand dort, nur wenige Meter von ihm entfernt? Ein hochgewachsener Indianer, die Beine in enganliegenden Lederhosen, über Brust und Arme hing ihm ein blauer Universitätstalar herab, und unter dem Barett quoll schwarzes, dichtes Indianerhaar hervor, von einer roten Feder verziert. In der rechten Hand hielt er ein Gewehr, dessen Kolben mit silbernen Nägeln beschlagen war, mit der linken umschloß er einige Bücher. Das war ja Winnetou! Sein liebster Kindheitsfreund, der jetzt an sein Pferd trat, die Zügel nahm und ihn freundlich begrüßte: „Mein berühmter weißer Bruder ist willkommen im Stamm der Delawaren. Mein weißer Bruder möge absteigen, wie er mit Strahlen des Lichtes unsere Feinde in die Ewigen Jagdgründe schickt. Steige ab, mein berühmter, weißer Bruder. Ich stelle ihm meinen goldenen Lehrstuhl zur Verfügung, der in unserem Wigwam seiner harrt. Ich, dein Jugendfreund, bin auch Professor geworden und führe die Kinder unseres Stammes in die Geheimnisse der Glaciologie, der Gletscherkunde ein. Ich bin Spezialist für Gletscher, aber mein Wissen liegt weit unter dem meines großen Bruders, der uns zeigen wird, wie lautlose Strahlen die Irokesen töten."

Etwas benommen von der unerwarteten Begegnung mit seinem Jugendfreund stieg Theobald ab, Winnetou hielt ihm dabei den Steigbügel.

„Winnetou, bist du Winnetou? Wirklich Winnetou? Du lebst wieder!"

„Ja, ich bin wirklich Winnetou. Der große weiße Sänger Karl May hat mich nicht in die Ewigen Jagdgründe geschickt, sondern er hat mich unter den weißen Lesern zahlreicher Völker unsterblich gemacht. So hatte ich viele Jahre Zeit, die Sprache der Yankees zu erlernen und mich dann euren Gletschern zu widmen. Aber ich bin auch den Ahnen meines Stammes treu geblieben, und jede Nacht jagen wir die Geister der toten Büffel. Komm, mein großer Bruder, wir erwarten dich!" Feierlich, mit gemessenem Schritt ging ihm Professor Winnetou voraus, und nach wenigen Minuten schon waren sie im Indianerlager. Dieses sah unverändert aus wie zu Zeiten Karl Mays oder des berühmten Lederstrumpf. Da standen die Zelte, einige noch zusätzlich mit Stroh gedeckt, - Hausrat, Töpfe, Schüsseln und Eimer lagen vor der Öffnung herum, halbnackte Kinder tummelten sich zwischen den Zelten auf kleinen Pfaden; sie spielten natürlich Indianer. Die Squaws, mit Essenzubereitung, Feuermachen und Kartoffelschälen beschäftigt, sahen kurz auf, als Professor Winnetou mit seinem Gast das Lager betrat. „Wer ist dieses Bleichgesicht?" murmelte es hier und dort, - „wieder ein neuer Yankee-Professor? Was soll der uns noch beibringen? Wir können unser Feuerwasser dank der Glaciologie schon selber brauen...", ertönte es von einem Zelt zum anderen, und Theobald bemerkte, daß sein Empfang hier nicht der freundlichste war. Aber jetzt hatten sie den Versammlungsplatz erreicht, der von einigen Zelten umgeben war und in dessen Mitte ein vergoldeter, mächtiger Ohrensessel thronte, um den Jünglinge und Mädchen sich erwartungsvoll gelagert hatten. Neben dem Thronsessel - anders war das Gebilde kaum zu bezeichnen - stand ein kleiner schwarzer Tisch, auf dem sich verschiedene Telefon- und Telefaxgeräte befanden, auch einige Projektoren fehlten nicht. „Unser berühmter Strahlenforscher, Professor Frey von Skrupel, weilt zu einem Besuch unter uns, um uns über seine jüngsten Erfahrungen mit den tötenden Strahlen zu berichten, die der große Manitu ihn gelehrt hat", stellte ihn Professor Winnetou vor. Beifallsgemurmel ertönte aus den Reihen der aufhorchenden Indianerstudenten, und einige Trommeln wurden gerührt. Theobald sah, daß die jungen Krieger wie die Squaws lange Wildlederhosen trugen, aus ihren Haarschöpfen baumelten bunte Federn, die Mädchen waren bis zu den Achselhöhlen von einer Art schwarz-weiß gestreifter Ponchos eingehüllt. Den Beifall spendeten sie vor allem durch Scharren mit den Füßen, wobei sie Sand und Staub aufwirbelten. Theobald wollte einige Dankesworte auf Englisch sagen, wurde aber durch das gellende Pfeifen einiger Telefonapparate unterbrochen, das Telefax gab einen ohrenbetäubenden Grellton von sich. Alle Aufmerksamkeit richtete sich sofort auf die Apparate, Winnetou stürzte zum Tisch, - nachdem er gerade Theobald an den vergoldeten Lehnstuhl geleitet und ihn zum Sitzen aufgefordert hatte. Theobald fing einige Brocken des Telefongespräches auf, denn Professor Winnetou sprach mit mehreren Apparaten gleichzeitig abwechselnd: „Ja, ja, hier ist Professor Winnetou. K1, H2, 1125, rote Markierung, wie weit ist die 12. Bohrung? Die 15. Bohrung? Erst 2300

Yards durch das Packeis gestoßen? Auf Kiesel geraten? Dann kommt ihr gleich auf Löß. Laßt die letzten Schichten Eis tiefgefroren zu mir fliegen, damit ich Kohlensuperoxyd nachprüfen kann. Okay, okay, mindestens noch 500 Meter tiefer! Noch kein Anhalt für Schweröle? Das ist bei der Temperatur nicht zu erwarten. Nehmt sofort Spindelbohrer mit Dreizackklingen. Okay!" Professor Winnetou wandte sich Theobald wieder zu: „Mein verehrter weißer Bruder, du siehst, daß wir die Tiefengeologie von Grönland durchforschen. Dort sind schon unsere gemeinsamen Ahnen, die Wikinger, gelandet, bevor sie in die Ewigen Jagdgründe kamen. Damals erwärmte noch der große Manitu den Kontinent; Elche gab es und Weinbau. Das haben wir erwiesen. Du siehst, mein weißer Bruder, daß ich als Glaciologe ganz up to date bin. Ich werde die nächste Eiszeit berechnen, die der große Manitu vorbereitet. Sie wird vom Nordkap zum Südpol reichen." In diesem Augenblick erdröhnte die Luft vom Donnern einer heranbrausenden Jet-Maschine. Ein Superstar-Tornado landete senkrecht vor Theobalds Ohrensessel. In Eisbärfelle gekleidete Mannschaften rissen die Proptüren auf und schleppten Aluminiumkisten über die automatisch der Bordwand entfederte Gangway. „Das Eis, das Eis!" rief Professor Winnetou und eilte den Eisbären entgegen, die Theobald anfänglich für solche hielt, da die Tierköpfe den Männern als Bedeckung dienten. Die Indianerstudenten sprangen auf, sie hatten den Ehrensessel umschließenden Kreis bei der Ankunft der Supertornados bereits gelichtet und jetzt ganz aufgelöst. Kaum hatten sie sich der Kisten bemächtigt, folgten sie Professor Winnetou in ein größeres Zelt, das im Unterschied zu den anderen Zelten in schwarzen Lettern eine Aufschrift trug: Glaciologisches Laboratorium, Prof. Winnetou, Yale Universität.

Und was war aus seiner Einführung in die Theorie und Praxis des Antigravitons geworden? Mutterseelenallein saß Theobald auf dem von Sonnenstrahlen glühenden Platz, - war er nicht möglicherweise einem Sonnenstich, einer Insolation nahe? Knisterte und glitzerte die Welt nicht schon um ihn? Die Zelte, die Pfähle..., dort der große Totempfahl, den ein großer, geschnitzter Kopf himmelwärts abschloß? Er versuchte den Kopf genauer zu fixieren..., ja, das war ja Einstein, Einstein mit den weißen Schläfenlocken und der goldgeränderten Brille!... Neben dem Totempfahl klopfte eine alte, hagere Frau Wäsche, aber das Kindergeschrei war verstummt, und eine lähmende Stille breitete sich in dem Knistern und Glitzern der Sonnenglut aus. Lähmende Stille, - durch die aber plötzlich ein Windstoß wirbelte, der Staub und Sand über die Pfade stieß. Die Zelte begannen zu schwanken, zitterten... Aber war das nicht das leise Schwanken und Wanken seines eigenen, heißglühenden Kopfes? Nein, über dem östlichen Horizont stand eine riesige schwarze Wolke, die gerade auf ihn zuflog, schon die Sonne verdunkelte und Nacht über das Camp schüttete. Wieder flog Staub und Sand auf, immer dunkler wurde es, keine Menschenseele, nicht einmal eine Indianerseele war noch zu sehen oder ließ sich hören. „Winnetou, Winnetou!" rief Theobald kläglich aus, aber der Glaciologe erschien nicht. Im Dunkel wurde ein unheimliches Getrampel laut, ein Trampeln, Rasseln, Schnaufen, ein Poltern, Rollen und Dröhnen wie von tausend dahinjagenden Büffeln. Ja, da kamen sie, die Schatten der erschlagenen Büffelherden, die Geister, schwarz, Schatten an Schatten, aus Nase und Mund funkenstiebend. Sie berührten nicht die Erde, sondern brausten über diese und Theobald hinweg, der sich zitternd an seinen Ohrensessel klammerte. Schnaufende, stiebende Luft- und Wolkengebilde, trappelnd und trampelnd, durchdringend nach Stier und Harn riechend... „Hilfe!" stöhnte Theobald, „Hilfe, was soll das Ganze, - habe ich einen Sonnenstich? Ich bin doch im Haus des Universitätspräsidenten!" Er faßte sich an Bart und Brille, aber es half ihm nichts: die Sinne schwanden ihm, und mit ihnen verschwanden Winnetou und die Indianerwelt.

Als er zu sich kam, lag er neben Mayas Tulpenbeeten, rechts neben ihm saß Aikino und fächelte ihm Kühlung zu, links ließ Lizzie ihren Schwanz wieder spielend über seine Beine gleiten.

XVII. Kapitel: Zwischenfall beim Papstbesuch

„Rom, mein Rom, mein geliebtes Rom...", apostrophierte Runzelfroh die klerikal verzierte Riesenkloake.

Ist es nicht das höchste Glück, in einer Droschke sich durch den dichten Verkehr vorwärts zu quälen, die Lunge voll Benzin und Staub, die Ohren vor Krach eingestülpt, die Zunge trocken wie ein Kleiderstrumpf im dürren Hals? Ja, weiß Gott, das war das höchste Glück, insbesondere, wenn Rasputin, wieder einmal von der Notdurft getrieben, quietschte, winselte und in der Droschke vergeblich ein Bein zu landen versuchte. Nein, trotz allem, trotz Rasputins im Augenblick nicht zu befriedigender Bedürfnisse, trotz des Antigravitons und der sich nach dem Polizistenmord bereits sich abzeichnenden Katastrophe: Rom blieb und war ewig Rom! Es war ja auch die Stadt seiner Jugenderinnerungen, denn hier hatte er seine ekklesiastische Karriere begonnen, unter dem Marc-Aurel-Denkmal hatte er als junger Seminarist im langen schwarzen Habit und dem runden Pastorenhut auf dem Kopf Spaghetti gegessen, jawohl, Spaghetti, was für eine Zeit,... oh, Jugendzeit! Das Skapulier über der Brust zu fühlen, sich vor den Kokotten zu bekreuzigen, um später mit ihnen in der Trattoria lustig zu bechern. Oh süße Erinnerungen! An die Tiberbrücke gelehnt, dem stampfenden Schritt der Legionen zu lauschen, die hier mit rasselndem Kettenpanzer, Kurzschwert und breitem Helm nach Germanien zogen. Varus, Varus, wo sind meine Legionen! Ewiges Rom der Proskriptionslisten..., schon wieder elf Senatoren dem Mordmesser ausgeliefert... Aber auch das Rom des unsterblichen Forums, der goldüberzogenen, purpurweißen Säulen, des Vestalinnentempels oder des mächtigen Marstempels! Zwischen lärmenden Feigen- und Olivenverkäufern hatte er emsig und fromm eben dort auf dem Forum, neben der diva cloaca maxima sein Brevier gelesen und sein kuriengesegnetes Edelwasser heimlich abgeschlagen. Aber auch das Rom des

Verfalls und des Untergangs - ja, Felix Dahn! - von Goten geplündert, von Vandalen angezündet, von Langobarden entrümpelt, Stein um Stein aus den Säulen gebrochen, in vierschrötigen Leiterwagen nach Verona transportiert -, um, ja, um die heiligen Kirchen zu errichten, dem Auferstandenen zum Preis, dem er sein Seminaristendasein ganz und ausschließlich weihen wollte. Was waren die bodenlos langweiligen Seminarstunden dagegen, die Schlafsäule zu dreißig Mann, ihr selten gelüfteter Dunst nach Schwefeldioxyd, der von den Besuchen des großen gehörnten Oberteufels stammte? Was waren dagegen die durchgesessenen Hosenboden auf den Schulbänken, die sich wie Reibeisen in die Hintern drängten, was war dagegen die Gymnastik in vollem Habit unter glühender Sonne, was waren dagegen die Mahlzeiten im Refektorium, aus der Wassersuppe elende Brosamen zu fischen und sie genüßlich abzulutschen, vielleicht einen halbkarierten Apfel als Nachtisch zu finden und sonntags einen Hammelknochen zu bekommen, der in der Küche schon abgeknarrt und abgeschluckt worden war? Ja, was war das alles gegen das Rom der Renaissance und der Gegenreformation? Die Kuppel Michelangelos, das Rom des großen Julius, der Heiligen... Ignatius von Loyola, Vinzenz und Karl Borromeus? Diese Herrscher im Heiligen, im Unberührten, im Markerweichenden, im Zungenauflösenden..., sie waren aus den Schreibpulten und aus den Papyrusrollen des Tertullian, des Origenes und des gewaltigen Augustinus auferstanden und hatten ihn berufen! Ja, sie hatten ihn zu Recht berufen, denn, und er lehnte sich in das stoppelige Droschenpolster zurück, war er nicht einer der Auserwählten, der den kommenden Papst im Konklave zu seinem Amt vergattern würde? Atmete er nicht durch alle Poren Weihrauchduft, gemischt mit dem von gerösteten Smyrnafeigen? Trank er nicht abends seinen gesundheitsfördernden Mate, wie es sich für ihn, den eifernden, ständig um das Wohl der Menschheit bemühten Hirten gehörte? Fehlten ihm nicht nur auf dem Rücken zwei mächtige federnbedeckte Schwingen, um, die Posaune an den Mund drückend, jeden Tag das Jüngste Gericht einzutuben? Oder unter dem Baldachin St. Peters die Glorie in excelsior zu verkünden? Das Requiem Verdis, die schrillen Pfeifen und Flöten zu blasen, zu taktieren und zu trillern? Rom, - ja mein Ewiges Rom! Hatte nicht sie, die unam sanctam alle Schrecknisse der Revolution und Aufklärung illusionslos überstanden? Nach jeder ihr auferlegten Prüfung war sie noch mächtiger aus der Anfechtung getreten. Sie, ja, sie schürte und blies dort das Fegefeuer an, gleichgültig, ob Schwarze, Weiße, Gelbe oder Braune sich in ihm reinigten, ihre Seelen läuterten, um im Paradies vor das Angesicht des allerletzten Geheimnisses zu treten.

Oh weh, - nun war das Unglück geschehen und hatte ihn aus erhebenden Gedanken in die nüchterne Wirklichkeit gerissen. Rasputin hatte nicht mehr an sich halten können, aber sich doch geschickt in eine Türritze entleert. Von dem adeligen Terroristennachkommenduft angezogen, folgte ihm schon ein Dutzend der widerwärtigsten, buntscheckigsten Mischköter Roms, sie, die Bastarde der cloaca maxima rannten mit hängenden Lefzen und bleckenden Zähnen der Droschke nach. Schon stockte der Verkehr rings um das polyphone Hundegebell, auf das Rasputin mit wütendem Schrei und Gekläff antwortete, ungeduldig kriegerisch winselnd in der Droschke umherspringend. „Pronto, pronto, presto, presto!" suchte der Kardinal seine Vokabeln zusammen und schlug dem Kutscher auf die Schulter. Aber die Köter hatten schon die Droschke umstellt, sie stockte, PKWs, Laster und Motorräder quälten sich atonal ineinander - vergeblich Schönbergs musikalische Kaskaden imitierend. Um 11 Uhr 45 hatte er seine Audienz beim Heiligen Vater! Hieronymus hatte seinem alten Seminarfreund eine ganze Stunde zur Verfügung gestellt, und die Uhr war, wie Runzelfroh erschreckt feststellte, schon auf 10 Uhr 30 durch die Verkehrsstockung vorgerückt. Das Hundegekläff, -gejaule und -geschrei schwoll immer stärker an, bereits an die dreißig Vierbeiner, ohne Unterschied auf Rasse und Parteizugehörigkeit, hatten die Droschke umstellt, und verzweifelt gab ihm der Kutscher zu verstehen, daß er seinen geliebten Rasputin auf die Straße, der Meute zum Fraß vorwerfen, buchstäblich opfern sollte. Der Meute, auf die er ganz vergeblich mit seiner Peitsche eindrosch, das Leder sauste vielmehr auf die Dächer der eingezwängten Autos nieder. Nein, nie würde er seinen Rasputin in diesen Krokodilsrachen werfen! Dem Armen hatte sich bereits das Fell gesträubt; die Ohren aufgerichtet, klemmte er den Schwanz ein und gab ein inständiges Gewinsel von sich. Autofahrer, Taxichauffeure und alles, was sich vierrädrig fortbewegte, gab dem italienischen Temperament nach, ein fluchendes Stimmengewirr stieg zum teilnahmslosen Himmel, - vom Glanz der italienischen Oper war wenig verblieben. Aber da, - plötzlich und wie aus einer Himmelspistole geschossen - wurde der Spektakel von einer schneidenden Sirene übertönt. Selbst der Kutscher hielt sich die Ohren zu, unruhig wandten die Köter von der Droschke sich ab, denn die Sirene kam drohend und sekundenschnell näher. Gottseidank, dies war seine Rettung, auf daß er doch noch rechtzeitig zur Papstaudienz käme! Die Bremsen quietschten, neben ihm stand der von allen Seiten abgepanzerte Wagen des Malteserdienstes, der rücksichtslos sich seinen Weg durch das Verkehrschaos gebahnt hatte. Weißbekleidete Burschen mit frisch gewaschenen, weißen Kappen auf dem Kopf sprangen aus dem Wagen; mit dicken Lederhandschuhen und Stöcken bewehrt, begannen sie rigoros auf die Vierbeiner einzudreschen, um sie dann am Halsband oder am Nacken zu packen und in den Wagen zu werfen. Das Gebell und Geheule war einem höllischen Aufjaulen, dem Singsang schrecklichen Schmerzes gewichen; - und eins-zwei-drei verschwand in Sekundenschnelle die ganze Meute, kreuz und quer übereinandergelegt, im Krankenwagen. Aber jetzt griff einer der Weißbemützten nach Rasputin, umfaßte die dackelkrummen Vorderbeinchen, zerrte ihn aus der Droschke, - schon war das aufschluchzende Päckchen Hund zu den anderen Vierbeinern geworfen. Nein, das war unmöglich! Das war zuviel! Runzelfroh, den schwarzen Hirtenhut in die Stirne gedrückt, sprang aus der Kutsche, aber da waren die Türflügel des Krankenwagens schon geschlossen, die Sirene gellte auf, der Wagen setzte sich in Bewegung, und dem Kardinal blieb nichts anderes übrig, als sich auf das vordere Trittbrett des abzischenden Malteserdienstes zu schwingen, die Hände durch das glücklicherweise offene Fenster an eine Haltevorrichtung anzuklammern... Vergeblich versuchte er, dem Fahrer und dem Beifahrer seinen Kardinalsrang mitzuteilen, die bevorstehende Audienz beim Papst und die historische Bedeutung Rasputins herauszustellen. Er haschte nur einzelne Worte wie Clinica, Vendere, Eperimenti auf, ohne zu verstehen, wohin die rasend schnelle Reise ging. Sich weiter an das Fenster des Ambulanzwagens klammernd, zischte dieser in nordwestlicher Richtung ab, wobei die Sirene pausenlos schallte, kein Rotlicht ihn zum Stehen brachte, denn jedermann hielt das rasende Gefährt für den letzten Transport eines Todkranken. Vergeblich versuchte Runzelfroh auf die dreiköpfige Fahrermannschaft im weißen Arzt- oder Metzgerkittel einzureden: „Il mio povero canino, sono amico di Papa, sono Cardinale." Von den mehr oder weniger südlich ausgefransten, in das Leere glotzenden Physiognomien erfolgte keinerlei Antwort. Schon hatten sie die häßlichen Mietskasernen im Norden erreicht, die kahlen Bauten aus Zement und Bröckel, die sich baumlos zwischen Dreckhalden und nicht fertiggestellten Hochhäusern hinzogen. Ein Haus war wie das andere, von den Kasernen im ehemals sozialistischen Orient nicht zu unterscheiden. Vor der Hausnummer 49 hielt der Ambulanzwagen abrupt und fuhr nach einem kurzen Schwenk in den Hinterhof. Dort warteten bereits mehrere der Weißbekittelten, die bei der Einfahrt des Gefährtes in lauten Jubel und armeschwingendes, zweifellos spontan-temperamentvolles Gejohle ausbrachen. Runzelfroh, der wohl nur durch den Schutz seines Privatheiligen, des heiligen Damian, diese Fahrt ohne Sturz vom Trittbrett überstanden hatte, stieg ab, drängte sich an die Hintertüre des Wagens, um seinen lieben Rasputin zu retten. Er wurde aber rücksichtlos mit Ellbogen und Fußtritten zur Seite gestoßen, - da half kein Protest, noch Kreuzschlagen oder Kardinalshut! Sich hilfesuchend umblickend, sah er auf dem Hof Kiste neben Kiste stehen, sie waren mit Luftlöchern gespickt, und aus allen erscholl pausenlos ein ohrenzerstörendes Gebell, Geheule und Gejaule. Alle Kisten waren - wie Runzelfroh an diese herantretend feststellte - mit Hunden besetzt, - und allen waren weiße Zettel aufgeklebt, die wie Transportzeichen aussahen. An der linken Hofmauer sah er einen großen LKW mit dem internationalen Routenzeichen und einem deutschen Nummernschild stehen, dessen Laderaum geöffnet war. Arbeiter waren im Begriff, die Kisten herbeizuschleppen, und nicht ohne Erstaunen bemerkte der Kardinal - der jetzt seitwärts zur gegenüberliegenden Mauer gehumpelt war und sich Hüfte, Magen und Knie rieb -, daß vor dem Laderaum, auf einer dreistufigen Treppe, August, der bürstenhaarige kleine Supermarxist, stand, der so eindrucksvoll seine Faust bei der Rede vor den Gelben auf den Tisch geschmettert hatte. August verfolgte, eine Liste in seiner Hand, das Verladen der Kisten, die er je nach Eingang auf der Liste abzuhaken schien. Das alles hatte Runzelfroh mit einem Blick erfaßt, um sofort wieder zu dem Malteserwagen zu humpeln, seinen Rasputin zu retten. Den hatte einer der Weißbekittelten schon am Nacken gepackt, - kläglich winselnd blickte sich der Dackel nach Herrchen um. Runzelfroh eilte wie er konnte hinzu, einen 1000-Lire-Schein in der Hand, - der aber bei den Weißbekittelten nur Gelächter weckte. Auch als er das Angebot verdreifachte, ein ganzes Bündel Banknoten aus seiner Tasche herauskramte, wurde er nur angegrinst. Vergeblich! Rasputin wurde in eine Kiste gesteckt, aus der Schnauzen und Schwänze hervordrangen,

- schon war sie zugenagelt und fortgetragen. Es gelang ihm jedoch, den weißen Transportzettel zu entziffern... Es war die Anschrift der bekannten Weißwaldklinik und Professor Blinkmanns! „Rasputin, mein Rasputin, mein einziger Freund", weinte jetzt Runzelfroh auf, um in letzter Not an den sich als Transportführer darstellenden Supermarxisten zu wenden. „Helfen Sie mir! Sie sind doch Umweltschützer, und Sie kennen mich aus der letzten Versammlung der Gelben!"

„Natürlich kenne ich Sie, und Sie werden mich noch viel besser kennenlernen", erwiderte August und schlug mit der Faust auf eine der soeben eingeschleppten Kisten. „Sie werden mich noch kennenlernen, Sie Vertreter des Aberglaubens und der Massenverdummung! Opium für's Volk!"

Nein, es war zuviel. Runzelfroh begannen die Sinne zu schwinden... Ein Coca Cola..., wenn er nur ein Coca bekommen könnte... Aber auch hier bewirkte das Winken mit einem 10.000-Lire-Schein nichts. Nein, diese Verbrecher schienen gut bezahlt zu sein, daß sie einen nicht alltäglichen Grad von Genügsamkeit erreicht hatten. Er wankte vor das Tor... Ein Taxi..., ein Taxi... Es war kurz vor elf Uhr; ob er noch den Papst erreichen würde? Rasputinchen, mein Tiniraspi, was soll ich ohne dich im Leben noch anfangen? Ich werde dich aus der Weißwaldklinik holen, werde dort sofort antelefonieren, das war noch Hoffnung...! Hoffnung, die ihn beschwingte, zehn Minuten eilig die Via Camarosa herabzueilen, um tatsächlich an einen Taxistand mit einem Taxi zu gelangen, - dessen Chauffeur zufällig nicht frühstückte.

XVIII. Kapitel: Vom Vatikan zum weißen Riesen

Endlich im Vatikan angelangt - es war inzwischen schon 11 Uhr 30 geworden - und ohne sich Zeit zu lassen, wenigstens einen Blick in den Petersdom zu werfen, eilte Runzelfroh, so schnell ihn seine angeschlagenen Beine noch trugen, zu der kleinen Pforte, von der es zu den Audienzsälen und Privatgemächern des Papstes ging. Er war nicht wenig erstaunt, daß er, Freund des Papstes und Kardinal, sich einer Leibesvisitation unterziehen mußte, die vor Peinlichstem nicht zurückschrak. Auf seine Proteste hin wurde ihm von einem Schweizer Gardisten knapp bedeutet, daß der Papst ständig von Terroranschlägen bedroht sei und daß das Vatikanische Sicherheitskomitee und die Interpapalische Spionageabteilung - sie arbeitete eng mit dem israelischen Geheimdienst zusammen - sich nicht mehr ausschließlich auf das Gottvertrauen verlassen wollten. Da er Nichtraucher war, wurde er nach Abschluß der Inspektion nicht weiter belästigt und eilte per Fahrstuhl und Wendeltreppen in das Obergeschoß, an den alten, ihm seit Jahrzehnten bekannten Dienern vorbei, die, wie er feststellte, über Jahrzehnte sich gut gehalten hatten. War das die vatikanische Sauna, Massage und Körperpflege? Wäre die Zeit nicht schon fortgeschritten, hätte er auch noch eine Sauna mitnehmen können, insbesondere wegen der stets wichtigen Informationen, die dort an Ort und Stelle unter den hohen Würdenträgern ausgetauscht wurden. Aber die Zeit drängte, und er war nach weiteren Kontrollen, aber ohne Leibesvisitation im prunkvollen Barockvorzimmer der Privataudienzen angelangt, von Monsignore Lasagne und Erzbischof Riposoeterno freundschaftlich begrüßt. „Caro mio bene", raunte ihm der vorzeitig gerundete, aber noch elastisch-sportlich sich bewegende Monsignore zu, - seine buschigen Brauen hingen ihm tief in die Augen, das Gesicht war im übrigen rosig, faltenlos und gut genährt, wie das eines mehrtägigen Säuglings. - „Sie sind spät! Sehr spät! Unser Hieronymus verbringt immer mehrere Tage in der Heiligen Klausur. Ja, das viele Reisen hinterläßt seine Spuren! Zu unserem Kummer hält er sich täglich mehrere Stunden am Grab des heiligen Petrus auf und spricht davon, daß er sich dort lebendig einmauern möchte. Stellen Sie sich vor! Er ist entschlossen, ein Heiliger zu werden! Und das in unseren Tagen!"

Nach diesen erleuchteten Ausführungen des Monsignore hatten sich zwei Schweizer Gardisten eingefunden, deren Anblick Runzelfroh erneute Leibesvisitation befürchten ließ, aber dem war nicht so. Sie veranstalteten, im Gegenteil, zahlreiche Ehrenbezeugungen, Verbeugungen und verbreiteten ein triefhöfliches Lächeln, und - von letzterem nicht weiterhin umglänzt - begleiteten sie ihn zum Fahrstuhl, geleiteten ihn sogar hinein, blieben aber dann wieder draußen. Kaum hatte sich die Türe geschlossen, ging die Fahrt mit derartiger Geschwindigkeit aufwärts, daß nach Einsetzen des ersten Bewegungsstoßes Runzelfroh die weitere Bewegung nicht mehr bemerkte. Aber an dem Zeiger der großen, barock mit Hirten, Heiligen und Putten geschmückten Wanduhr konnte er feststellen, daß sie nicht nur schon eine, sondern zwei, drei, fünf, zehn Minuten entweder standen oder mit Lichtgeschwindigkeit unterwegs waren. Was bedeutete das? Hatte man ihn eingesperrt, verhaftet? Ihn, den jahrzehntelangen Freund und Vertrauten des Hieronymus? Wie konnte er feststellen, wo er war? Gab es hier keine Notbremse, keine Alarmanlage, keinen Spalt, keine Ritze...? Nein, er tastete die Wände ab, erforschte mit scharfem Blick jede Einbuchtung, aber nichts erspähend, wurde er zunehmend unruhiger. Was, wenn jetzt noch das Licht ausginge? Kaum gedacht, war es geschehen. Völliges Dunkel umgab ihn hier wie einst im Nebelschacht, - aber da war noch Rasputin bei ihm gewesen! Er griff nach seinem goldenen Kreuz, das er verschämt unter seinem Brustlatz trug... In dem Augenblick klickte es, ein Tonband setzte sich in Bewegung, es war die Stimme des Heiligen Vaters: „Runzelfroh", hörte er sich zu seiner Erleichterung freundlich angesprochen, „mein lieber Runzelfroh, sei unbesorgt! Du befindest dich in dem berühmten Fahrstuhl Einsteins, der mit Überlichtgeschwindigkeit emporsaust und in dem sich Ruhe und Bewegung nicht mehr unterscheiden lassen. Wenn du jetzt ein Taschentuch fallen läßt und ein Lichtstrahl von außen eindringen würde, würden die dich von außen Beobachtenden zu einem ganz anderen Ergebnis gelangen als du selbst. Sie würden dich aufwärts schießen sehen, während du absolute Ruhe erlebst. Das Taschentuch bleibt für dich in der Luft stehen - die anderen sehen es fallen. Ich habe das zwischen meinen Weltreisen wiederholt ausprobiert, und das Ganze ist nur ein Gedankenexperiment, in das du dich eingelassen hast. Du siehst, daß auch die una sancta, die Möglichkeit hat, die Schwerkraft zu überwinden. In wenigen Sekunden kommst du zum Stillstand auf dem weißen Riesen im Sternbild des Schwan, Alpha 5, 580 Lichtjahre von Algahsali entfernt. Ich verbringe dort meine Freizeit, die Reliquie des heiligen Petrus wird hier aufbewahrt. Im übrigen bin ich bereits über den Grund deines Besuches informiert... Unser Geheimdienst kooperiert gelegentlich mit Wotans Universaldetektor. Also, bis gleich!"

Jetzt spürte Runzelfroh ein schwaches Zittern, die Türe öfffnete sich, er sah sich in einer unendlich - wie es schien - großgewölbten, von bläulichem Licht durchstrahlten Grotte, deren Boden wie von aufgeworfenem Sand sich wellenförmig ausbreitete. In strahlend-weißem Mantel stand Hieronymus vor ihm, seine aufrecht-markige Gestalt trug ihre bäuerliche Abkunft stolz zur Schau. Ja, oft hatte er ihn in diesem Habit, die Massen auf seinen Weltreisen segnend, vermittels der Fernsehkamera bewundern können. „Mein lieber Runzelfroh", umarmte ihn der Papst, „sei willkommen am Grabe Petri, 8. Galaxie 234, Sternbild des Schwans...!"

Aber wer war denn das dort, - diese blondgelockte, großgewachsene, vollhüftige Frau in rosa-lila Gewändern, eine Kleinharfe, Modell Hohner PF 888, in der Hand? Nein, im Augenblick sang sie nicht, denn es war Maya, ja, seine schon fast „alte" Bekannte, Maya! „Wie kommen Sie denn...?" Aber er sprach den Satz nicht zu Ende.

„Sie wundern sich?" redete ihn Maya mit ihrer sonoren Altstimme an. „Ja, der Papst und ich sind schon viele Jahre befreundet und tragen gemeinsam das Los der Menschheit. Vielleicht wird sich Wotan noch zu unserer Konferenz einfinden, wenn ihm der Universaldetektor nicht von Frey von Skrupel entwendet wird. Es sieht nicht so rosig aus, mein verehrter Kardinal, obwohl Aikino bereit ist, sich dem Theobald hinzugeben, ihn sogar zu heiraten, um den Diebstahl zu verhindern. Stellen Sie sich vor: der Detektor in der Hand von Professor X, - ein besseres Zielfernrohr kann er sich nicht wünschen!" Und sie schloß ihren bedeutsamen Satz mit einigen berückenden Dreiklängen und drei enharmonischen Quinten.

„Komm, mein lieber alter Schulfreund", wandte sich jetzt der Heilige Vater an Runzelfroh, „wir haben uns weiß Gott lange nicht gesehen, wo ist denn dein lieber kleiner Hund, wie hieß er doch...?"

„Rasputin."

„Ja, der Rasputin, was ist aus ihm geworden?"

Runzelfroh erzählte, was ihm zugestoßen war, während der Papst seinen Arm nahm und sie einige Schritte auf dem Boden des weißen Riesen hin und her gingen. Das Gehen war seltsam beschwingt, fast schwerelos; und Maya, die den beiden dicht folgte, entlockte ihrer Kleinharfe wieder einige melodische Klagelaute, Modell Hohner PF 888. Der Papst hatte Runzelfrohs Bericht über die Entführung Rasputins mit tiefen Kummerfalten angehört. „Ja, die Zeiten sind schlimm! Was sich die Leute alles erlauben!" Dann ließ er Runzelfrohs Arm fahren, hob den seinen zur fernen Decke der blauen Grotte empor und rief aus: „Das Leid der Welt wird unerträglich! Selbst Hunde sind vor Terroranschlägen nicht mehr sicher!“ Das grandiose Gewölbe gab mit fernem Gemurmel das Echo seiner Worte wieder, während Maya im Hintergrund die Weise „Wahn, Wahn, alles ist Wahn“ zu summen begann.

„Du siehst, mein lieber Runzelfroh, daß ich mich unter Überwindung der Schwerkraft auf diesen angenehmen weißen Riesen, fern vom Tourismus, zurückziehen kann, der nur noch 15 Millionen Jahre bestehen wird, bevor er sich in ein schwarzes Loch verwandelt. Wir haben also noch Zeit vor uns. Das Grab des heiligen Petrus befindet sich auf diesem Stern, daher ist es den Archäologen nie gelungen, es einwandfrei zu finden und seine Identität zu bestätigen. Mit Gottes Hilfe habe ich es entdeckt, denn ich habe meine Weltreisen keineswegs auf die Erde beschränkt! Nein! Ich war der erste, der das Evangelium der Liebe und Versöhnung in unmittelbarer Nähe von schwarzen Löchern und von ungeheueren Atomexplosionen verkündete, - aber auch vor überirdischen, engelhaften Wesenheiten. Das aber wissen nur die wenigsten. Im Vatikan ist es nicht einmal den Herren in der Sauna bekannt, noch dem israelischen, noch unserem apokalyptischen Geheimdienst. Übrigens habe ich heute wieder mit Arabat verhandelt, und ich sage dir im Vertrauen, wenn ich nicht katholisch getaufter Christ wäre, fände ich ihn abscheulich. Und mit so etwas muß ich mich um des Friedens willen einlassen. Übrigens...“, Hieronymus beschleunigte seine Schritte, da ihm offenbar Mayas Summen von „Wahn, Wahn“ etwas nervös machte, „... hatte ich neulich einen Traum, den ich dir erzählen kann, da du ja gottlob kein Psychoanalytiker bist.“ (Der Kardinal fragte sich, ob die ungewöhnliche Redseligkeit des Heiligen Vaters wohl auf die Luftveränderung im Weltall zurückzuführen sei?)

„Mein Schutzengel erschien mir, ein leuchtendes Wesen, eine glanzvolle, hohe Gestalt.“ Runzelfroh sah sich jetzt den Papst genauer an und bemerkte zu seiner nicht geringen Überraschung, daß ihm in der Tat zwei gewaltige Flügel aus den Schultern ragten; mit unzähligen Federchen bedeckt, glänzten sie weiß. Dem Kardinal blieb nach dieser Entdeckung schlechtweg und ordinär gesagt einfach „die Spucke weg“. Der Heilige Vater mit Engelsflügeln! Da mußte doch die Wahrheit in der unam sanctam und nur in ihr sein, und wie recht war das fast vergessene Wort: „Extram ecclesiam nullam salus.“ Hatte er jemals daran gezweifelt?

„Du wunderst dich über meine Flügel?“ Offenbar konnte der Papst Gedanken lesen. „Diese sind mir in den letzten Jahren gewachsen, es fing mit kleinen Höckerchen an, nun, ich dachte, ja, ich dachte... Ich werde doch nicht hier auf dem Rücken gewisse sekundäre Geschlechtsmerkmale der Frau entwickeln? Das wäre ja ein Werk Satans! Aber nein - es kamen immer mehr kleine, kleine Federchen zum Vorschein, immer mehr! Mein Leibarzt war sprachlos, wir zogen berühmte Dermatologen zu Rate... Ja, es waren Flügel! Erst wie von kleinen Küken, bald die von einem Schwan. Niemand in meiner Umgebung durfte das wissen, das verstehst du doch? Man hätte mich entthront... In eine Anstalt gebracht..., eingesperrt! War das ein Zeichen von Erwählung, -

oder meine Verwerfung? Wollte sich die Vorsehung über mich lustig machen, mich vor den Menschen bloßstellen? Oh, du weißt nicht, wieviele Nächte ich von Zweifeln angefochten war! Mein Beichtvater, unser alte Mitseminarist, Monsignore Popsoletto, war ratlos! Zu allem Unglück drehte ich mich einmal im Beichtstuhl um und gab ihm mit dem rechten Flügel eine Ohrfeige! Das Sprechgitter war zerbrochen! Die Dinger sind sehr stark. Sieh nur..." Der Papst bewegte die Flügel hin und her, ein heftiger Windstoß entstand, der Runzelfroh fast aus der 8. Galaxie, Nr. 234 in das Weltall gewirbelt hätte. „Ja, was sollte ich machen? Ich mußte die Flügel natürlich verstecken. Deshalb sehe ich mit meiner Stola immer etwas bucklig aus. Nur hier darf ich sie frei entfalten, - ich kann auch damit fliegen, siehst du?" In der Tat, mit wenigen Flügelschlägen hatte sich Hieronymus erhoben und wäre fast an die Decke des großen Gewölbes gestoßen. Etwas unbeholfen zappelte er dort mit den Beinen, drehte sich dann aber geschickt kopfwärts und zielte im Sturzflug herunter, wandte dann aber rechtzeitig den Kopf nach oben, um mit beiden Füßen fest neben dem nach wie vor sprachlosen Runzelfroh wieder dazustehen. „Aber", so setzte er etwas melancholisch fort, „diese Kunststücke kann ich mir nur hier oben erlauben. Was würden unsere Gläubigen sagen, wenn sie mich mit Flügeln sähen, - und erst die Naturwissenschaftler!"

„Es würde doch als ein unglaubliches Wunder angesehen werden, Hieronymus", meinte der Kardinal nach einiger Besinnung, „du solltest dich nicht damit verstecken, sondern es als göttliche Auszeichnung annehmen, den Engeln und himmlischen Heerscharen fast angeglichen."

„Ja, das habe ich auch schon gedacht", sagte Hieronymus, „aber da komme ich wieder auf meinen Traum zurück". Er hatte seine Stola inzwischen dezent über die Flügel geworfen. „Es erschien mir also mein Schutzengel, der heilige Erzengel Gabriel. Er hatte die weiße Lilie der Verkündung in der Hand. Diese war in 2000 Jahren nicht verwelkt! An ihr erkannte ich ihn. Er lächelte mich mit einem unbeschreiblich weisen Lächeln an und sprach: 'Hieronymus, nimm dich nicht so wichtig, du bist doch nur der Papst.' - Wie er mir das sagte, lief es mir heiß und kalt über den Rücken. Deshalb werde ich mich nicht der Öffentlichkeit mit den Flügeln zeigen. Es genügt, daß nur die Allertreuesten aus meiner Umgebung, wie du, Maya, mein Beichtvater und Rumpelmauser es wissen. Aber nun will ich dir das Grab des heiligen Petrus zeigen. Vielleicht haben wir Glück, den heiligen Petrus selber zu sprechen."

„Den heiligen Petrus selber sprechen? Aber, teurer Hieronymus, das kann doch nicht dein Ernst sein... Im übrigen habe ich diesen weiten Weg zu dir doch nur gemacht, um mit dir die Zukunft der Menschheit zu erörtern. Das Antigraviton ist erfunden worden und befindet sich in der Hand skrupelloser Wissenschaftler!"

„Das ist mir doch alles schon längst bekannt. Der heilige Petrus hat mich vor dieser Möglichkeit gewarnt, als das Antigraviton sich noch nicht einmal im Vorbereitungszustand befand. Maya und ich haben sehr viel über die Zukunft der Menschheit im Hinblick auf ihren möglichen Untergang miteinander besprochen, und wir haben uns auch immer wieder mit Rumpelmauser beraten, obwohl er ja ein ungetaufter germanischer Gott ist, ein Heide. Aber wir gehen ja heute - leider! - über diese Unterschiede hinweg."

„Und zu welchem Ergebnis seid ihr gekommen? Jetzt, da Millionen, ja, Milliarden von Menschen 'mir nichts, dir nichts' ins Weltall geschossen werden können, in dem schon 50 Polizisten herumschweben?" Runzelfroh hatte das Wort Polizist noch nicht ausgesprochen, da sah er zwei schwarze Schatten, eng umschlungen und schwebend, sich der Grotte nähern. „Da kommen ja zwei angeschwebt!" rief Hieronymus aus, und schon angelte Maya die beiden hilflosen, aber noch lebenden Männer vermittels ihrer Harfe herunter. In der Tat, es waren zwei abgrundtief blasse, erschöpfte, hohläugig-hohlwangige Gestalten, die, nachdem sie festen Boden unter den Füßen spürten, vergebliche Versuche machten, sich an diesem festzuhalten oder festzukrallen. Immer noch unter der Einwirkung des Antigravitons zog es sie wieder und wieder in das Gewölbe hoch. Sie hatten kaum lallend die Worte „Hilfe", „Um Gottes willen", „Haltet uns fest, haltet uns fest", hervorgestoßen, da zogen der Papst, der Kardinal und Maya die schwer mitgenommenen Männer an Hosen und Stiefeln herab, um sie festzuhalten. Die Kraft des Antigravitons war jedoch so stark, daß sie nach wie vor Gefahr liefen, wider ihren Willen an das Deckengewölbe wie Luftballons getrieben zu werden, um dort bis zum möglichen Eintritt ihres Todes hängen zu bleiben.

„Haltet sie, solange ihr könnt, hier muß Sankt Petrus helfen, wartet nur einen Augenblick!" rief der Papst, der sogleich im undurchdringlichen Dunkel des weißen Riesen verschwand. Inzwischen gelang es Maya und Runzelfroh, die beiden fast erfrorenen und halbtoten Polizisten an ein Felsgestein zu binden, Runzelfroh trug seit seiner Kindheit Schnur und Taschenmesser auch zu diesem Zwecke bei sich. Ihren flehentlichen Bitten nach Alkohol zu genügen, zog Maya aus ihrem Faltenwurf eine Flasche Danziger Goldwasser, das - von der theosophischen Firma „Adelaide" hergestellt - allerdings keinen Alkohol enthielt, dafür aber Gallensteine verhüten sollte. Nichtsdestoweniger tat das Goldwasser seine Wirkung, da es zumindest Zucker enthielt. Und, nachdem die beiden Polizisten mühsam einige Schlucke zu sich genommen hatten, fielen sie in ohnmachttiefen Schlaf.

„Das steht uns allen bevor, wenn dem Profillosen nicht das Handwerk gelegt wird... Das Ende, das Ende! Das Erlösungswerk und der Tod Christi umsonst... Und da soll ich mich nicht aufregen?" funkelten kleine Blitze aus den dunklen Augen des Kardinals über seine römische Senatorennase hinweg.

„Viele sind berufen, wenige auserwählt", erwiderte Maya, die sich auf einem Felsen niedergelassen hatte und ihr „Wahn, Wahn, alles ist Wahn" zu zupfen begann. „Wenn diese Erde vergeht, wenn die Menschheit im Weltall sich auflöst, dann wird in vielen Milliarden Jahren eine neue Erde entstehen, die auch vergehen wird, um wieder einer neuen zu weichen. Entstehen und Vergehen sind das Urgesetz des Weltalls, sie sind das Gesetz der Menschheit; gegen dieses Gesetz können wir uns nicht auflehnen, mein lieber Kardinal. Ich glaube an das Fatum und an Nietzsches ewige Wiederkehr, nicht wie Sie an Erlösung. Ich bin im Begriff, mich mit dem bevorstehenden Untergang des Menschengeschlechtes abzufinden, denn ich weiß, daß es jenseits von Entstehen und Vergehen eine Welt gibt, die diesem Wahn nicht untersteht."

„Und Ihre Kinder? Die Blumen- und Tulpenkinder, Ihre und Wotans Nachkommen?"

„Mein Gesang wird sie in Pflanzen, in Bäume und Büsche, in Sträucher verwandeln, aus denen sie entstanden sind."

„Ihre Kinder retten Sie, aber die anderen Menschen, die vielen Millionen, sollen sie alle umkommen? Sie, Maya, besitzen doch übernatürliche Kräfte..., warum setzen Sie diese nicht ein?"

Ohne daß Maya diese Frage beantworten konnte, war der Papst schon wieder bei ihnen. Er hatte diesesmal von seinen Flügeln Gebrauch gemacht und war aus einer fernen Ecke des im Dunkel des Weltalls sich verlierenden Gewölbes wie ein Falke herabgestoßen. In der Hand trug er eine goldverzierte, altertümlich aussehende Sektflasche, die er vorsichtig zu entkorken begann. Dabei erklärte er: „Der Geist des heiligen Petrus ist in diese Flasche vor fast zweitausend Jahren von dem Oberteufel Belastros gebannt worden. Ausreichender Grund für diese Strafe war die dreimalige Verleugnung unseres Herrn. Ich habe diese Flasche - übrigens eine echt römische Fayence - bei den Nachforschungen über das Grab Petri selber entdeckt. Ich entkorkte sie, und der Geist des Heiligen erschien, ging aber nach einiger Zeit von alleine wieder in die Flasche zurück, da der Bann noch nicht von ihm genommen war. So wartet der Schutzpatron unseres Domes und der Schlüsselverwalter der una sancta noch immer auf seine Erlösung. Wie groß ist die Macht der Teufel doch!"

Hieronymus entkorkte die Flasche behutsam, aber der Stopfen flog mit lautem Knall heraus, und eine riesige, bis zu dem fernen Deckengewölbe sich erhebenden, blendend-weiß strahlende Wolke ließ Runzelfroh in die Knie sinken und die Hände vor das Gesicht schlagen. Als er es nach einigen Augenblikken wagte, durch die Finger zu spähen, sah er in der Wolke die Gestalt eines gigantisch-großen, bärtigen Mannes, die in der Linken einen gewaltigen Schlüssel hielt, aber über der rechten Schulter eine Keule und ein Löwenfell trug. Das Gesicht des Riesen - anders war es nicht zu bezeichnen - blickte drohend unter weiß-silbernen Augenbrauen hervor, aus den Augen schossen regelrecht Blitze, die von einem dumpfen, wohl aus der Nase stammenden Donnern gefolgt waren. Auch Maya und der Papst waren in die Knie gesunken, während die Erscheinung - war es Petrus, war es Herakles? - mit dröhnender Stimme sprach: „Erdenwürmer, euch schlägt die letzte Stunde! Das Ausmaß eurer Sünde stinkt zum Himmel herauf. Keiner kann es dort mehr aushalten... Die höchsten Engelhierarchien sind auf der Flucht! Verbrechen reiht sich an Verbrechen, Terror an Terror, Krieg an Krieg, Revolution an Konterrevolution. Der große Drache beißt sich in den Schwanz, sein Blut fließt über Berge und Wälder, über Städte und Dörfer; es fließt in die Flüsse und färbt das Meer blutig-rot. Es gibt keinen Wald mehr, der deutsche Urwald stirbt dahin, die Flüsse von Chemie verpestet, das Meer vergiftet. Amerika und Rußland sind an allem schuld! Ich sage es so, wie es ist; ich bin immer aufrichtig gewesen, nur dreimal fehlte ich in meinem Leben, dafür muß ich jetzt büßen!" Hier schwang Petrus die Keule dreimal um sein bärtiges, von weißen Locken umlodertes Haupt. Das Löwenfell erhob sich, ein richtiger, leibhaftiger Löwe lag plötzlich über den Schultern, der mit menschlicher Stimme dumpf den Heiligen anredete: „Alter, mach' nicht so viel Wind! Seit 1902 leide ich deinetwegen an chronischem Kehlkopfkatarrh!" Darauf gab das Löwenhaupt ein fürchterliches Gebrumm von sich, richtete sich kurz auf, um sich wieder flach auf die Schulter zu legen. Sankt Peter ließ sich nicht beirren, sondern fuhr fort: „Ganze Kontinente werden sich in die Luft heben und verschwinden, die Menschen irren zwischen Galaxien und Asteroiden, und bald werden nur noch Skelette und Totenköpfe im Weltall herumsausen, die mit dem Staub von Jahrmillionen Lichtjahren sich auflösen. Gibt es noch eine Rettung? Ist das große Erlösungswerk umsonst gewesen? Umsonst der Bau unzähliger herrlicher Kirchen und Klöster; umsonst die tausend Sekten und ihre Fruchtbarkeit? Mir ist der Schlüssel zum Paradies anvertraut worden; aber in die Flasche verbannt, konnte ich seit zweitausend Jahren niemanden mehr einlassen!" Und hier stürzte sich der große Heilige auf die Keule, schneuzte sich melancholisch in das Löwenfell, der Löwe ihm darauf brummend einen Tatzenhieb erteilte. „Und es steht ein Dutzend Seelen vor dem Paradies... Ich kann sie nicht einlassen. Mehr sind es nicht! Da war ein Irrtum in der Vorsehung. Warum hat sie den Teufel zugelassen?" Auf diese Frage keine Antwort findend, blickte Sankt Peter schweigend und trübselig auf den großen goldglänzenden Schlüssel in seiner Hand. Aber schon hatte sich Maya erhoben, um ihr „Wahn, Wahn, alles ist Wahn" dem Riesen vorzusingen. Aber der ebenfalls vom Knien aufgesprungene Papst konfiszierte kurzfristig die Harfe und zeigte nach rechts. Dort..., ja, wer kam dort? Die beiden Raben Hugin und Mugin flogen mit schwerem Flügelschlag langsam heran; mühsam krächzend näherten sie sich dem Gestirn, und wie Runzelfroh sah, trug jeder einen halberfrorenen Polizisten auf dem Rücken. „Sünde über Sünde!" donnerte Petrus erneut, das Gewölbe in bedrohliches Schwanken und Schwingen versetzend. „Sünde über Sünde, die Menschheit hat aufgelöst, was die Erde zusammenhält. Sie wird das Weltall zum Einsturz bringen. Wo bleiben die himmlischen Heerscharen, die Erde zu retten? Hieronymus", wandte sich jetzt Petrus an den Papst, „es zieht hier in diesem Gewölbe, ich erkälte mich noch, wenn ich nicht schleunigst in meine Flasche komme!"

Der Papst holte sogleich die noch offene Flasche, stellte sie neben den heiligen Riesen, der, wie ein Schlauch, dem die Luft abgelassen wird, in Windeseile zusammenschrumpfte und wie eine Handvoll Rauch in der Flasche verschwand. Hieronymus korkte sie fachmännisch zu und stellte sie auf einen angedeuteten Treppenabsatz. Im gleichen Augenblick landeten die bremsklappenartig ihre Krallen aufrichtenden Raben auf dem Gestirnsboden und setzten die ganz ausgemergelten und überdies noch zerlumpten Polizisten, die sich an die Raben geklammert hatten, ab. Hugin und Mugin sprangen einige Gestirnssteine aufwärts, schüttelten ihr Gefieder, reckten ihre Hälse und begannen abwechselnd zu krächzen: „Schlechte Nachrichten! Präsident Rumpelmauser schickt seine Ehrenerbietung! Schlechte Nachricht! Schlechte Nachricht!"

„Nein, zum Teufel, - Verzeihung", unterbrach sich Hieronymus wieder, „sagt schon, was gibt es Neues?"

„Der Universaldetektor", schnarrten die Raben unisono.

„Der Universaldetektor? Was ist mit ihm?"

„Frey von Skrupel hat ihn entwendet!"

„Ist er im Besitz des Physikers?" rief Runzelfroh erschrocken aus.

„Ach, bei Wotan, jetzt geht es zu Ende", seufzte Maya und entwendete dem Papst wieder ihre Harfe, die er zwischen Unterarm und Flügel eingeklemmt hatte, um ihr „Wahn, Wahn, alles ist Wahn", in ergreifendem Mezzoalt anzustimmen. Ihr Gesang war so ergreifend, so grandios, daß dem Papst, dem Kardinal und den beiden Raben nicht nur die Tränen in die Augen traten, sondern auch der in der Flasche entschwundene Petrus an diese klopfte und ein fernes, grollendes „Heulich, heulich" vernehmen ließ. Sogar die beiden bewußtseinsgetrübten Polizisten öffneten ihre Augen und flüsterten das melodramatisch oft gehörte „"Wo bin ich?" mit versagender Stimme.

„Sprecht weiter, sprecht weiter", befahl Hieronymus den beiden Raben, damit beschäftigt, seine Flügel mit der Stola zu bedecken. „Ist der Detektor schon im Besitz des Physikers?"

„Frey von Skrupel sollte ihn stehlen..., sollte ihn stehlen, sollte ihn stehlen...", krächzten und schnarrten die Raben zu Hieronymus hin.

„Wie geschah das?" fragte jetzt Runzelfroh, dem die Folgen dieser Tat sofort deutlich waren.

„Wissen wir nicht, wissen wir nicht", schnarrten die Raben, die unruhig von einem Bein auf das andere traten und jetzt, da sie überaus musikalische Tiere waren, in folgenden Wechselgesang - nach der bekannten Melodie aus der Oper Rigoletto „Oh wie so trügerisch" - einstimmten:

Oh wie so trügerisch,
sind Wissensch..a..a..a..ftler,
ach, die Karriere,
stiehlt alle Ehre.
Lehrstuhlberückte,
total Verrückte
stürzen die Welt
in Abgrund... sie fällt."

Nach dieser musikalischen Darbietung begannen die beiden Raben die Koloraturarie der „Königin der Nacht" aus der Zauberflöte zu summen und zu brummen, versagten bei dem berühmten hohen C, und die Zuhörer konnten kein Wort verstehen. Auch Maya war mit ihrer Begleitung allerdings zu spät gekommen, dennoch verbeugten die Raben sich artig vor den Hörern und wechselten wieder geflügelte Worte: „Noch nie hatten wir die Ehre, obwohl wir 50.000 Jahre alt sind, vor dem Papst zu singen! Auch wenn es ein Abschiedslied war." Und dreimal erhoben sie drohend Köpfe und Schnabel und bellten: „Eine Apokalypse! Eine Kalypse!" Dann erhoben sie sich und flogen unheilschwanger in das Weltall zurück, kehrten aber nach Sekunden unerwartet wieder, näherten sich Maya, hoben die Flügel zu der klassischen Bittgebärde: „Bitte einen Schluck Danziger Goldwasser! Wir sind seit heute morgen unterwegs. Unsere Zucker- und Eisenreserven sind verbraucht!“ Maya wickelte die geheimnisvolle Flasche der Firma Adelaide aus ihren Gewändern, benutzte den Schraubverschluß umgekehrt als Trinkbecher, goß diesen voll, und die Raben durften abwechselnd aus ihm süffeln. Das geschah in der bekannten Vogelweise: Aufnehmen der Flüssigkeit zwischen den Schnabel, dann anmutiges Emporhalten des Kopfes und gieriges Schlucken oder Verschlucken des Trankes. Endlich war das achte Gläschen Goldwasser geleert, und „Danke, tausend Dank!“ schnäbelnd und krächzend machten sich die beiden Sendboten auf den Heimflug. Hugin besaß jedoch die Unverschämtheit, Maya unversehens in die Wade zu zwicken, die mit einem lauten Aufschrei floh, ihre Harfe dabei zu Boden fiel.

„Raus, ihr heidnischen Germanenviecher!“ rief der Papst zornentbrannt, „ihr werdet ja den Weltuntergang erleben!“ Aber schon waren die beiden blitzschnell am Horizont entschwunden, nur ein fernes gackerndes Gelächter war noch zu vernehmen.

„Was tun? Was tun?“ riefen Maya und Runzelfroh aus. „Zuerst die armen Polizisten versorgen, wir müssen sie im Fahrstuhl heruntertransportieren. Sie kommen in das erste vatikanische Kriegslazarett, das wir in Erwartung eines Atomkrieges schon vor Jahrzehnten unterirdisch angelegt haben“, befahl Hieronymus und machte schon Anstalten, die Fahrstuhltüre zu öffnen.

„Unsere Knochen sind schon ganz weich und lösen sich auf!“ klagte einer der noch an den Boden gefesselten Euro-Volksmannen.

„Wir werden euch vorsichtig zusammenbinden und als wahre Christen gemeinsam in den Fahrstuhl tragen“, entschied der Papst, der mit zunehmender Bedrohung durch das Antigraviton seine ganze caritative Willensstärke zu entfalten begann. „Sind wir erst im Vatikan angelangt“, fuhr er mit erhobenem Kinn fort, „werde ich sofort auf der ganzen Welt alle Glocken läuten lassen!“

„Tu das nicht“, wandte Runzelfroh ein, „die Leute werden glauben, daß die Abtreibung freigegeben ist.“

„Nein, nein, erst werde ich die großen Medien einschalten, dann die Kirchenglocken, und drittens werde ich auf dem Petersplatz urbi et orbi vor einer Menschenmenge von Millionen verkünden. Eine solche Demonstration unserer Macht wird diese Physiker bestimmt einschüchtern. Kommen Sie! Wir wollen die Polizisten in den Fahrstuhl bringen.“

Bevor sie aber die staubigen, nach wie vor fast blaugefrorenen, ohnmächtigen Polizisten von ihren Fesseln lösten, bemerkte Runzelfroh: „Aber Hieronymus, wir sind doch hier Lichtjahre von der Erde entfernt! Was wird aus dem Einsteinschen Zwillingsphänomen?“

„Du glaubst, wenn du zurückkehrst, sind auf der Erde 16.285 Jahre, 3 Monate und 5 Tage verflossen, wir höchstens um einige Stunden gealtert?“

„Genau, dann wären ja unsere Aufregungen ganz überflüssig gewesen. Die Erde ist vielleicht schon längst unbewohnt... Es gibt weder Physiker noch Päpste...!"

„Mache dir keine Gedanken wegen des Zwillingsphänomens. Wir nehmen ja hier nur an einem Gedankenexperiment teil! Komm, wir tragen jetzt diesen Polizisten in den Fahrstuhl."

Während Maya den Männern noch Goldwasser einflößte, erblickte der Kardinal die zur Aufbewahrung der Reliquie des heiligen Petrus dienende Flasche. Anscheinend hatte sie der Papst in der Beunruhigung durch die letzten Nachrichten nicht an den zu ihrer Aufbewahrung bestimmten Ort im hohen Gestirnsgewölbe zurückgebracht. Sollte er sich nicht einfach dieser kostbaren Reliquie bemächtigen, - würde nicht vielleicht der Geist des heiligen Petrus...? Er sah ein Bild vor sich, eine Vision, die Menschheit zu retten, er griff die Flasche und verstaute sie in einer der vielen geheimen Taschen seines schwarzen Überrocks. Dann lud er sich den nächsten Polizisten auf den Rücken, die Fahrstuhltüre öffnete sich, der Papst, Maya und er legten die schwer betroffenen Männer auf den Boden. Die Türe schloß sich, Runzelfroh bemerkte nur ein leises Rütteln, - offenbar bewegten sie sich. Während er jedoch versuchte, der Bewegung des Nichtbewegten auf die Spur zu kommen, sah er, wie die Polizisten sich in merkwürdigster Weise veränderten: „Hieronymus, schau nur, was passiert dort mit.diesem Mann...? Maya, Ihr Goldwasser wird noch gebraucht..." Er beugte sich zu dem fahlen, stöhnenden Menschen nieder, der tief in Schlaf oder Ohnmacht lag, und er sah entsetzt, wie die Reste seiner Uniform an den verschiedensten Stellen des Körpers in diesen buchstäblich einsanken, als ob sie in ein Loch, in ein Vakuum fielen, - als ob der Körper mehr und mehr in sich zusammenrutschte, versackte, verfiel. Der Papst tastete den einen Polizisten ab, Maya faßte behutsam den anderen an, Runzelfroh war mit dem dritten beschäftigt. Tatsächlich, dessen Körper schwand wie aufgesaugt dahin, wurde immer weicher, dünner, fast nur noch ein Spinnengewebe. Runzelfroh suchte nach einem Arm oder Bein, aber es war nur noch eine Delle zu fassen. Aber das Beunruhigendste war, daß die Knochen keinen Widerstand mehr leisteten. Dort, wo eben noch das Schlüsselbein oder der Unterkiefer sich abzeichnete, die Rippen oder Arme, fielen die Bekleidungsstücke einfach in sich zusammen. Da war nichts, rein nichts mehr..., außer einigen Uniformfetzen.
Dieser Verfall ging mit unglaublicher Geschwindigkeit vor sich und traf auch die Gesichter, die buchstäblich in sich einsackten. Die Nase sank in die Wangen, die Stirne rutschte nach hinten, und schon bedeckten nur noch Haare das ehemalige Gesicht..., schon lagen nur noch einige Uniformstücke und Haarbüschel auf dem Fahrstuhlboden. „Das sind die Pseudodekatonen", rief der Papst, „es löst sich alles auf. Folgen der negativen Antigravitonstrahlung eben in Verbindung mit diesem Culoniumpranil."

Der Kardinal, nicht weniger verstört über das Vorgefallene, nahm einige Uniformfetzen an sich, um sie möglicherweise vor Gericht als Beweismittel vorzulegen, als ein sanftes Klingelzeichen ertönte, ein Wippen und Federn durch Sohlen und Körper drang: sie waren angelangt! Wo? Was war gewesen?

Da saß er doch in der ihm vertrauten Krypta vor dem antiken Sarg, der die Reste des heiligen Petrus barg. Dort stand Monsignore Lasagne, der Kardinal Riposoeterno, der Erzbischof von Padua, der Kardinal von Zimbabwe und andere Würdenträger. In ihrer Mitte thronte der Papst auf einem goldenen, von roten Purpurvorhängen halbverborgenen Sessel. „Sie kommen aber spät, mein lieber Runzelfroh, es ist schon 12 Uhr 15, und ich habe Sie doch schon um 11 Uhr erwartet. Die Geschäfte sind dringend und heilig, wir werden die gläubigen Massen instruieren und den großen urbi et orbi Segen für morgen ankündigen. Mehrere der in den Weltraum geschleuderten Polizisten sind in den Straßen Roms aufgefunden worden, - allerdings schon unkenntlich entstellt." Runzelfroh faßte nach den schwarzen Uniformfetzen, die er in seiner Tasche verborgen hatte. Natürlich, da waren sie, er litt nicht an Halluzinationen. Der Papst fuhr fort: „Auch wurde uns durch den Präsidenten der Universität von Lagus Champignonensis, ich meine Pilzweiher, die Nachricht übermittelt, daß der kostbare, einmalige Universaldetektor von einem skrupellosen Mediziner geraubt und mit diesem verschwunden ist. Er befindet sich anscheinend noch nicht bei dem Physiker. Die Lage ist ernst, wir werden uns um 17 Uhr hier wieder versammeln, um eine Christmesse dem heiligen Petrus darzubringen. Wir werden auf seine Hilfe bauen."

Runzelfroh griff nach der Flasche, - ja, da war sie, ihre römische Sektflaschenform war eindeutig tastbar. Er gab zu, daß er seine Lage nicht mehr übersah, obwohl der Papst ja auch nur von einem Gedankenexperiment gesprochen hatte. Und die Flügel des Heiligen Vaters? Er riskierte einen scheuen Blick nach der Stola des Papstes, der sich gerade im Gespräch mit seinem Beichtvater befand und ihm den Rücken zugedreht hatte. In der Tat, sie verdeckten zwei Höcker von der Größe eines Schulranzens. Sollte man nicht lieber die großen Lebensrätsel dahingestellt sein lassen? Die Perlen seines Rosenkranzes andächtig befühlend, beschloß er, sich auf den Nachhauseweg zu begeben, insbesondere sofort telefonisch Verbindung mit der Weißwaldklinik und Professor Blinkmann aufzunehmen, Rasputin vor der Vivisektion zu bewahren.

Nachdem er die Krypta verlassen hatte, schritt er durch die endlos sich aneinanderreihenden vatikanischen Prunkgemächer, vergeblich eine Telefonzelle suchend. Die Museen geradezu durchfliegend, gelangte er an das Belvedere, an dessen Eingang ein Münzapparat hing. Wie erlöst nahm er den Hörer auf, - aber ach, es fehlte ihm das nötige Kleingeld. Auch der blau uniformierte Wächter dort drüben verfügte nur über 1000-Lire-Scheine. Nein, sein spezieller Heiliger schien weder ihm noch Rasputin helfen zu wollen! Erschöpft beschloß er, einige Minuten Ruhe zu halten, um im Belvedere sich im Anblick des berühmten Apoll, - im Anblick edler Einfalt und stiller Größe, - fünf Minuten zu entspannen. Er trat in das Belvedere und blickte über die antiken Statuen hinweg auf Bäume, Buschwerk und Hausdächer, die dort in der Ferne aufglänzten. Dann setzte er sich auf eine zufällig leere Bank - es war Mittagszeit - und fragte sich, ob er als wahrer Christ einen antiken Gott bewundern dürfte? Aber ein Vorgänger des jetzigen Hieronymus hatte ihn ja erworben und hier zum allgemeinen Kunstgenuß aufgestellt. Die Statue in ihrer elegant-aristokratischen Anmut betrachtend - Apoll erinnerte ihn lebhaft an einen französischen Marquis aus dem 18. Jahrhundert, allerdings unbekleidet -, bemerkte er, daß er schon längere Zeit an quälendem Durst litt. Fragend blickte er den Gott an und dachte vor sich hin: Zählst du auch zu all jenen, die glauben, sich für den Bestand der Menschheit einzusetzen und nur dummes Geschwätz von sich geben? Selbst der Papst hatte ihn enttäuscht. Wenn er nur eine Coca Cola irgendwo auftreiben könnte! Sein Mund war doch ganz ausgetrocknet! Was aber war das? Der Gott hielt eine Cola-Flasche in der Hand und schien ihm zuzuwinken. Litt er doch an vermutlich altersbedingten Halluzinationen? In der Tat, Apollo sah ihn plötzlich mit permutterblau eingelegten Augen an, die er sonst nicht aufwies und die von schöngeschwungenen, goldglänzenden Augenbrauen umkränzt waren. Jetzt hatte er auch lange, schwarze Wimpern, und die auf die Schulter fallenden Haare waren zweifellos echt. Der Gott zwinkerte ihm mit dem linken Auge zu und blickte dann gewissermaßen vertraulich auf die Coca Cola-Flasche. Das war eben konkrete Hilfeleistung - kein leeres Geschwätz! Er öffnete den Mund, die Lippen begannen sich zu röten und zu feuchten, aber ach, er sprach ein archaisches Griechisch, das Runzelfroh bis auf das „Chaire“ nicht verstehen konnte. Da er noch immer alleine im Belvedere war und sein Durst, insbesondere sein Bedürfnis nach einer leichten, koffeinhaltigen Anregung erheblich war, stand er auf, trat an die Statue und griff nach der Flasche. Sollte er sich bekreuzigen? Besser nicht... Die Flasche könnte sich auflösen. Aber um möglichem Teufelsspuk zu entgehen, griff er doch lieber nach dem Rosenkranz. Da aber begann Apollo wieder zu sprechen, seine Stimme war von einem wundersamen Melos erfüllt, ja, es war wie Gesang..., aber zum Glück diesesmal nicht schon wieder „Wahn, Wahn, alles ist Wahn“. Da wurde ihm klar, daß der Gott ihm eine wichtige Mitteilung machte, wie er die Menschheit retten könne, - aber er verstand sie nicht! Es war mykenisches Griechisch der Bronzezeit, - und das hatte er auf der Schule nicht gelernt. Oh bittere Tragik! Dennoch nahm er zitternd und zögernd die Flasche aus der Hand des Gottes, - ach, sie war verschlossen, und den Flaschenöffner hatte die Moira vergessen. Wie sollte er trinken? Er versuchte dem Gott seine Lage pantomimisch zu signalisieren, ahmte das Flaschenöffnen nach, zeichnete die Form dieses Instrumentes in die Luft..., vergeblich. Schon hatte der Gott sein marmornes Dasein wieder eingenommen, Augenbrauen und Wimpern waren verschwunden, der Mund geschlossen, der strenge Blick ging in die Ferne. Was blieb ihm anderes übrig, als einen Flaschenöffner zu suchen? Und bei wem sollte er den Trank bezahlen? Schließlich stand er sowieso turmhoch in der Schuld des Gottes, daß es auf eine Cola-Flasche nicht mehr ankam. Viel, viel schlimmer war es, daß er den Gott nicht verstanden hatte! Aber wie sollte ein gläubiger Christ den griechischen Gott verstehen? Das war eine beichtnotwendige Blasphemie! Lieber die Cola-Flasche fortwerfen? Nein, die Versuchung war zu groß, und er konnte sich - nicht zum erstenmal im Leben - mit den Worten trösten: „Das Fleisch ist willig, der Geist ist schwach.“

Wieder eilte er durch die endlosen Prunkgänge, vorbei an den hunderten abgehackten römischen Köpfen, erreichte die große Wendeltreppe, die ihn gegen den jetzt einsetzenden Besucherstrom ins Freie führen sollte. Vergeblich hatte er einen Flaschenöffner gesucht und ebenso vergeblich eine Telefonzelle; so hielt er noch immer die Coca Cola-Flasche in der Linken und steuerte, durch flutendes Sonnenlicht und flutende Touristen-Wallfahrer seinen Weg bahnend, auf das nächste Taxi zu. Er winkte dem Chauffeur - das Taxi stand günstig gerade neben dem Haupteingang -, der Chauffeur sah wie fragend in das Wageninnere, allerdings zu kurz, als daß bei dieser flüchtigen Wende Runzelfroh Genaueres hätte beobachten können. Der Fahrer öffnete die Türe, Runzelfroh stieg ein, im fast gleichen Augenblick von hinten gepackt, wurde ihm ein Knebel in den Mund gewürgt. Schon war der Wagen angefahren, der Kardinal fiel auf den Hintersitz und sah den borstenhaarigen August ihn höhnisch angrinsen. Seine dicke und kurze Stirne war rot angelaufen, die Adern an den Schläfen traten wir festgezurrte Seile hervor, der Mund speichelte: „Jetzt gehörst du uns, Pope! Für eine Million Dollar kann dich der Papst loskaufen. Wir geben dir drei Tage Zeit, sonst springst du über die Klinge, gibt es ein paar blaue Bohnen in das Genickchen. Du stehst doch auf du mit Hieronymus, du tote Hose, was? Die Kirche hat doch genug Kies. Deine Spende für den Umweltschutz ist noch fällig. Wir schützen die Umwelt vor Pfaffen und verlausten Kötern." Die nächsten Worte konnte Runzelfroh schon nicht mehr vernehmen, die Sinne schwanden ihm, er wurde ohnmächtig.

XIX. Kapitel:
Theobald rennt in sein Unglück

Mit dem letzten Stampfen der Büffel-Geister-Herde, wie betäubt und von Lärm, Staub und Dampf halb erstickt, fand sich Theobald plötzlich wieder Hand in Hand mit Aikino durch Mayas Blumengarten wandelnd. Von wenigen Augenblicken emotionaler Beteiligung an seinen nicht ganz gewöhnlichen Erlebnissen abgesehen, dachte er meistens und immer wieder: Was ist das für ein Firlefanz? Was soll das ganze Getriebe hier im Keller des Universitätspräsidenten? Karneval... oder Hypnose? Mit Betrachtungen dieser Art erschöpfte sich jedoch sein Mißfallen.

Über den Blumenfeldern brütete ein eigentümliches, rosiges Licht, und es dauerte nicht lange, daß der Mond seinen blassen Glanz verbreitete. Der Mond, den er wann zum letztenmal gesehen? Das war doch mit Lizzie gewesen, oben, in Rumpelmausers Haus? Wieviele Stunden, Tage, Jahre waren vergangen? Noch immer hatte er den Detektor nicht in seinen Besitz gebracht, und was hatte ihm Aikino denn schon im Vergleich zu dem ihm unverändert verheißungsvoll winkenden Lehrstuhl geboten? Mit Lizzie war das doch noch irgendwie ganz abwechslungsreich gewesen, aber hier...? Zweifellos war Aikino aktiver als die halbmannsgroße Katze, aber spannendere Annäherungen waren nicht erfolgt.

Aikino lenkte jetzt ihre Schritte zu einer Bank, sie konnten sich jedoch nicht setzen, da dort gerade ein Dutzend quäkender Säuglinge lagen, die wohl auf ihre Nahrung warteten. Den Walkürenritt intonierend, näherten sich rasch Mayas ankündigende Harfenklänge. Ja, da kam sie schon in ihren fliehenden, fließenden Gewändern, ihr Mund war von einem holdseligen Lächeln umspielt; jetzt öffnete sie ihr Kleid in Brusthöhe, drehte aber Aikino und ihm den Rücken zu. Theobald konnte beobachten, wie sie anscheinend einen Säugling nach dem anderen an die Brust nahm. „Aikino, was macht sie denn jetzt?" flüsterte Theobald, dessen wissenschaftliches Interesse wieder erwacht war. Neben der Bank war ein länglicher Graben geöffnet, in den sie einen schlafenden Säugling nach dem anderen legte, und jetzt zog sie aus den vielen Taschen ihres Gewandes eine Einspritzung. Dann schüttete sie den Graben mit Erde zu. Während Theobald neugierig Aikino nach dem Tun ihrer Mutter fragte, entwikkelten sich schon in Sekundenschnelle die wundersamsten Blütenbäume aus dem Graben. Es waren Bäume mit roten, goldenen, fliederfarbigen Blüten, mit langschnabeligen Dolden, flatternden Traubegehängen, Wirbelknospen, orchideenhaft sich öffnenden Riesenkelchen. Um die Zweige und Blüten summten bereits unzählige Bienen und Hummeln, ertönte ebenso vielfarbiges Vogelgezwietscher. „Sie gibt die Kinder der Erde zurück, da sie glaubt, daß die Menschheit verloren ist. Sie ist verloren, wenn du dem Profillosen den Universaldetektor bringst."

Sie schritten weiter durch den Märchenwald, der sie wie ein Garten mit breiten Wegen empfing, links und rechts von blütenübersäten Büschen gesäumt. „Ist das alles hier der Kinderfriedhof?" fragte Theobald, zunehmend doch etwas beklommen und beunruhigt.

„Ja, Maya hat im Hinblick auf eure geplante Anwendung des Antigravitons viele ihrer Kinder hier eingeschläfert, bestattet und sie in Büsche und Bäume verwandelt."

„Hat sie denn eine so umfassende Ausbildung in Humangenetik erfahren, daß sie die menschliche DNS in pflanzliche umformen kann?" erwachte der kritische Wissenschaftler wieder in Theobald.

„Bestimmt nicht, mein Heulibald", nannte ihn Aikino zum erstenmal so liebevoll. „Maya verfügt über ganz andere Kräfte, um so etwas zu vollbringen."

„Andere Kräfte? Wie soll ich an andere Kräfte glauben, Aikino?"

„Aber du hast doch schon genug Merkwürdiges erlebt, - in den letzten zehn Minuten!"

„Zehn Minuten? Ich bin doch schon Stunden oder Tage hier?"

„Nein, mein Heulibald, nein, - gegen 2 Uhr nachts bist du zu uns gekommen, jetzt ist es gerade 2 Uhr 30!"

„Dann verstehe ich wirklich nichts mehr", resignierte Theobald kurzfristig.

„Ja, siehst du, du mußt eben mit Hamlet sagen: Den lieb ich, der Unmögliches begehrt!" lüftete Aikino ihren Zitatenschatz.

„Pfui, was ist denn das da?" Theobald blieb stehen und wies auf eine Hibiskusblüte, aus deren Mitte ein Säuglingsfinger ragte.

„Ach, - da ist die Verwandlung nicht ganz geglückt..."

„Und dort auch!“ rief Theobald angeekelt aus, „das ist ja kein Blatt, sondern eine Kinderzunge!“

„Komm, laß uns schnell weitergehen, wir sind gleich da“, sagte Aikino und zog ihn am Ärmel fort. „Schau, siehst du deinen Namen dort auf dem Praxisschild?“

Theobald legte die Hand vor die Augen: Ja, da stand ein reizendes Einfamilienhaus mit Walmdach und Vorgarten. An der schmiedeeisernen Gittertüre prangte ein weißes Schild: Dr. med. Th. Frey von Skrupel, Arzt für Allgemeinmedizin, alle Kassen, Privatsprechstunde nach Voranmeldung. Keine zahnärztliche Behandlung.

„Wie das, was ist das“, begann sich Theobald zu verhaspeln und zu verwirren. Aber die Verwirrung steigerte sich noch, als sich die Haustüre Nr. 27 öffnete und eine Schar von fünf Kindern, wie Orgelpfeifen im Abstand gewachsen, auf ihn zustürzte: „Hurra, hurra, Papa, Papa“, ertönte es im Chor. „Was hat du uns von deiner Weltreise mitgebracht?“ Schon hingen zwei zopftragende Mädchen an seinem Hals, die Buben klammerten sich an seine Beine und Arme, fast wäre er auf die Straße gefallen, wenn ihn Aikino nicht festgehalten hätte. „Das Wartezimmer ist schon ganz voll. Deine Rückkehr hat sich wie der Wind verbreitet, mindestens 60 Patienten... und viele private Anmeldungen!“

Jetzt kam - er konnte wirklich seinen Augen nicht mehr trauen - Lizzie aus der Haustüre. Sie trug einen weißen Laborkittel und hatte einen Blutdruckmesser neuester Herstellung unter die rechte Pfote geklemmt. „Herr Doktor“, maunzte sie etwas aufmüpfig, „Herr Doktor..., Sie sind heute so spät dran, es warten schon an die achthundert Patienten!“

„Achthundert Patienten?“ murmelte Theobald, „wie soll ich die denn heute abfertigen? Haben Sie die Behandlungscoupons schon verteilt?“

„Ja, Herr Doktor, alle haben schon ihre Nummer und Lalium flüssig bekommen. Es sind so viele Patienten, daß wir sie auf dem Dachboden übereinanderschichten mußten. Die Stimmung ist aber sehr gut.“

„Aber nach dieser langen Reise muß ich mich doch erst einmal waschen?“

„Natürlich, doch beeilen Sie sich, bis dahin sind wir auch mit der Blutentnahme fertig.“ Und schon war Lizzie wieder verschwunden, während Aikino in ihr helles, glockenfrisches Indianerlachen fiel. „Sag schnell deinen Eltern guten Tag, sie warten auf dich!“

„Aber die sind doch längst tot!“

„Sie sind oben und spielen den Kindern Kasperle vor, - komm schnell herauf!“

Von den Kindern gezogen und geschoben, ging es die bequeme Treppe in den ersten Stock, die Türen aus schwedischem Birkenholz glänzten ihm freundlich entgegen, die Treppenstufen waren von echt finnischer Borke. Theobald öffnete die Türe zum Wohnzimmer, ja, da waren sie..., seine leibhaftigen Eltern. Mit Krone, Zepter und Reichsapfel blickte sein Vater aus der Kasperlebühne, die Mutter mit Silberkrönchen und golddurchwirktem Damastkleid stand neben ihm. „Theobald!“ riefen sie beide wie aus einem Mund, „was tust du uns an! Fünfzig Polizisten hast du in die Luft entschwebt!“ Kaum hatten sich die beiden in diesem anklagenden Aufschrei gefunden, verschwanden sie hinter der Bühne und - oh Schreck - da sah er, wie jetzt seine fünf Kinder als Kasperlepuppen, hölzern und eckig mit Klapp-Klapp-Bewegungen und starren Mündern, über die Bühne hin- und hertorkelten. Der Jüngste hatte eine Pritsche in der Hand, mit der er fortwährend die anderen auf den Kopf schlug, deren hölzerne Beine von der Theaterwand herunterbaumelten.

„Aber Vater, Mutter, ihr seid doch längst tot, was wollt ihr hier?" rief Theobald beschwörend aus und fuhr, in wachsender Sorge um die Seinen, angstvoll fort: „Kinder, wo sind meine Kinder...?"

„Aber Papi, wir sind doch alle da!" In der Tat, da waren sie ja alle... Mit seinen Eltern saßen sie um den großen Eßtisch, Lizzie teilte die Suppe aus, sein Vater, der sonst so eisgraue Schulmeister, hatte die Krone abgelegt und strahlte vor Heiterkeit, sein pausbäckiges Mütterchen schlürfte schon vom Löffel, - und dort, ja, dort saß Rumpelmauser! „Herr Präsident, wie freue ich mich, daß Sie uns einmal besuchen, um an unserem einfachen, aber herzerfrischenden Mahl teilzunehmen!"

„Ja, mein lieber Herr von Frey, sehen Sie jetzt ein, daß Ihr Leben an der Seite Aikinos und ihrer reizenden Familie jedem Lehrstuhl vorzuziehen ist?"

„Aber der Detektor, der Universaldetektor..., wo ist der?"

Aikino sah ihn entsetzt an: „Kannst du den noch immer nicht vergessen, Heulibaba?!"

„Der Physiker verbrennt mich mit Kappa-Strahlen, wenn ich ihn nicht rechtzeitig bringe..."

„Aber das ist doch schon alles längst vorbei, mein kleiner Heulibaba, nun weine mal nicht!" streichelte ihn Aikino und fuhr fort: „Du bist glücklich verheiratet, wir haben fünf Kinder, ein schönes Heim, du bist ein guter und beliebter Arzt mit einer riesigen Patientenliste..."

„Ja, lieber Herr Frey von Skrupel", beugte sich Rumpelmauser zu ihm herüber, „Sie sollten doch mit Ihrem Los wirklich zufrieden sein! Wie gut, daß Sie sich nicht für die Universitätslaufbahn entschieden haben, obwohl Ihnen der dafür notwendige Schuß an Kriminalität nicht fehlt!" Und der Präsident hob sein Glas zum friedlichen Anstoßen. Theobald blickte ihn schuldbewußt an, als Wotan fortfuhr: „Nun ja, nun ja, es sind da einige unangenehme Dinge in Ihrer Vergangenheit passiert, aber was ist das schon im Vergleich zu anderen! Für einen Lehrstuhl fehlen Ihnen einfach die rücksichtslosen Ellbogen. Sie sind doch im Grunde genommen ein eher gehemmter Mensch, das ist ja das Sympathische an Ihnen, nicht wahr, Aikino!" schmunzelte Rumpelmauser und goß sich und den anderen den 2000jährigen Met aus einer echten Tülle der Urnenfelderzeit ein.

„Aber der Universaldetektor... Wer hat ihn... Wo ist er?" beharrte Theobald geradezu peinlich. „Wenn ich ihn nicht dem Physiker bringe, vernichtet er mich, wie er schon andere vernichtet hat!"

„Aber du hast ihm doch die entmineralisierenden Bosonen verschafft, ihm sein Antigraviton damit menschenwirksam gemacht. Er kann dir nur dankbar sein! Er wird dich bestimmt nicht erpressen“, versuchte Aikino ihn erneut abzubringen.

„Dann gibst du zu, daß er auf mich wartet? In welcher Zeit lebe ich eigentlich? Bin ich gestern, heute oder schon morgen? Gib den Detektor her!“

„Du lebst in der Zukunft, Heulibaba. Ich hatte dir doch vollen Ersatz für deinen gescheiterten Lehrstuhl versprochen!“

„Ersatz? Nein, nein, den Detektor muß ich haben!“

„Aber Heulibaldchen, Baldileinchen, Heulibubibabalein“, gurrte jetzt die Mutter im lockenden Glucken-Gurre-Ton, „nimm dich doch etwas zusammen. Was soll denn der Papa von dir denken!“

„Er ist mißraten, er ist mißraten...“, rief der Vater und hatte plötzlich wieder ein Zepter in der Hand, mit dem er auf den Eßtisch schlug, daß das Porzellan (alles echt Cartier) durcheinanderschepperte.

„Das stammt nur von deiner Familie, Hanna, was bei dem mißratenen Jungen herauskommt.“ Die Kinder sprangen erschrocken von ihren Sitzen, aber es war schon zu spät. Theobald hatte den neben Rumpelmauser auf dem Eßtisch stehenden Detektor bereits ergriffen und sprang von seinem Stuhl auf. Entsetzte Schreie ertönten von allen Lippen. Die Kinder klagten: „Papi, Papi, verlaß uns nicht, was soll aus uns ohne dich werden?“

„Du schlägst der wirtschaftlichen Existenz deiner Familie ins Gesicht!“ drohte der Vater mit dem Zepter, während seine Augen größer und größer wurden und sich wie Turbinen im Kopf drehten. Aber Theobald, den Detektor unter den Arm geklemmt, riß die Türe auf, sprang die Treppe herunter und trat zu allem Unglück noch Lizzie auf den Schwanz - diese gab einem Patienten gerade eine Kalzium-Injektion; Kanüle und Spritze fielen auf den Boden. Doch Lizzie haute ihm mit der Pfote eines über. „Schurke“, maunzte sie, „was wird aus deinem Eheversprechen?“

„Ich bleibe Junggeselle und bin nicht sodomitisch veranlagt!“ versetzte der davonrennende Theobald ironisch. Er sprang und sprang, - ja, wohin sollte er eigentlich springen, wohin laufen, wohin rennen? War er nicht im Keller des Universitätspräsidenten? War das nicht sein Schwiegervater? Nein, aus einer Türe tretend erblickte er nicht den Präsidenten, sondern eine kahle Winterlandschaft, empfingen ihn schneebedeckte, tropfende Bäume, ein Nordwind blies, die letzten vergilbten Blätter fielen von den Zweigen.

„Ihren Ausweis bitte.“ Das war ja der Polizist von vorhin! Vorhin, wann war das gewesen? „Meinen Ausweis? Als freier Bürger bin ich nicht verpflichtet, einen Ausweis ständig bei mir zu tragen.“

„Das sind Sie nicht, aber ich muß Sie leider zur nächsten Wache bitten, um Ihren Apparat, den Sie dort in der Hand tragen, zu prüfen.“

XX. Kapitel: Intermezzo bei der Polizei

Aber es gab kein Zurück mehr. Schon faßte ihn der Polizist nicht gerade sanft am Handgelenk - Abwehr war vergeblich -, schon fühlte er so etwas wie einen leichten Schubs in den Rücken, und er saß auf dem Hintersitz des dahindonnernden Polizei-Porsche, neben sich einen Geleitmann. Die Polizeiwache, inzwischen der Euro-Polizei unterstellt, empfing ihn mit den üblichen Betontreppen und den lautlos abzischenden Lifts. Obwohl es schon 2 oder 3 Uhr morgens war, herrschte emsiger Betrieb auf dem Korridor, den er nun zwischen zwei Polizisten durchschritt. Türen öffneten sich hier, andere schlossen sich dort, und da sah er dann auch - nicht zum erstenmal - die vielgerühmten Erfolge der Human- und Vertebratengenetik: eine Biene, ausgewachsen wie ein Mensch, den bedrohlichen Stachel am Hinterteil aufgerichtet, mit riesigen Facettenaugen ihn anstarrend, mit armlangen Fühlern ihn kurz abtastend, die sie in einem kleinen Wägelchen vor sich herschob. Die Flügel allerdings waren zu Stummelflügeln reduziert, so daß sie nicht mehr fliegen konnte. Sie glitt über den spiegelglatten Korridor und stieß dabei ein Brummen aus, das wie ein tiefer, brausender Orgelton erklang.

Durch eine andere geöffnete Türe erspähte Theobald eine menschengroße Ameise, die einen Computer betätigte, dabei ihre Freßkiefer aufsperrte und mit einem ihrer sechs Beine am eisenharten Ringpanzer kratzte. Die übrigen Beine und Arme waren ebenfalls mit unterschiedlichen Computer- und Schreibarbeiten befaßt, so daß die Beine im einzelnen nicht mehr zu unterscheiden waren, vielmehr wie niederwirbelnde Trommelstöcke oder hin- und hersausende Kolben eines Otto-Motors aussahen. Die Überlegenheit dieser erfolgreich mutierten Insekten im Vergleich zu sonstigen Büroangestellten war offenkundig. Da er aber als Wissenschaftler mit Abwegigkeiten dieser Art vertraut war, ängstigte ihn der Anblick von menschengroßen Insekten nicht, ihre Herstellung hatte sich - vermittels der Genetik - als wesentlich billiger erwiesen als die von Robotern.

Jetzt hatten er und seine Begleiter den wohl zentral gelegenen Wachraum erreicht, der, von einer Kuppel überdeckt, an der linken Seite eine schwarzverkleidete Bühne aufwies. Auf diese war jedoch - nicht wie Theobald erwartete - weder ein elektrischer Stuhl noch eine sonstige Hinrichtungsmaschinerie errichtet; vielmehr bewegte sich dort ein Dutzend athletisch gebauter Polizisten rhythmisch nach der Melodie eines aufreizenden Cancans. Sie hatten jedoch keine Röcke an, sondern enganliegende rote Lederhosen und blaue Blusen; die Hosen fielen durch eine Art Penisfutteral auf, wie diese bei der Männertracht des 17. Jahrhunderts oder auch an Ritterrüstungen vorkamen. Allerdings trugen sie weibliche Perücken und klatschten hin und wieder zu den Höhepunkten der Musik auf ihre Gesäßbacken. Die Musik war jedoch nicht original, sondern kam aus Tonbändern.

Das Publikum bestand aus einem langbärtigen Greis, der an einem Steintisch mit runder Platte saß, der Bart war durch diese hindurchgewachsen und wand sich wie eine Riesenschlange um den Tischfuß. Er war von einigen wohl höhergestellten Beamten in normaler Polizeiuniform umgeben, - höhergestellt, da sie eben jene blitzenden Insignien trugen, die auf eine solche Stellung wiesen. Rechts von dieser Gruppe sah Theobald einige einfach gehaltene Bänke - Kirchenbänken nicht unähnlich -, auf denen zerstreut allerlei Zivilisten, meist depravierter Erscheinung, saßen, zu denen jetzt Theobald mit der Aufforderung, Platz zu nehmen, geführt wurde. Das tat er widerspruchslos, im Laufe seines Lebens an Gehorsam gewöhnt. Aber wie überrascht war er, als er unter den vermutlich frisch Verhafteten seinen früheren Lehrer, Professor Hohlmann, entdeckte! „Herr Professor, wie kommen Sie denn hierher?“ rief er Hohlmann zu. Obwohl sich die verschiedenen dort sitzenden Männer und Frauen neugierig nach ihm umsahen, eilte er auf seinen väterlichen Freund und Förderer, den langbeinigen, blondschössigen, niedrigstirnigen Hohlmann, zu. Er war jetzt der „eisernen Hand“ seiner Begleiter entschwunden und konnte sich mit den anderen - offenbar Angeklagten oder Verdächtigen - die Cancan tanzenden Polizisten ansehen. Aber auch Hohlmann hatte sich erhoben und schüttelte Theobald - allerdings etwas herablassend - die Hand: „Herr Frey von Skrupel, da kann ich nur sagen, wie kommen Sie denn hierher?“

„Man hat mich des Polizistenmordes verdächtigt, obwohl ich absolut unschuldig bin. Außerdem hat mein Isotopen-Detektor Anstoß erregt. Ich hatte ihn zufällig bei mir, aber die Kerle haben ihn konfisziert. Doch ich werde schon für seine Rückgabe sorgen, wir leben ja schließlich in einem Rechtsstaat!“

Beide hatten sich inzwischen gesetzt, eine von den mutierten Riesenbienen tänzelte mit einem Tablett vorbei; mit schnarrenden Haarantennen signalisierte sie Liköre, Kaffee und Schnaps. Hohlmann und Theobald ließen sich einen Kognak servieren - offenbar gratis - und stießen auf das Wohl der Wissenschaft an. „Nur wer Mut hat, über Leichen zu gehen, kann ein echter Wissenschaftler werden. Aber dieser Mut ist eben genetisch vorgegeben“, dozierte Hohlmann, „mich“, so fuhr er fort, „hat ein Assistent verdächtigt, geheime Experimente inhumaner Art durchgeführt zu haben. Sie kennen ja meine absolut honorigen Versuche. Obwohl ich glaubte, die ganze Angelegenheit sei schon erledigt, und vergeblich versucht habe, die Sache vorher auf meinen Todfeind, den Psychotherapeuten Fallstrick zu schieben, will man mich doch noch einmal verhören. Aber da wir Wissenschaftler uns im Prinzip immer einig sind und unsere Ethik-Kommission über alles orientiert war, fürchte ich keinen Augenblick um meine Position. Lauch ist schon Anstaltsdirektor geworden - durch meine Hilfe -, er kann jetzt absolut ungehindert, von Studenten unbeobachtet, seine Experimente an den Kranken durchführen... Die Pharmaindustrie schätzt ihn hundertprozentig. Ah, hallo..., der Cancan scheint zu Ende zu sein... Ich sehe, wie der alte Barbarossa Ihren Detektor in den Händen dreht und wendet... Er wird sich wohl gleich an Sie richten... Wie geht es Ihnen denn? Sind Sie bei unserem Nobelpreisträger gut gelandet? Der Lehrstuhl für Strahlenkunde und Molekularpsychiatrie ist Ihnen so gut wie sicher. Mein Einfluß bei der

Fakultät, beim Ministerium und vor allem bei dem Nationalen Forschungsfonds ist ja erheblich...", plauderte Hohlmann, zündete sich eine Zigarette an, ein Bein lässig über das andere schlagend. Jetzt wurde Theobald tatsächlich aufgerufen und durchaus höflich zum Euro-Polizei-Präsidenten gebeten, zu Barbarossa persönlich. Kaum stand er ihm und dem steinernen Tisch gegenüber - Barbarossa und sein Tisch wurden mit Hebekran, per Jeep und Aufzug jeweils bei Bedarf aus dem Kyffhäuser in das Präsidium transportiert -, sah Theobald jetzt in ein gänzlich verschrumpeltes, von tausend Falten und Fältchen durchrissenes, weißbärtig umrahmtes, feuerrotes Gesicht, aus dem zwei kleine, preußisch-blaue Augen ihn lebhaft, aber nicht unfreundlich anblickten. Die Nase war ebenfalls tiefrot, aber kühn gebogen, und verriet mit diesem Schwung das echte Blut genetisch noch nicht untersuchter deutscher Kaiser. Barbarossa sprach jedoch nicht altdeutsch, sondern hatte im Verlauf der Jahrhunderte im Kyffhäuser die wichtigsten europäischen Sprachen gelernt, von Hochdeutsch ganz abgesehen. (Seine Berufung zum Euro-Polizei-Präsidenten erfolgte nach der Wiedervereinigung Deutschlands, die er im Kyffhäuser abgewartet hatte.) „Welchen Zwecken dient dieser Apparat hier", begann nun Barbarossa das Verhör. Theobald überlegte hin und her, sollte er die wahre Natur dieses auf der ganzen Welt einmaligen Detektors verraten, um ihn - mit größter Wahrscheinlichkeit - für immer zu verlieren? Sollte er seine Herkunft von Rumpelmauser erklären, dann würde er zweifellos des Diebstahls bezichtigt werden, ganz abgesehen davon, daß gewiß irgendwelche altgermanischen Verbindungen zwischen Wotan und dem Euro-Polizei-Präsidenten bestanden. „Warum zögern Sie so lange mit Ihrer Antwort, Herr Frey von Skrupel? Sie sehen, daß wir schon Ihren Namen kennen. Außerdem sind Sie bei Professor X tätig...?" Aber da kam ihm Hohlmann zu Hilfe: „Herr Präsident, darf ich als Zeuge vernommen werden?"

„Das entspricht in keiner Weise den gesetzlich festgelegten Regeln, deshalb treten Sie vor."

Jetzt stand Professor Hohlmann neben Theobald, hob das Gerät vom Tisch und erklärte es sachkundig als Isotopen-Detektor, besonders für das Aufspüren von Plutonium geeignet.

„Und warum haben Sie uns das nicht sofort mitgeteilt?" redete Barbarossa mit durchaus angenehmer, altritterlicher Höflichkeit Theobald an.

„Weil..., äh..., ich bin durch diese nächtliche Verhaftung einfach verwirrt, ich war bei unserem Universitätspräsidenten zu Gast."

„Bei Professor Wotan Rumpelmauser? Meinem alten Freund?" warf Barbarossa ihm einen prüfenden Blick zu.

„Ja, ja - ganz recht."

„Er hat dem Präsidenten dieses Gerät vorgeführt", fiel ihm Hohlmann ins Wort. „Herr Frey von Skrupel bewirbt sich bei unserer Fakultät um einen Lehrstuhl!"

„Aha, sind Sie auch Psychiater?" erkundigte sich Barbarossa, immer skeptischer wirkend.

„Ja und nein", erwiderte Theobald, „ich bin speziell Strahlenforscher und Molekularpsychiater."

„Schade", resignierte Barbarossa, „wir haben in unserer Familie so manchen psychiatrischen Fall gehabt und werden noch manchen haben, aber Sie können sich wieder setzen, Herr Frey. Wir können ja gleich mit Ihnen fortfahren, Herr Professor Hohlmann. Sie stehen unter dem Verdacht, inhumane Medikamentenexperimente in Ihrer Klinik durchgeführt zu haben. Sie haben Dr. Fallstrick angezeigt, wohl aufgrund der jahrhundertealten Feindschaft zwischen Naturheilpraktikern hier, Universitätsärzten dort? Sie haben sich ja inzwischen schon zu Ihrem Vorteil bei Dr. Fallstrick entschuldigt, aber Ihre Weste ist noch nicht ganz rein! Sie werden uns sicher über alles aufklären? Ein Professor lügt doch nicht!" Und sich zur Bühne wendend, rief Barbarossa aus: „Ah, da kommt ja schon unser Chefdetektiv, Sherlock Holmes!"

Hohlmann und Theobald, die durch das Anhören der etwas umständlichen Ausführungen des Polizeipräsidenten müde geworden waren und schon einige Male gegähnt hatten, drehten sich um. In der Bühnenmitte stand ein Skorpion, - von der Größe eines ausgewachsenen Krokodils nahm er fast die ganze Bühne ein. Seine bösartigen Augen leuchteten feuerrot, der Schwanz mit dem riesigen Giftstachel peitschte unruhig hin und her, über dem schwarzen Panzer trug er jedoch eine gelbe Hose bzw. an jedem der sechs Beine ein Hosenbein aus bestem englischen Flanell. Auf dem flachen, krebsartigen Kopf fehlte nicht die bekannte Schiebermütze. Bei seinem Herankriechen waren alle Angeklagten erbleicht, selbst Hohlmann kniff die Lippen zusammen und flüsterte Theobald zu: „Also, was die Genetiker so alles zusammenbasteln! Das geht doch zu weit!" Barbarossa winkte den beiden gebieterisch zu, sich wieder auf die Bank zu setzen. Inzwischen war der Skorpion bis an den Rand der Bühne gelangt, holte dann mit seinem dritten Hinterbein aus einer der unter seinem Panzer verborgenen Taschen die berühmte Pfeife, entzündete sie mit dem Stachel seines Schwanzes, klemmte die Pfeife dann zwischen seine riesigen Kiefern, die ohne weiteres in der Lage gewesen wären, einen Menschen von der Länge Hohlmanns zu verschlingen. Aber er begann die Pfeife zu rauchen und verlieh damit seinem furchterregenden Aussehen ein biedermännliches Gehabe.

„Mein lieber Sherlock Holmes", begrüßte ihn Barbarossa, „wir haben just den Fall Hohlmann versus Hohlmann diskutiert, ohne rechtes Licht in die Sache zu bekommen. Können Sie uns wieder einmal helfen?"

Der Skorpion erwiderte - nachdem er die Pfeife vorher aus dem Mund genommen und sie von einem Bein an das nächste rund um seinen Körper weitergegeben hatte - mit einer gräßlich schnarrenden, knarrenden Stimme, die sich anhörte, wie wenn jemand mit einer verrosteten Säge arbeitete: „Drehen Sie doch den Universaldetektor an, der Ihnen alle Vorkommnisse der Gegenwart und vor allem auch der Vergangenheit berichten wird. Sie müssen nur das Gewünschte in das Mikrophon links oben hineindenken und den kleinen Hebel rechts unten auf „on" stellen."

„Ah, das ist der Universaldetektor! Der gehört doch meinem uralten Freund Wotan! Den hat er doch von den Nornen bekommen, als er nach der Zukunft der Götter sich erkundigte! Aber“, wandte sich Barbarossa jetzt an Theobald, „wie kommen Sie zu diesem einmaligen Gerät? Das können Sie doch nur gestohlen haben, - noch ein Delikt mehr! Und die beiden Herren hier haben mich noch belogen, mit ihrem Iso-piso..., mit ihrem Pisotopen... oder wie die Dinger heißen. Heraus mit der Sprache, sonst werden sie von Sherlock Holmes selber verhört! Herr Frey von Skrupel, wie kommen Sie zu dem Detektor? Stehen Sie ruhig auf, wenn Sie gefragt werden!“

Hohlmann, offensichtlich erleichtert, daß man von ihm im Augenblick absah, ermunterte Theobald, sich zu erheben: „Na, los doch, sagen Sie irgendetwas und helfen Sie mir jetzt aus der Klemme!“

Theobald, ungewöhnlich geistesgegenwärtig, trat wieder an den Steintisch und bat den Polizeipräsidenten um die Erlaubnis, den Detektor vorzuführen, - bevor er zu den neuesten Verdächtigungen Stellung nehmen würde. Das wurde ihm gestattet, und er dachte „Unspezifische Gegenwart“ in das Mikrophon. Es tauchte die große genetische Versuchsstation in Krassnujatomsk auf, der ehemaligen UDSSR. Sie war durch einen von Wissenschaftlern angefüllten Saal gekennzeichnet, an dessen Wänden sich ein menschengroßer Käfig neben dem anderen befand. In den Käfigen - wie der Monitor zeigte - befanden sich Schimpansen und Gorillas in verschiedensten Stadien der Umwandlung zu Menschen begriffen. Da wuchsen den Schimpansen regelrechte Nasen, der Mund bekam Lippen, das Gebiß trat zurück, die Fellhaare wichen einem zarten Flaum. Die Gorillas wankten nicht mehr wie Schwergewichtsboxer vornüber, sondern machten schon leichtfüßig erste Versuche mit dem aufrechten Gang. Aber trotz Fellverlust und Vermenschlichung nahmen ihrer Gesichter den Ausdruck finsterer Verbrecher an, ihre fliehenden, niedrigen Stirnen blieben unverändert. Die Käfige enthielten offenbar verschiedene Studien der Menschwerdung, und der berühmte ehemals sowjetische Lyssenkow erklärte den staunenden devisenbringenden West-Wissenschaftlern, wie insbesondere die mit Dihydrophenol abgepanzerten Strahlen zu bemerkenswerten genetischen Ergebnissen geführt hatten. Anscheinend handelte es sich um einen Kongreß, wie aus der Anrede Lyssenkows zu entnehmen war: „Sie werden nachher die erstaunlichen psychologischen Ergebnisse unserer genetischen Mutation erfahren. Unsere Versuche an Affen erweisen die Möglichkeit für zukünftige unbezahlte Lohnarbeiter in Bergwerken und strahlenverseuchten Gebieten. Wir können in humanster Weise unsere Arbeiter schonen.“ Allgemeines Beifallstosen erhob sich, und schon erkundigte sich der amerikanische Verhaltensgenetiker Watson nach den eventuellen Preisen der Affenmenschen, um so bald wie möglich eine Fließbandproduktion derselben aufzunehmen. Er konnte jedoch seine Anfrage nicht zu Ende führen, denn aus den Käfigen ertönte jetzt ein unheimlich dumpfes Gestöhne und Geschrei, daß selbst Barbarossa und die übrigen Anwesenden so etwas wie einen kalten Schauer über dem Rücken spürten. Die noch nicht vollständig zu Menschen transmutierten Affen gaben plötzlich schauerliche Laute eines „Hua...hua...hua...hua...“ von sich, von schnarrenden Baßtönen und einem keuchenden Gelall und Gelächter unterbrochen. Lyssenkow rief nach seinen Assistenten, die mit Knüppeln bewaffnet die Käfige öffneten und die Halbmenschen schlicht so verprügelten, daß diese ihre Klagelaute, ihr viehisch-menschliches Gestöhne nach einigen gellenden Schmerzlauten aufgaben. Professor Lyssenkow, das Mikrophon in der Hand, erklärte, daß man ohne Gewaltmaßnahmen bei diesen mutierten Affenmenschen, den zukünftigen Arbeitssklaven, nicht zu dem gewünschten Erfolg käme. Diesen Mutierten wurden noch die klassischen Lehren des Marxismus und Leninismus beigebracht; aber leider hatten auch einige schon begonnen, Nietzsche zu lesen!

Das Bild im Monitor schwenkte zu einer anderen Seite der Kongreßhalle. Eine Reihe allerdings verhangener Käfige wurde sichtbar, vor die Lyssenkow - gefolgt von den devisenbringenden, internationalen, berühmtesten Genetikern - jetzt trat und einen Vorhang zurückzog. Auf dem Bildschirm erschien ein an die Wand mit Ketten gefesselter Mensch kahlgeschorenen Kopfes, der mit hervorquellenden, blutunterlaufenen und angstverzerrten Augen in das wissenschaftliche Publikum starrte. Sein Unterkiefer zeigte bereits hervortretende Wülste, schon drückte sich das Gesicht zusammen, die Nase war bereits abgeplattet und wich zwei riesigen Nasenlöchern, die Augenbrauen hingen zu wulstigen Würsten transformiert herab, die Lippen waren bereits pergament dünn, die ersten gewaltigen Zähne zeigten sich. Arme und Beine waren verlängert, der nackte Oberkörper wies ersten Fellansatz auf. Das halbaffige Geschöpf drehte den Kopf hilflos hin und her und gab einige gequälte, unartikulierte, halb menschliche, halb tierische Töne von sich. Während die westlichen Wissenschaftler begeistert zu dieser Entwicklung der experimentellen Humangenetik applaudierten, sprang Hohlmann von der Bank und rief: „Diesen Kongreß habe ich wegen Ihrer albernen Verdächtigungen fast verpaßt. Hier hinterlege ich 10.000 DM Kaution, ich muß mit meinem Privat-Jet sofort nach Krassnujatomsk fliegen. Dort trete ich für die Ehre unseres Landes ein!" Und er legte Barbarossa einen schnell ausgeschriebenen Euroscheck auf den Granittisch. Vergeblich rief Barbarossa dem Davoneilenden nach: „Ihre Kartennummer ist nicht eingetragen!" Es war jedoch zu spät, schon donnerte der Jet über die Kuppel. Sherlock Holmes reagierte mit einem fürchterlichen Gerassel seiner sechs Bein-Arme, schleuderte die Tabakspfeife Barbarossa vor die Füße, - umsonst, Hohlmann war entschwunden. Ohne den protestierenden Skorpion weiter zu beachten, blickten alle Anwesenden nach wie vor fasziniert auf den Bildschirm: In der Tat, mehrere verzweifelt sich wehrende, brüllende, schreiende Männer wurden anscheinend von Generälen - an ihren Epauletten, Tressen und Ordensgehängen zu erkennen - in einen Käfig gezerrt. Einige weißbekittelte Genetiker folgten den Uniformierten, während Lyssenkow den jetzt doch etwas beunruhigten Gästen erklärte, daß „die so erfolgreichen genetischen Mutationen von Menschen in Anthropoiden durch Eingriffe in den Keimdrüsen, nachfolgende Kastration oder bei Frauen Ovarektomie durchgeführt wurden. Ich bedauere, daß Sie im Augenblick Zeuge der Durchführung mutativer Experimente an verhafteten Links-Revolutionären durch Generäle der gestern im Zeichen des Hakenkreuzes neubegründeten UDSSR sind, die Einzelheiten des Eingriffs dürfen wir Ihnen nicht vorführen."

Die Angeklagten und Polizisten, selbst der Riesen-Skorpion, waren vor Schreck verstummt. Was bedeutete das? Krieg? Allgemeine Bewegung setzte ein. Barbarossa schloß die Sitzung. Im Hinblick auf die schon wieder veränderte politische Lage wurden alle Angeklagten und Verdächtigten, einschließlich des bereits abgezogenen Hohlmanns, insbesondere aber auch Theobald, amnestiert. Allerdings mußten sie ihre Personalien noch einmal überprüfen lassen. „Und der Detektor?" wollte Theobald das Gerät ergreifen.

„Nicht doch, nicht doch, lassen Sie Ihre Finger von dem Ding, Sie haben nicht die erforderliche sittliche Reife eines Rumpelmauser, um damit umzugehen. Wir konfiszieren das Gerät und werden es bei nächster Gelegenheit seinem Eigentümer zurückgeben. Gute Nacht, meine Herren!" rief Barbarossa den Abgehenden zu. Er selbst wurde mitsamt seinem Tisch vermittels eines Abschleppwagens aus dem Raum gefahren. Der Riesenskorpion hatte sich wohl zum Schlaf auf der Bühne ausgestreckt, er gab ein gräßliches Röcheln und Rasseln von sich. Theobald stand allein und verlassen da. Wohin jetzt? Was stünde ihm bevor, wenn er ohne Detektor bei dem Profillosen einträfe?

XXI. Kapitel: Wieder im kernphysikalischen Institut

„Der Chef hat Sie schon lange vermißt... Er wollte Sie suchen lassen, - warten Sie, er telefoniert gerade mit dem Verteidigungsminister Knallkopowitsch der eben neuerstandenen Super-National-Sozialen UDSSR." Fräulein Gillich nippte aufgeregt an ihren Telefonapparaten herum, während ihr aus dem linken Mundwinkel die Fünferzigarette - fünf Zigaretten an einem Stück - herabhing, ihre Haare nach Substanz rochen und sie überhaupt wie mit Nikotin übergossen aussah. Theobald schlotterte schon, denn natürlich mußte ihre Frage: „Haben Sie den Universaldetektor?" nicht auf sich warten lassen. Als er verneinte, hörte er das ihm schon vertraute „tse... tse... tse..., da werden Sie Schwierigkeiten haben, mein armer Junge." Fräulein Gillich sah ihn geradezu schwärmerisch an, als ob sie für Verurteilte ein besonderes Faible hätte. „Ich lasse Sie ganz verbotenerweise mit diesem Gerät das Gespräch abhören, das der Chef gerade mit Moskau führt." Sie gab dem überraschten Theobald eine fingerhutgroße Kugel, die er sich in das Ohr stecken mußte. Er hörte die Stimme des Physikers, wie dieser jemandem, der offenbar Deutsch verstand, die quantenphysikalischen Zusammenhänge und Bedingungen des Antigravitons erklärte: „Nein, Verteidigungsminister, nein, das Gerät ist bereits ausprobiert worden. Sie können mit einem Minimum an Strahlungsenergie eine ganze Stadt, ja eine ganze Provinz in die Luft heben, - die Schäden stehen in keinem Vergleich zu der Atomstrahlung. Gebäude werden überhaupt nicht beschädigt, auch nicht landwirtschaftliche Maschinen. Nur die Bewohner heben sich ruckartig in die Luft, um dort über längere Zeit zu verbleiben."

„Wann kommen Einwohner und Vieh wieder zurück auf die Erde?“ hörte man den Verteidigungsminister fragen.

„Das können Sie ganz nach Belieben regulieren“, wich der Profillose aus.

„Können Einwohner und Vieh in Luft schwebend vernichtet werden?“

„Selbstverständlich. Der Tod tritt spätestens nach zwei bis drei Tagen durch Erfrieren ein.“

„Sehr gut, sehr gut“, grunzte der Wodka-Baß des Ministers, „da haben wir gute Chance für Friedensicherung in der neuen NS-Nationalen Sowjetunion. Wie können wir Ihr Gerät ausprobieren?“

„Holen Sie es doch mit einem Privatflugzeug ab. Ich werde Sie dann begleiten. Was bieten Sie endgültig?“

„Eine Million Dollar cash - das ist unser Höchstgebot, - aber erst nach Ausprobieren.“

„Einverstanden, bar auf die Hand!“

„Wir kommen mit Super-Privat-Jet in zwei Stunden. Ich werde sein in Begleitung von zwei Generalen.“

„Aber das war doch nicht beabsichtigt“, fuhr Theobald auf, „das Antigraviton soll tatsächlich an Rußland verkauft werden? An die NS-Neo-UDSSR? Anstatt in unserem Land zu bleiben und es zum stärksten der Welt zu machen? Das muß ich sofort unserem Vaterlandshüter Schönbuber mitteilen!“

„Seit wann sind Sie so national gesinnt, Herr Frey von Skrupel? Seien Sie froh, daß das Ding aus Deutschland wegkommt“, offenbarte sich Fräulein Gillich als grüne Pazifistin. Aber da pfiff und summte es schon wieder aus einem der zahlreichen Telefone: „Jawohl, Herr Professor, Weißes Haus, Verteidigungsminister Clark Gable, nein, Sie brauchen keinen Dolmetscher“, und an Theobald sich wendend, fuhr sie fort: „Jetzt will er sehen, ob die USA ihm mehr bieten. Lassen Sie ruhig die Kugel im Ohr, um mitzuhören.“

„Minister Gable?“ hörte Theobald die knarrende Stimme seines Chefs.

„Yaah, that's me, what's the matter with you, Professor? One among all the crazy people that want to sell new wapons to the US? So what is yours? I only talk to you directly because you got the Nobel-prize. So, what are the news? Discovered a gold mine - hey?“

Der Profillose erklärte in fließendem Englisch Wesen und Zweck des Antigravitons. Clark Gable reagierte jedoch skeptisch und rief den beratenden Physiker, Professor Poppenheimer, an den Apparat, der der deutschen Sprache mächtig war: „Ah, mein lieber Kollege, wie geht es denn? Natürlich kennen wir uns, wir haben doch schon in Alamo über diese Thematik diskutiert. Was gibt es Neues?“

Hier erklärte wiederum der Profillose sein Vorhaben und machte sein Angebot. Poppenheimer wandte ein: „Aber der zweite Energieerhaltungssatz ist doch absolut, den können Sie doch nicht überspringen.“ Professor X berichtete, wie man zwischen zwei Quantensprüngen in das Jenseits springen und wie er Einstein und Bohr materialisieren könnte, die ihm die Formel für die Umsetzung des Antigravitons in einen zweckdienlichen Apparat verraten hätten. Hier begann Poppenheimer doch skeptisch aufzuhorchen und drückte sich mit mehreren „hm, hm“ aus.

„Sie glauben mir nicht, Herr Kollege“, hüstelte Professor X, „ich werde es Ihnen beweisen. Mein Mitarbeiter, Herr Frey von Skrupel, ist soeben zurückgekehrt, und wir werden vermittels des Universaldetektors sofort einen Fußgänger in Ihrer unmittelbaren Nähe in die Luft katapultieren!“

„Sind Sie denn im Besitz des Universaldetektors“, fragte Poppenheimer wieder aufhorchend zurück.

„Aber natürlich, damit sind wir praktisch unbesiegbar. Aus Versehen haben wir schon einige Polizisten entschwebt.“

„Das stimmt, waren Sie das? Ich habe davon gelesen und gehört. Einige sollen sich in den vatikanischen Lazaretten befinden, der Papst persönlich hat sich ihrer angenommen.“

„Machen Sie mir ein konkretes Angebot, - sonst bekommt die Neo-UDSSR diesen Apparat. Man hat mir schon eine Million Dollar geboten.“

„Okay, ich werde mit Clark Gable sprechen. Er dreht allerdings gerade seinen letzten Film 'Das Erdbeben in San Francisco'. Aber ich rufe Sie in zwei bis drei Minuten wieder an.“

Das Gespräch wurde unterbrochen, und Theobald überlegte, ob er jetzt zu seinem Chef gehen und ihm ein volles Geständnis ablegen sollte. Nach den Ereignissen der letzten Nacht sah er die Chancen auf den erhofften Lehrstuhl zunehmend schwinden, - trotz der Zusicherung Hohlmanns. Kaum hatte er seinen Gedanken zu Ende gedacht, trat der Profillose in das Vorzimmer: „Der Detektor?“ fragte er, direkt auf Theobald zugehend. Dieser spürte ein Würgen in der Kehle, - aber noch schlimmer: die Tränen traten ihm in die Augen, hilflos faßte er nach seinem Bart - aber auch der gab ihm keinen Halt mehr.

„Der Detektor?!“ Der Profillose stand unmittelbar vor ihm, seine Augen glimmten kurz auf, „wo ist der Detektor? Sagen Sie nur, daß Sie ihn nicht haben!“ Er griff mit seinen Prothesen nach Theobalds Arm und kniff ihn mit der Kraft einer Eisenzange. Theobald schrie kurz auf und blickte hilfesuchend zu Fräulein Gillich. Diese aber hatte sich abgewandt und blätterte in irgendwelchen Papieren, - nein, von der war keine Hilfe zu erwarten. Da surrte das Telefon. „Die USA, Verteidigungsministerium..., Staatssekretär Windegg“, meldete die Sekretärin noch rechtzeitig, bevor Theobalds Arm dem stählernen Würgegriff erlegen und glatt durchgebrochen wäre. Der Nobelpreisträger riß den Telefonhörer an sich, offenbar war es ihm gleichgültig, ob Theobald neben ihm stand und das Gespräch mitanhören würde: „Secretary of State Windegg..., okay, okay, well, we discussed the whole thing at length with our CIC-officers. We do not trust you, it seems just to be some sort of bluff...“

Professor X machte ohne Erfolg das Neo-UDSSR-Angebot geltend, aber das Gespräch wurde abgebrochen.

Schneeweiß vor Zorn über das mißglückte Geschäft warf der sonst so beherrschte Physiker den Hörer hin und wandte sich Theobald zu:

„Das sollen die Idioten mir büßen! Auch daran sind Sie schuld! Zwei Millionen hatte ich kalkuliert, - jetzt bekomme ich gerade die Hälfte.“

Da signalisierte das Telefon - in Übereinstimmung mit der Informationsberechnung Shannons - die Dolmetscherin Anna Karenina, erste Vorsitzende der neuen nationalsozialistischen Partei der Neo-UDSSR.

Anna Karenina? wunderte sich Theobald einen Augenblick, - aber nach all dem, was ihm zugestoßen war, hörte er auf, sich zu wundern. Wieder vernahm er durch den Hörer, den der Profillose jetzt ohne Bedenken an sein Ohr hielt, ein wohl vom Wodka-Genuß auf Generalbaß gestimmtes Organ einer Dame, die in fließendem Ostdeutsch (Sächsisch) die Ankunft eines Hubschrauber-Jets für morgen mittag 12 Uhr, 3 Minuten ankündigte.

„Cash", rief Professor X in das mit Platingirlanden - nach neuester Pariser Mode „Maurice Chevalier" - verzierte Telefon.

„Rubelchen, Rubelchen?!" verlor der Nobelpreisträger seine Beherrschung, „diese Unverschämtheit! Die sind doch nichts mehr wert! Wo bleibt da die Humanität? Unser Gerät wurde unter ständiger Lebensgefahr, unter Strahlenüberbelastung entwickelt! Und die Energiekosten, den Thermodynamischen Satz zu durchbrechen und mit Einstein Kontakt aufzunehmen. Und jetzt..., Rubelchen! Die kriegen das Gerät nicht! Da verschenke ich es lieber an die Hottentotten in Alaska, - aber die sind ja leider ausgestorben. Nein, den Palästinensern werde ich es anbieten, der Arabischen Liga, da werden die Amis und die Neu-Russen schön blöd aus der Wäsche gucken!"

In seiner Wut wandte er sich wieder an Theobald: „Wo ist der Detektor?" pfiff er aus seinem rechten Eckzahn und packte Theobald wieder mit der Eisenkralle am Arm.

„Bei - bei der Polizei! Ich fiel in die Hände der Polizei..., auf dem Nachhauseweg... Ich konnte wirklich nichts dafür", stotterte Theobald.

„Bei der Polizei? Bei der Polizei?" gellte es aus der vor ihm aufgerissenen Mundhöhle, der ein übler Verwesungsgeruch entströmte. „Bei der Polizei? Sind Sie des Teufels?"

Eigentlich ja, durchschoß es Theobald mit merkwürdiger Klarheit. Hatte er nicht seine Seele an den Teufel verkauft? Was? Aber... Wie kam ihm ein so absurder Gedanke!?

„Das werden Sie mir teuer bezahlen... Kommen Sie sofort in mein Labor." Professor X riß die Türe auf und stieß Theobald in das Arbeitszimmer. Was stand dem Armen bevor?

XXII. Kapitel: Wunderbare Rettung des Kardinals

Als Runzelfroh aus seiner Betäubung erwachte, sah er sich in einem belanglos möblierten Zimmer irgendeiner Wohnung - wahrscheinlich war es das Eßzimmer, denn mehrere Stühle waren um einen Tisch in der Mitte gruppiert. Da aus einem gegenüberliegenden Fenster der Himmel sich leuchtend hob, auch Kuppeln und Kirchturmspitzen zu sehen waren, erkannte Runzelfroh sofort, daß er sich offenbar in einem höheren Stockwerk befand. Aber schon diese Überlegung hatte ihm heftiges Kopfstechen verursacht, so daß er einen Augenblick seine Augen schloß und erst jetzt bemerkte, daß er auf einem Stuhl saß, aber seine Beine nur wenig bewegen konnte. Nach diesen greifend, fühlte er die Ringe einer schweren Kette, die sich hinter dem Stuhl wahrscheinlich bis zur Wand schlang und dort befestigt war. Auch spürte er jetzt etwas seinen Mund umschließen: Zunge, Gaumen und Kehle waren trocken, die Zunge fühlte sich wie ein Kloß an - ja, über den Lippen lag so etwas wie ein Band. Natürlich, die Li7ppen waren zugebunden, das Band umwand seinen Nacken, er konnte weder sprechen noch aufstehen.

Was war passiert? Mühsam versuchte er seine Gedanken einzusammeln, seine Erinnerungen..., war er nicht beim Papst gewesen? Am Grab des heiligen Petrus? Im Weltall auf einem weißen Riesen? Halluzinationen... Illusionen...? Apollo mit der Coca Cola-Flasche? Dort unten, in seiner tiefsten Jackentasche, spürte er aber eine Flasche. Nein, das war nicht Coca Cola, - und plötzlich kam ihm die Erinnerung! Natürlich... Das war doch die Reliquie des Apostel Petrus, die er in einem unbewachten Moment an sich genommen hatte. Und dann war er überfallen worden..., im Taxi, von diesem bürstenhaarigen Hundedieb und Umweltschützer. Das war es! Man hatte ihn gekidnappt, um Lösegeld vom Vatikan zu erpressen. Wieviel wollten die Burschen haben? Eine Million Dollar? Nein, das würde die Kirche beim besten Willen nicht hergeben. Die Hälfte dieser Summe müßte aus der Sammlung „Hunger für die Welt" entnommen werden, weitere 50 Prozent würden aus Spenden rekrutiert werden, - und das ging zumindest gegen sein Gewissen. Also würde man ihn wahrscheinlich umbringen. Aber wie? Und womit?

Er hatte den Gedanken noch nicht an sein bitteres Ende verfolgt, als die Türe sich öffnete und ein zartes, dunkelhaariges, vielleicht elfjähriges, mit Glöckchen und Girlanden verziertes, bunt kostümiertes Mädchen, eine Mandoline in der Hand, in das Zimmer trippelte. Sie stellte sich vor den Kardinal, musterte ihn mit großem Erstaunen, faltete die Hände über ihrer Mandoline und rief ein über das andere Mal: „Povero Cardinale!" Sie erklärte ihm dann, sie wolle ihm etwas vorsingen, und begann, in der Vertonung Beethovens, das Lied „Kennst du das Land, wo die Zitronen blüh'n" mit süßer Kinderstimme ihm darzubieten. Es rührte Runzelfroh so heftig, daß ihm die Tränen in die Augen traten. Nachdem das Mädchen ihr Lied beendet hatte, streichelte sie ihm über Kopf und Hände, gab ihm sogar auf die Stirne einen Kuß und begann, den Tisch in der Zimmermitte zu decken. Die dazu erforderlichen Utensilien entnahm sie einem riesigen Büffet, das wie mehrere ineinanderverschachtelte Särge eine ganze Zimmerwand einnahm. Tischdecke, Servietten, Bestecke, Gläser, alles wurde schönstens hergerichtet. Kaum hatte sie die letzten Falten auf der blütenweißen Tischdecke zurechtgezupft, öffnete sich wieder die Türe und eine Familie trat ein, - der wohlbeleibte Vater an der Spitze, sich gelegentlich umwendend sprach er mit seiner ebenso wohlbeleibten Frau; mehrere Kinder folgten. Ohne den gefesselten Kardinal weiter zu beachten, wurde Platz genommen, das rote

Gewand der Mamma fiel dem Kardinal nicht weniger auf wie der schwarze Rock des Vaters, die grellbunte Krawatte über dem nicht ganz fleckenlosen Hemd verriet aufstrebendes Bürgertum. Der Vater blieb jedoch, das Tischgebet sprechend, vor seinem Stuhl stehen.

Was für eine reizende, fromme italienische Familie, dachte der Kardinal, der sie genau beobachtete. Eine ältliche Zugehfrau brachte die lecker duftende Minestrone, dieser folgten die bekannten Spaghetti. Lautes Schmatzen verriet, daß es der Familie schmeckte. Wein floß reichlich, auch die Dreijährigen bekamen davon nach Belieben. Wie litt der arme Runzelfroh unter Hunger! Und Durst! Nein, so fromm war diese Familie nicht, - und als er einige knurrende Räuspergeräusche von sich gab, ja, als sein Magen sogar vernehmlich sich bemerkbar machte, wandte sich ihm niemand zu. Während des Essens stellte der eine halbwüchsige Sohn den Fernsehapparat auf dem Büffet an, und sofort starrte die ganze Familie auf das Bild, der Vater drehte sich ganz um, nahm den Spaghetti-Teller auf den Schoß, und die lebhafte Unterhaltung war zugunsten des Fernsehens verstummt. Auch Runzelfroh konnte an der Schau teilnehmen und stellte fest, daß ja sein Überfall im Taxi bereits aufgenommen worden war! Er sah sich geknebelt und ohnmächtig auf die Autopolster sinken. Und jetzt sah er sich sogar gefesselt, im Stuhl angebunden, während die Familie leutselig ihre Spaghetti verspeiste. Das Ganze lief unter der Überschrift: „Der Friede in der Familie ist uns wichtiger als alle Politik“. Die Familie selbst erging sich in lauten Beileidsbekundungen und Ausrufen des Entsetzens, aber niemand wandte sich ihm zu. Auch Mignon schien ihn vergessen zu haben. Dann gab der Reporter einen kurzen Bericht über die finanziellen Möglichkeiten des Vatikans, seinen Kardinal freizukaufen, - eindrucksvoll wurden die dicken Tresore in der päpstlichen Bank gezeigt - aber die Forderung von einer Million Dollar erschien unerfüllbar. Nach Beendigung der Tagesschau wandten die Familienmitglieder ihre Köpfe nach dem Gefangenen, betrachteten ihn eine Weile schweigend, riefen unisono „Povero Cardinale“, und ihre Mahlzeit beendend standen sie auf, schlossen einen Kreis um den Kardinal, faßten sich an den Händen, begannen eine Art Ringelreihen zu einem von der Straße emporgeorgelten Walzer zu tanzen und sangen zu dieser Melodie im gebrochenen, teils unverständlichen Deutsch: „Kennst du das Land, wo die Zitronen blüh'n“.

Obwohl nach wie vor von Hunger gepeinigt, fühlte sich Runzelfroh durch diese Form menschlicher Anteilnahme wundersam gestärkt. Aber weder konnte er lächeln noch lachen, da ja sein Mund zugebunden war, - so konnte er sich nur durch heftiges Augenzwinkern dankbar zeigen. Dann räumten die weiblichen Familienmitglieder das Essen fort, sie verschwanden allesamt, die Türe schlug zu... Nur wenige Minuten blieb Runzelfroh allein. Polternd flog die Türe wieder auf, und der bürstenhaarige August schleppte in Begleitung noch anderer Kumpane einen an Händen und Füßen gebundenen..., ja wen? ...Wen herein? Den bekannten Senator Rossi, seinen guten Freund von der DC, einer der wenigen unbestechlichen Regierungsmitglieder der letzten, 1283sten Koalition. Rossi war mit ihm und Hieronymus im Priesterseminar gewesen, aber er hatte sich dann für ein Jurastudium entschlossen und war in die Politik abgewandert.

„Rossi, Rossi", wollte er dem massiv gebauten, jetzt schwer schnaufenden Freund zurufen, - aber er brachte ja keinen Laut heraus!

Jetzt wurde Rossi mit dem Bauch auf die Tischplatte gelegt - auf der noch einige Spaghetti klebten -, der Kopf baumelte in das freie Nichts herab, so daß er wenigstens mit leichter Drehung die Vorgänge in seiner Umgebung verfolgen konnte. Die Kumpane des Bürstenhaarigen - alle schwarzbärtig, von schmuddeligen Zottelmähnen umkränzt und mit grünen Pudelmützen auf dem Kopf - banden den Senator auf der Tischplatte fest. August, der Umweltfreund, holte einen Trommelrevolver aus der Tasche, hielt ihn Rossi an den Hinterkopf und rief dem Kardinal zu: „So ergeht es dir, wenn du nicht bis morgen früh eine Million Kies in Dollar angeschleppt hast!"

„Gnade, Gnade", wimmerte der in Todesangst sich windende Rossi. „Sie bekommen von mir alles, was Sie wollen, - nur nicht meine Frau!"

„Deine Parteikumpel haben dich elend angeschissen. Du hast die zehn Millionen nicht aufgebracht und wirst gleich ins Gras beißen!" Schon hielt August die Pistole an Rossis Hinterkopf. Aber ein anderer, Grünbepudelmützter rief: „Halt, Genossen, halt, bei Marx, Lenin, Trotzki und Stalin! Das Fernsehen wollte doch die Exekution filmen, das japanische, deutsche, italienische, amerikanische... Denkt doch, was sie uns für einen Haufen Geld angeboten haben! Der Polentepräsident wollte auch mitglotzen... Also wartet noch!"

„Stimmt", besann sich August, „aufgehoben ist nicht aufgeschoben. Du kannst noch ein paar Ave Marias sabbeln." Dann wandte er sich an den Kardinal: „Bimmel jetzt den Papst an... hier, nimm das Radiotelefon". Kurzfristig wurde dem Kardinal der rechte Arm gelöst und der Mundknebel entfernt. Ein schwarzbärtiger Mützengrünling schleppte den schweren Apparat mit Kopfhörer und Satellitenantenne zu Runzelfroh. Dieser nahm den Hörer, - ah, der Papst war schon auf der anderen Seite der Satellitenübertragung: „Aber mein teurer Runzelfroh", wurde die markig-säuselnde Stimme im Zimmer vernommen, „in was für Schwierigkeiten hast du mich und die Kurie gebracht. Wie konntest du nur ein Taxi nehmen, wo unser Herr nur einen Esel benutzt hat! Ist das die wahre Nachfolge Christi? Schäme dich! Nein, nein, diese Summe können wir nicht aufbringen. Du weißt doch, daß wir unsere Reproduktionsfreudigkeit zurückgesteckt haben und kürzlich schweren Herzens mit teuren Flugzeugen 100 Milliarden Präservative über Afrika, Indien, Malaysien und Südamerika abgeworfen haben. Das sind unsere ganzen jährlichen Einnahmen! Die Kirche ist arm! Mein Lieber, sei guten Mutes, nimm dir Hiob und die heiligen Märtyrer zum Vorbild! Ich verspreche dir, daß du als Märtyrer spätesten nach 150 Jahren von meinem Nachfolger seliggesprochen wirst. Übrigens..., mir ist die Flasche mit dem heiligen Petrus abhanden gekommen. Hast du sie vielleicht?"

Hier wurde das Telefongespräch durch die Ankunft des japanischen, deutschen, amerikanischen, italienischen usf. Fernsehens unterbrochen. Runzelfroh erkannte den deutschen Direktor wieder, der in bester Laune - vielleicht sogar etwas angeheitert - seinen Mitarbeitern Anweisungen zum Aufstellen der Kameras möglichst vor der unteren Gesichtshälfte des sich in Agonie windenden Senators gab. Dabei geriet er mit dem Produktionsleiter des japanischen

Fernsehens in Streit. Dessen Direktor - ein kugelrunder Pfannkuchen mit kamikazehungrigen Schlitzaugen - hielt dem Deutschen die Höhe der Angebote des japanischen Fernsehens an die grünen Pudelmützen vor, die weit die des deutschen überstiegen und mit der auch die Amerikaner nicht Schritt halten konnten. In diese Diskussion, die schon immer schärfere Formen annahm, legte das italienische und eidgenössische Fernsehen vermittels Ziehen, Verschieben, Drehen, Auf- und Abwinden seine Kabel. Der Tumult um die Priorität zwischen den einzelnen Gesellschaften wurde zunehmend ordinärer und handgreiflicher, das sich steigernde Geschimpfe wuchs zu einem regelrechten Getöse an. Schon packten sich der japanische und deutsche Direktor an Krawatte, Hemd und Jacke, taumelten unter den Tisch, unter den zur Exekution vorbereiteten Senator - bis plötzlich Stille durch das Eintreten des italienischen Polizeipräsidenten ausgelöst wurde. Dieser - eine schlankgewachsene, aristokratisch-römische Gestalt - trug glänzende Reitstiefel, eine weiße Lederweste, war über und über mit Goldfäden behangen und rief erstaunt - auf italienisch: „Aber meine Herren, das grenzt ja hier an Hausfriedensbruch und Eigentumsdelikt! Sie verkrempeln und verschmutzen den Teppich... Denken Sie doch bitte an die hier wohnende Familie!"

Woraufhin der deutsche und japanische Direktor, beide mit blutunterlaufenen, haßerfüllten Augen den Präsidenten um Schiedsspruch in ihrem Disput baten. Polizeipräsident Tortellini da Pazzo warf kurzentschlossen eine zwar hochgradig entwertete, aber doch zu diesem Zweck noch brauchbare 100-Lire-Münze in die Luft; Kopf war für Germania, Zahl für Giapone..., und Giapone gewann. Der Japaner holte tatsächlich seinen Harakiri-Krummdolch aus einer Jackenhöhle, packte ihn zwischen die Zähne, führte einen äffischen Triumphtanz auf, den er mit einem tiefen Ho-ho-ho-Gelächter untermalte. Dann stürzte er zu dem Senator, um die deutschen Fernsehkameras mit Fußtritten zur Seite zu stoßen. Erneuter Wirrwarr brach unter den Kabellegern aus, die sich gegenseitig im Hinblick auf die politische Einigung Europas die Nachteile ihrer jeweiligen Nationalität an den Kopf warfen.

Alles dies beobachtete der sich ebenfalls still und innerlich auf seinen Hingang vorbereitende Kardinal. „Das ist also die Menschheit, für die unser Herr Jesus Christus gestorben ist", flüsterte er vor sich hin. Glaubenszweifel, wie er meinte, längst überwundene, bestürmten ihn, - aber er bewältigte sie. „Nein", murmelte er weiter, „Christus ist nicht umsonst gestorben, er lebt und rettet die, die an ihn glauben... Aber wer glaubt noch an ihn?" Ohne diese Frage zu beantworten, sah er jetzt, wie der Polizeipräsident Tortellini da Pazzo die Terroristenbrigade der grünen Pudelmützen (es war die MCF, Maffios-Communisti-Faschisti) mit Handschlag begrüßte und seine Freude zum Ausdruck brachte, diese neue, bereits so erfolgreiche Gruppe schonungslos für Recht und Wahrheit sich einsetzender Idealisten kennenzulernen. Dann trat er zu dem Senator, versuchte ihm martialisch die Hand zu schütteln, - da diesem jedoch die Hände gefesselt waren, mißlang dieser Versuch. „Wie barbarisch", seufzte er und wandte sich an die grünen Pudelmützen, „Sie hätten doch die Hände nicht so fest verschnüren müssen, er hat ja schon Stauungen an beiden

Armen." Aber sein sanfter Vorwurf verklang ungehört, abgesehen von dem Sausen und Rasseln der Fernsehgeräte, die, alle auf den Polizeipräsidenten eingestellt, ihn ganz groß herausbringen wollten, da sie von der Pensionskasse der Polizeiinvaliden schon einen erheblichen Vorschuß erhalten hatten.

„Caro amico", wandte sich jetzt da Pazzo an den Senator, „wie fühlen Sie sich in dieser Lage? Scheußlich, scheußlich! Ich bin mir mit dem Heiligen Vater ganz einig darüber, daß die Welt immer schlimmer wird. Warum Sie Ihre vermögenden Parteifreunde nicht losgekauft haben? Aber Geld regiert die Welt!" Doch der Senator konnte nur einige qualvolle Jammerlaute von sich geben."

„Wann macht ihr denn endlich Schluß?" fragte der Polizeipräsident die Pudelmützen. „Lassen Sie doch einen Senator nicht so lange warten... Haben Sie doch bitte etwas Respekt vor der Staatsautorität!"

Jetzt näherte sich August der Bürstenhaarige wieder seinem Opfer, inzwischen hatte er seinen amerikanischen Trommelrevolver mit der effektiveren Wehrmachtspistole 0815 vertauscht. Alle blickten gespannt auf ihn; aber niemand hatte bemerkt, daß schon seit einigen Minuten zwei ungewöhnlich große Raben (Hugin und Mugin! Wer sonst?) sich auf die Schulter des Kardinals gesetzt hatten, ihm eifrig in das Ohr tuschelten, hin und wieder krächzten, sich unter den Federn kratzten und sich ungeheuer wichtig vorkamen. Sie waren durch das offene Fenster hineingeflogen, durch das sie aber jetzt sofort wieder entschwanden. Noch hatte der Bürstenhaarige die Pistole nicht unmittelbar in Genicknähe gebracht, als ein Donnerschlag und ein gelber Blitz ihn und alle Interessenten auffahren ließ. Da stand im Zimmer ein riesiger, bärenstarker Mann im Lendenschurz, ein Löwenfell über die Schultern geworfen, ein flammender Heiligenschein umstrahlte sein vor Zorn hochrotes Haupt. „Das ist der heilige Petrus, der heilige Petrus!" erscholl es bestürzt und wie aus einem Mund. Ja, er war es. Der Kardinal, von Hugin und Mugin in letzter Minute auf diesen Einfall gebracht, hatte mit der rechten Hand die Reliquienflasche geöffnet, - es war nach seinem Telefongespräch mit Hieronymus vergessen worden, die Hand wieder zu fesseln -, und Petrus hatte sich sofort materialisiert. Schon mit dem ersten Schwung seiner Keule hatte er sämtliche Fernsehkameras auf den Boden gefegt, mit einem zweiten Hieb den Tisch zerschmettert, so daß die den Senator umklammernden Stricke auseinanderfielen, der Senator, noch nach Atem und Sprache ringend, sich mühsam erhob, dem heiligen Petrus zu Füßen fiel, um ihm unter Tränen zu danken. Noch hatte Sankt Petrus die Keule nicht zum drittenmal erhoben, als der japanische und deutsche Fernsehdirektor ihm in den Arm fielen, der französische, amerikanische, englische und eidgenössische ihn an den Haaren, am Löwenfell und an den nackten, aber sehr stämmigen Beinen faßten: „Heiliger Petrus!" riefen sie fast unisono - bis auf den Japaner - „lassen Sie uns die Gelegenheit nicht verpassen, Millionen unserer Fernsehteilnehmer das einmalige Schauspiel eines wirklich Heiligen in unserer Zeit vorzuführen... Warten Sie mit dem dritten Keulenschlag bitte, bis wir die Kameras wieder hergerichtet haben!" In diesem Augenblick ließ der Löwe aus dem Löwenfell ein fürchterliches Brüllen vernehmen, sprang als ausgewachsener, löwenstarker Löwe von Sankt Peters Schultern herab und stürzte, ...ach, er zögerte und befand sich wohl in einem typischen Ambivalenzkonflikt, wen er zuerst anfallen und wahrscheinlich fressen sollte: den Polizeipräsidenten oder den bürstenhaarigen August, - um sich dann auf den letzteren zu werfen. Der sprang auf die Reste des zusammengebrochenen Tisches und rief aus: „Ich bin überzeugter gesellschafts- und umweltfreundlicher Atheist, es gibt keinen Gott und also auch keine Heiligen!" Der Löwe war durch diese Apostrophierung kurz sprach- und brüllos, wich vor dem Keulenhieb des heiligen Petrus zurück, der aber nicht den Bürstenhaarigen traf, sondern nur die Tischplatte vollständig zertrümmerte. Unter diesem Schlag stolperte der umweltfreundliche Atheist auf den Boden, seine Pistole entlud sich, die Lampe splitterte von der Decke, der Löwe machte jedoch eine Kehrtwendung und begann mit heraushängender Zunge an dem Polizeipräsidenten herumzuschnüffeln. Dieser sprang, bleich vor Schreck, auf einen Stuhl.

„Nemesis", rief Petrus dem Löwen zu, „laß den Idioten in Ruhe. Du weißt doch, daß dir Menschenfleisch nicht bekommt. Außerdem bist du getauft! Schäme dich..., und zurück auf meinen Rücken." Der Löwe gehorchte winselnd und widerwillig, nahm jedoch als Löwenfell neben dem Haupt des Heiligen wieder Platz. Nachdem Petrus diese drei Keulenschläge verteilt und sich der zahlreichen Fernsehdirektoren durch Schütteln, Knuffen und Fußtritte entledigt hatte, sah er, wie der Polizeipräsident seine Pistole zu laden versuchte. Allerdings erfolgte diese Prozedur nicht zielgerecht, vielmehr bastelte und nestelte Tortellini an verschiedenen Knöpfen herum, öffnete sogar den mit Reißverschluß versehenen Hosenlatz, um dort die vermißten Patronen zu suchen. Es blieb ohne Erfolg, er warf die Pistole auf den Boden, holte ein weißes Taschentuch hervor, winkte damit und rief: „Waffenstillstand, ich ergebe mich der höheren Gewalt des heiligen Petrus!"

Und der bürstenhaarige Chef der Fraktion „MCF", - was war aus ihm geworden? Nachdem er sich vorübergehend unter einem Stuhl versteckt hatte, kroch er hervor und überreichte Petrus ein Flugblatt. „Eure Schrift kann ich nicht lesen!" entfuhr es dem nach wie vor zornigen Heiligen. „Gib mir das auf Aramäisch oder Griechisch, anderes verstehe ich nicht." Der Bürstenhaarige las ihm vor: „Ich bitte um Entlassung, da ich ausschließlich im Dienst von Recht und Wahrheit stehe, der Zweck bekanntlich die Mittel heiligt. Ich erinnere an berühmte Vorbilder, wie Calvin und Torquemada."

„Faß ihn, Nemesis", rief Petrus laut hallend, „pack ihn!" Das Löwenfell sprang herab, - aber es war zu spät. Schon hatte August das Fenster geöffnet und sich an der Regenröhre heruntergelassen. Mit hechelnder Zunge starrte ihm der Löwe aus dem Fenster nach, rollte die Augen, brüllte dreimal kurz auf, aber dort unten in der Menschenmenge war von dem Bürstenhaarigen schon nichts mehr zu sehen.

Jetzt stürmte plötzlich die Familie - offenbar die Wohnungsinhaber - in ihr Eßzimmer, vorneweg der Familienvater, dann die rot bekleidete Mutter und die übrige Kinderschar. Sie warfen sich heulend auf die Reste des Tisches und klagten: „Was sollen wir ohne unseren Eßtisch machen, wo sollen wir im Namen Gottes, der Madonna und aller Heiligen noch essen! Wer ersetzt uns diesen Schaden, da unsere Einnahmen durch die Pudelmützen nur tausend Dollar pro bei uns durchgeführter Exekution betragen! Bei der derzeitigen Inflationsrate reicht das nicht hin noch her!"

Jetzt aber ging die Geduld des schon schwer geprüften heiligen Petrus zu Ende. Er berührte jeden der Familienangehörigen mit seiner Keule, worauf diese sich in einen Schwarm fetter Ratten verwandelten, die aus dem Zimmer die Treppe herab in den Keller schossen. Nur das Mädchen, das dem Kardinal das Mignonlied vorgesungen hatte, war von der Metamorphose verschont worden.

„Darf ich als getaufter Löwe wenigstens Ratten fressen?" schwanzwedelte Nemesis.

„Los, mach' dich fort, friß dich an den Ratten satt, dann ersparst du dem Teufel die Arbeit, mit ihnen die Hölle einzuheizen", erwiderte Petrus, zum erstenmal mit gläubigem Augenaufschlag. Mit einem Satz war das Löwenfell wieder zum Löwen geworden, der aus dem Eßzimmer sprang und einen langen Faden saftigen Speichels hinterließ.

„Ruhe jetzt", schlug Petrus mit der Keule auf den Boden, daß der gesamte Papp-Beton des Wohnblocks aus den Fugen geriet. „Ruhe!" Denn die verschiedenen Fernsehkameramänner hatten sich zusammengerappelt und begannen ihre Objektive auf den Heiligen zu richten. „Weg mit den Kameras, sonst verwandle ich euch in medizinische Blutegel, und ihr könnt euch an die nächste Apotheke verkaufen! Ja, ich bin Petrus, Sankt Petrus, aber durch meine Verleumdung des Herrn bin ich in diese Flasche 2000 Jahre verbannt gewesen. Jetzt aber ist der Tag der Befreiung gekommen, da ich mit dieser Tat zwei Unschuldige vom gewaltsamen Tode errettet habe!" Hier stürzte der gebannt auf ihn starrende Rossi wieder zu ihm, bedeckte ihm Füße und Hände mit heißen Küssen. „Ja, ja, gerettet! Petrus, und was für eine Freude hast du meinen Parteifreunden gemacht, die ihr Geld gespart haben und ich dennoch am Leben blieb!"

Jetzt erhob sich auch Runzelfroh von seinem Stuhl, denn es war ihm durch emsiges Nesteln gelungen, vermittels der einen freien Hand seine Kette von der Wand abzuschrauben. Er lief zu dem Heiligen und rief: „Ja, Petrus, - und dein Nachfolger auf dem heiligen Stuhl hat eine Million Dollar gespart!"

„Ist denn in dieser Welt alles käuflich?" rief Petrus verzweifelt aus und hielt sich anstatt der Hände die Keule vor die Augen, wischte sich mit dem Lendenschurz die Tränen ab: „Ist denn in dieser Welt alles käuflich? Ach, es fing ja schon mit den dreißig Silberlingen des Ischarioth an... Und wieviel Millionen Exemplare wurden allein von der Bibel verkauft! Weh, weh über diese käuflich-verkäufliche Welt!" Und er ließ sich auf einem der noch nicht umgestürzten Stühle nieder. „Das tut gut, nach 2000 Jahren Aufenthalt in einer Flasche wieder einmal auf einem Stuhl zu sitzen. Wer?" so rief er aus, daß das inzwischen gesättigte und zurückgekehrte Löwenfell sich sträubte. „Wer war schuld am Sündenfall?" Er rief so laut, daß eben dieses gesättigte, ruhebedürftige Löwenfell wieder zum Löwen wurde und ihn anbrummte: „Petrus, Alter, mach's nicht so dramatisch! Denk' an deinen Vorläufer Herakles, der sich immer so aufregte, bis er davon verbrannte. Aber wenigstens hast du dich nie wie Herakles mit dem Weibervolk eingelassen", tätschelte ihn der Löwe liebevoll mit seinem Schwanz.

„Oh", erwiderte Petrus besinnlich, „ich kannte den Zentauren Nessos doch noch persönlich, aber laß uns nicht von vergangenen Zeiten sprechen, es genügt, daß Wotan und Barbarossa noch immer leben. Halt! Was macht ihr denn schon wieder?" rief er zornig den Kameramännern zu, die ihn schon wieder einfangen wollten. „Jetzt langt es mir!" Die Keule schwingend ließ er sie auf die Kameras heruntersausen, die endlich, wie von einer Granate getroffen, in tausend Splitter sprangen.

„Schadenersatz!" jaulten und bellten der japanische und deutsche Fernsehdirektor. Aber angewidert wandte sich Petrus ab, ging zu Runzelfroh, drückte ihn liebevoll an sein Herz und sagte: „Du hast mich befreit, - nun muß ich nicht mehr in die Flasche zurück. Sei gewiß, daß ich dich bevorzugt in das Paradies einlassen werde, um dort endlich meine Stelle als Portier einzunehmen." Gesagt, getan, - auf zwei in den Mund gesteckten Fingern erscholl ein Pfiff, und durch das offene Fenster schwebten Hugin und Mugin herein, Petrus griff nach ihren Beinen, und nach kurzem Aufwinseln des Löwenfells erhoben sich die beiden Raben und trugen Sankt Peter weit in den Himmel empor.

Das Erstaunen der Anwesenden in Anbetracht dieser Ereignisse war erheblich. Am meisten wurden der japanische und deutsche Fernsehdirektor ergriffen, die in ein langanhaltendes Klage-Schimpfen ausbrachen, weil ihnen eine so einmalige Szene entgangen war!

Der von seiner Fesselung befreite Runzelfroh dagegen hatte sich in einer Ecke des Zimmers verkrochen, um dort in aller Stille - soweit von dieser überhaupt in dem allgemeinen Spektakel die Rede sein konnte - den himmlischen Mächten, Hugin und Mugin eingeschlossen, für seine wunderbare Rettung zu danken. Obwohl liberaler und gelegentlich ungläubiger Katholik (in seinem Amt konnte er sich das erlauben), hatte er an der Wirksamkeit des Heiligen nie gezweifelt, und sie war ihm in wunderbarer Weise neu offenbart worden. Aber wie sollte es weitergehen - so fragte er sich in seiner Kontemplation. Die Hoffnung, daß Sankt Peter die Physiker ähnlich traktiert hätte, wie hier die Fernsehspezialisten, bestand nicht mehr. Petrus war nun für den Rest des Aions an die Paradiespforte gestellt, und ein weiteres Eingreifen in das Menschengetümmel war nicht zu erwarten. Wie sollte er überhaupt nach Pilzweiher gelangen, mittellos, wie er inzwischen geworden war, - ohne die Vatikan-Bank und seinen Freund Hieronymus wieder in Anspruch zu nehmen? Nach Pilzweiher aber mußte er unbedingt zurück, denn er spürte, wie das Unheil nahte, sich verdichtete und immer schnellere Entschlüsse forderte. Was war inzwischen aus Wotan geworden, was aus dem verhängnisvollen Theobald, - wie wäre dessen Seele vor einer endgültigen Vernichtung zu retten? Und sein geliebter Rasputin? Müßte er nicht zu allererst in die Weißwaldklinik eilen..., fahren, fliegen, um ihn zu retten? Aber er hatte noch nicht die Möglichkeiten seines Eingreifens durchdacht, als heftige Flügelschläge und vertrautes Gekrächze ihm die erneute Ankunft von Hugin und Mugin ankündigten. Wenige Minuten später waren die seit Urzeiten unverdrossenen Raben vom Fenstersims auf den Tisch gesprungen, um schnarrend, kichernd, gackernd, immer von einer Kralle auf die andere hüpfend, ein neues Tänzchen aufzuführen:

„Zum Bösen hat sich das Schicksal gewendet,
grausam ist der Detektor entwendet.
Mit Amis und Sowjets wird schon gehandelt,
das Antigraviton ist fast verbandelt.
Theobald ist im Käfig gefangen,
sein Ende naht mit Grausen und Bangen.
Erretten kann uns, oh weh, nur ein Wunder,
darauf reimt sich leider nur noch Holunder.
Dein Dackelchen lebt, wir wollen's befreien,
zwischen Weißwaldklinik und bunten Schalmeien.
Blinkmann hat ihn noch nicht seziert,
vorsorglich nur als Revoluzzer kastriert."

Diese mehr getragen-epischen Verse hatten die beiden Raben jeweils am Zeilenende mit entsprechendem Spagat ihrer Krallenbeine vorgetragen, was auf Runzelfroh seinen Eindruck nicht verfehlte. Kurzentschlossen griff er in das Gefieder, wurde mit einigen Schnabelhieben eines Besseren belehrt: nämlich die Beine zu fassen, - und auf ging es zum Fenster und in die Himmelsluft. Ein Blick auf Rom zurück: Hieronymus war nicht zu sehen, aber der Polizeipräsident da Pazzo tanzte Arm in Arm mit den grünen Pudelmützen die Straße herab, und was sangen sie? Die „Facetta nera", das schmissige Faschistenlied der Mussolini-Zeit!

XXIII. Kapitel: In Schrödingers Blackbox

Es half Theobald kein Klagen, kein Jammern, nicht einmal ein Hilferuf nach Fräulein Gillich. Professor X und seine beiden Assistenten, Klaus und Wilhelm, hatten Theobald kurz, fest und entschlossen gepackt; der eine hatte ihm die Beine mit geschicktem Judogriff vom Boden gezogen und hielt sie fest umschlungen, der andere umklammerte den rechten Arm, der Professor persönlich krallte seine Prothese in den linken.

„Es war nicht meine Schuld, es war nicht meine Schuld", beteuerte Theobald, „daß der Detektor in die Hände der Polizei fiel", aber die Entschuldigung half ihm nicht. Schon befürchtend, daß man ihn einfach in die Atomschmelze werfen würde, um ihn dort in Sekundenbruchteilen zu veraschen, wurde er jedoch an einen großen, schwarzen, sargähnlichen Kasten geschleppt, der an den Wänden und auch im Deckel Löcher aufwies, vergleichsweise den

Zigarrenkisten, in die auch Theobald als Kind Käfer eingesperrt hatte. Der Unglückliche wurde gefesselt und geknebelt, jedoch humanerweise gab man ihm zu verstehen, daß zu Eß- und Trinkzwecken der Knebel entfernt werden würde, - der Deckel von der schwarzen Kiste war schon entfernt, und richtig erkannte Theobald, daß es sich um die berühmte Blackbox der Wissenschaft handelte. In die Höhe gehievt, ließ man ihn auf den Boden der Kiste herunter. Über seinem rechten Fuß - er konnte sich gerade auf dem Boden ausstrecken - befand sich ein Geigerzähler, über dem linken Fuß dagegen eine Mini-Uran-Strahlanlage, die zweifellos radioaktive Strahlung abgab. Mit verzweifelt zum noch nicht geschlossenen Deckel gewandtem Blick sah Theobald die drei Gesichter der Physiker ihn höhnisch betrachten, ihre Blicke glimmten wie todeskalte Glasaugen, die Mundwinkel der zusammengebissenen Lippen verzogen sich zu einem Unisono-Grinsen. Professor X erhob seine notorisch schnarrende Stimme:

„Sie befinden sich, geschätzter Herr Kollege, in der Blackbox, vermittels derer unser zu früh verstorbener, verehrter Kollege Schrödinger sein sinnreiches Experiment veranstaltete, das populär 'Schrödingers Katze' genannt wird. Es bewegt sich auf Sie ununterbrochen ein Strom radioaktiv zerfallender Uranpartikel zu, und nach der Quantentheorie ist nicht zu entscheiden, ob Sie unter der Einwirkung derselben verenden oder am Leben bleiben bzw. dem Kopenhagener Abkommen entsprechend beides sich gleichzeitig ereignen kann. Sie dürfen, falls Sie noch am Leben sind, alle drei Stunden einen Klingelknopf unter Ihrer rechten Hand betätigen, um sowohl Essen als auch Trinken zu erhalten und Ihre Notdurft zu verrichten. Die letztere betreffend, befindet sich eine zweckentsprechende Vorrichtung direkt unter Ihrem Gesäß, so daß Sie Ihre Lage nicht verändern müssen. Wieviele Tage oder Wochen wir Sie diesem wissenschaftlich hochkarätigen Versuch aussetzen werden, hängt von der Entwicklung Ihres Zustandes ab. Neigen Sie nach einer bestimmten Zeit zum Verscheiden, werden wir die Gesetze der Natur nicht beeinflussen. Sind Sie in vielleicht drei bis vier Wochen noch am Leben, werden wir Sie, wenn auch bedauerlicherweise strahlengeschädigt, entlassen. Und vergessen Sie nicht..., wir haben Sie gewarnt... Herrgottsakra“, unterbrach der Nobelpreisträger seine Ausführungen, „da ist ja schon wieder die verfluchte Einstein-Brille... Auf..., Klaus, Wilhelm, jagt sie, holt die Katodenpistole VWGLX..., ruft Dr. Fallstrick an..., Professor Hohlmann! Es langt!“

Der Deckel wurde zugeworfen, Theobald fühlte sich in der Tat bereits mehr tot als lebendig in seinem Gefängnis. Durch das Dunkel fielen nur wenige Lichtstrahlen, die durch die Maikäfer-Luftlöcher Einlaß gefunden hatten. Aber - was zuviel war, war zuviel! Er war nicht mehr in der Lage, sich über die Ereignisse der letzten Stunden Rechenschaft abzulegen, von seinem Besuch im Haus des Präsidenten, von seiner Begegnung mit Lizzie und Aikino bis zu der mit dem Glaciologen Winnetou, dem Auftauchen seiner Eltern, seinen nicht existierenden fünf Kindern, seiner Verhaftung, den Ereignissen im Polizeipräsidium... Das alles zog in wirren Bildfetzen an ihm vorbei, so daß er in jenen unangenehmen Zustand verfiel, der in der Tat ein Zwischen von Traum und

Tiefschlaf war, er in diesem nicht einmal das Ticken des Geigerzählers vernahm, der ihm anfänglich wie das Abzählen seiner letzten Lebensminuten vorgekommen war. Aber dieses Erinnerungswirrwarr wich bald einer tiefen Dunkelheit. Nachtschwarzes Licht umgoß ihn, - tiefer und tiefer glitt und fiel er..., wie schon einmal..., wann? Vielleicht vor tausend Jahren? Es war ein langsames Sinken, ein angenehmes Schweben, das ihn aus der Zerrissenheit und Angst seiner Erinnerungsbilder löste. Jetzt hörte er wieder von fern Stimmen und Stimmengewirr: „Hurra, hurra, Theobald Frey von Skrupel, Nobelpreisträger für Molekularpsychiatrie, Erfinder des Kadaveroskops! Er braucht zehn Lehrstühle und zehn Institute, um seine genialen Ideen im Dienst der progressiven Molekularpsychiatrie zu verwirklichen... Heil dir im Siegerkranz“, erscholl die Kaiserhymne aus Urgroßvaters Zeiten, und es war ihm, als ob tausend Hände ihn im Triumph durch..., ja, durch New York trugen, durch Harvard, durch Princeton, durch Berkeley am Pazifischen Ozean. Er hatte es geschafft! Aber da ließ das Triumphgeschrei nach..., verhallte, die Bilder flauten ab, und jetzt sah er sich wirklich im Kinderbett liegen. Dort standen Papa, Mama und seine fünf Schwestern: Kunigunde, Rachilde, Schwertjunga..., die Namen der beiden Kleinen hatte er vergessen. Sie standen um sein Kinderbett und sangen feierlich und getragen: „Heil dir im Siegerkranz“, nach der bekannten Melodie von God save the King, denn der deutsche Kaiser und der König von England waren doch Verwandte gewesen und besaßen die gleiche melodisch ergreifende Nationalhymne. Aber das schöne Traumbild schwand, eine nur zu vertraute Katzenstimme gellte auf: „Mach Schluß, Theobald, mit diesem sentimentalen Quatsch! Komm zu dir selbst! Sei ein Mann!“ Lizzie saß ihm auf der Brust, ihr nicht so erquickend-duftender Rachen befand sich direkt über seiner Nase, zwei grünglühende Augen starrten ihn an. Nein, das war nicht Lizzie, das war der Tiger Säbelzahn aus seinem Kinderbuch. Er saß auf ihm, knurrte, fletschte die Zähne, peitschte mit dem Schwanz auf den Boden. „Du bist verblendet, du wirst nie aus dem Käfig kommen, wenn du nicht ein anderer wirst! Nie! Nie!“ Der Rachen über ihm öffnete sich, die weißen Zähne blitzten auf, die rote Zunge fuhr an dem Gebiß entlang, ...tief, tief hinter dem Rachen spaltete sich der Gaumen. Jetzt hingen die Zähne wie Tropfsteingebilde weiß aus dem roten, pulsierenden Fleisch herab. Es wurde enger und enger, und der heiße Atem des Raubtieres stieß ihm stinkend entgegen. Es wurde um ihn nicht nur heißer und heißer, sondern auch wieder dunkler, enger und enger. Wenn er nur eine Taschenlampe bei sich hätte, um das Getaste seiner Hände und Füße besser zu kontrollieren, die über dem Rachenschlund, auf dem glitschigen Gekeuche, dem röhrenden Atem hin und her rutschten. Jetzt war es passiert, er glitt aus und fiel kopfüber in den Abgrund, in den Schlund, der ihn jetzt wie ein Panzer umklammerte und eisern festhielt. War das das Ende? Über der jähen, irrsinnigen Angst, die ihn jetzt ergriff, wie er sie noch nie in seinem Leben erfahren hatte, verlor sich sein Bewußtsein. Es war aus. Aus und mausetot! Als er wieder nach unendlicher Zeit zu sich kam, - so schien es ihm -, hatte sich der Rachen geöffnet, und die Zähne hingen jetzt als Sterne an dem riesigen Firmament der schwarzblauen Nacht.

Aber da war noch etwas anderes: er lag nicht alleine auf einer Wiese unter dem Nachthimmel. Mit seinem Blick, wie ein Vogel über die Wiese streifend, sah er sich, den Theobald, als immer denselben in den verschiedensten Stellungen: einmal lag er mit dem Arm unter dem Kopf, dann mit angezogenen Knien seitwärts auf dem Bauch, ...sein Körper, seine Körperteile, Arme, Beine - alles war über die Wiese gestreut! Als er anfing, sich selber zu zählen, gab er rasch auf. Unendlich viele Theobalds lagen da. „He, Theobald", rief ihm der eine Theobald zu, „woher kommst du so spät?" Ein anderer Theobald reckte sich, drehte sich auf den Rücken und rief: „Suchst du wohl die Lizzie?" Der mit angezogenen Knien, halb aufrecht sitzende Theobald grinste spöttisch: „Ist wohl aus mit dem Lehrstuhl und dem Nobelpreis?" Am hintersten Ende der Wiese hob wieder ein Theobald den Kopf: „Wirst wohl in der Blackbox verschmort?" Ein fünfter Theobald begann zu lachen, ein sechster irgendwo hinter ihm begann gar zu pfeifen: „Wahn, Wahn, alles ist Wahn."

Oh, wunder-, wunderbar, Theobald sah sich nicht nur unendlich vervielfacht, sondern auch die Theobalds sahen ihn ebenso vervielfacht, - und wenn sie sich über ihn unterhielten, dann unterhielt er sich mit den Theobalds über sich selbst. „Du bist eben aus dem Tiger gesprungen..., ich bin aus dem Tiger gesprungen..., er ist aus dem Tiger gesprungen..., wir sind alle aus dem Tiger gesprungen! Wer sind wir, wer sind ich? Wieviel Kilohertz wiegst du, Theobald? Welchen Theobald meinst du? Ich meine mich, nein..., ich meine dich..., warum fragst du dich, wenn du mich meinst? Ich meine ihn, aber er meint mich, ...aber dich ist doch mich..., nein, er ist nicht mich, sondern wir sind alle ein Ich..., viele sind einer..., einer ist viele..."

Wie sollte er die vielen Theobalds wieder zusammenbekommen? Armer Theobald! Alle Theobalds richteten sich plötzlich auf und zeigten mit ausgestrecktem Arm und Zeigefinger auf ihn, den liegenden Theobald, aber der sprang auch auf, und es war wieder nicht auszumachen, welcher Theobald eigentlich welcher Theobald war..., außer daß sie plötzlich fragten (unisono): „Wen liebst du eigentlich, Theobald - Lizzie? Aikino? Nein, seinen Lehrstuhl! - Schäm' dich!" Und alle Theobalds streckten jetzt beide Arme aus und rieben mit der bekannten Geste die Zeigefinger übereinander. „Schäm' dich!" Theobald schlug die Hände vor das Gesicht, - alle Theobalds schlugen die Hände vor das Gesicht. Er dachte: Jetzt bin ich verrückt geworden. War das der Strahlenschaden, die einsetzende Leukämie? Die Angst wurde immer irrsinniger..., er schlug und strampelte mit den Beinen, die Theobalds verschwanden, aber die Stimme des Profillosen pfiff durch eines der Luftlöcher: „Wachen Sie auf, Sie machen noch die Uranzelle kaputt. Hier..., hier..., nehmen Sie den Schnaps zu sich!" Und Theobald sah, wie sich durch eines der Maikäferlöcher ein Saugröhrchen seinem Mund näherte. Gierig lutschte er, ...ein widerliches Gebräu! Wollte man ihn vergiften? Er schloß die Augen..., und schon sauste er wieder in die Tiefe.

Jahrtausende waren inzwischen vergangen, seit er noch Professor und Lehrstuhlinhaber werden wollte. Das war irgendwo im 17. Jahrhundert vor Christus oder in der dritten ägyptischen Dynastie - 2800 vor Christus - gewesen. Aber da..., war das nicht wieder Mayas Stimme und Wagners herrliche Harfenakkorde? „Wahn, Wahn, alles ist Wahn. Ich ist Wahn, du ist Wahn, mein ist Wahn, dein ist Wahn, eins ist Wahn, viele sind Wahn!" War das nicht die Melodie der Gralserzählung aus dem Lohengrin, die Melodie, die ihm als kleiner Junge, wenn der Vater sie über das häusliche Klavier klimperte, schon die erste Gänsehaut über den Rücken gehuscht hatte? Lag er wieder auf der Wiese? Lagen da wieder diese vielen Theobalds? Er richtete seinen Kopf auf: Da kamen Wotan und Maya Arm in Arm auf ihn zu. Wotan im Frack und Zylinder auf dem Kopf, Maya im flatternden Schleiergewand. Nein, er lag nicht mehr auf der Wiese, sondern stand auf einem großen Schachbrett, neben ihm und ihm gegenüber, rechts und links, hinten und vorne standen wieder lauter Theobalds, mit dem gleichen dümmlich-verwirrten Gesichtsausdruck, dem gleichen Bart, den gleichen aufgerissenen Augen..., und genau 24 an der Zahl. Er sah sich um; hinter ihm stand Rumpelmauser, ihm gegenüber, auf der anderen Seite des Schachbretts, Maya. Es sollte wohl ein großes Schachspiel beginnen? Wer zog, wer schob? Hier zog Rumpelmauser ihn und alle Theobalds, dort gleichzeitig Maya auch ihn und alle Theobalds, hier schob ihn Maya, dort zog Rumpelmauser. Mit jedem Zug, mit jedem Schub fühlte er einen Stich im Herzen, mit jedem fallenden Theobald, gleichgültig, ob Bauer, Läufer, Turm oder Königin, - mit jedem Sturz drang der Schmerz tiefer in sein Innerstes, dehnte und spannte sich aus, als ob er ihn verbrannte, als ob mit jedem Atemzug einiges Feuer in die Lunge strömte. Aber das war nicht das Schlimmste. Das Schlimmste war, daß er sich nicht bewegen konnte, nicht den Arm heben, nicht ein Bein vor das andere zu setzen vermochte, sondern wie gefesselt einmal geradeaus, dann rechts, dann links gezogen oder geschoben wurde, und jeder, den er von dem Schachbrett stieß, war ein blasser, etwas aufgequollener bärtiger Theobald.

Wie lange zog das Spiel sich hin? Hier gab es keine Zeit mehr, da war nur irgendwo eine ferne, dunstige Sonne aufgegangen, die jetzt schon hoch über dem Schachbrett stand, - bis er plötzlich das „Schach dem König" vernahm. Er stand in der Ecke des Schachbrettes und sah sich gegenüber in der anderen Ecke; jemand gab dem König einen Stoß, und der König gab ihm einen Stoß. Dann stand er ganz allein auf dem Brett. Mutterseelenallein. Wotan und Maya waren entschwunden, von irgendwoher tönte noch das „Wahn, Wahn, alles ist Wahn", bis auch dieser Gesang wieder einer gläsernen Stille, einer bleiernen Lautlosigkeit wich. Er spürte wieder seine Hand, er konnte sie heben, auf das Herz legen, ...da waren keine Schmerzen mehr, kein Brennen, sondern nur eine Leere wie ein ausgeglühtes Loch. Wer war er jetzt? Einer oder viele? Wo war er, was war er? Es fiel ihm so etwas wie eine Blindheit vor die Augen, wie ein dunkler Schleier; zum erstenmal in seinem Leben begann er sich selbst zu sehen: Was war er denn anderes als ein elender, überangepaßter, ehrgeizigverblendeter Karrierist? Ein halbarrivierter Kaspar Milchtoast mit Rosinen im Kopf und einer kalten Rakete im Hintern? Was war denn die nackte Wahrheit? Daß er mutterseelenallein auf einem Schachbrett stand und lebenslänglich geschoben und gezogen wurde. Plötzlich sah er Aikino vor sich, ihre Augen schossen Blitze, ihre Hände schüttelten und rüttelten ihn: „Mensch, Theobald!

Komm endlich zu dir! Werde der du bist und vernichte den Physiker!“ Er versuchte langsam die Augen zu öffnen, die Wimpern waren qualvoll verklebt, - endlich gelang es ihm. Da lag er in der Blackbox! Ein elendes Versuchskaninchen, er, der Wissenschaftler als Versuchskaninchen... Und so etwas wie ein grimmiges Lachen überfiel ihn, das plötzlich von einem donnernden Motorengeheul, peitschenden Schüssen, Stimmenwirbel und Schreien übertönt wurde. Er riß sich empor, schnitt sich die Fesseln in Hände und Füße, kam mehr und mehr zur Besinnung... „Hilfe! Hilfe!“ Es war ihm gelungen, den Knebel auszuspucken und in den Motorenlärm hineinzuschreien. Aber der Krach war schon verebbt. Er strampelte seinen Kopf frei und blickte durch eines der Luftlöcher. Da rannte der Assistent Klaus in das Labor, hinter ihm schrie Professor X mit einer Pistole in der Hand: „Sie Idiot, ich knalle Sie wie einen toten Hund ab! Den Hubschrauber mit dem Antigraviton hochgehen zu lassen...!“ Klaus warf sich dem Profillosen vor die Füße und sprudelte wie ein Uhrwerk: „Bitte, bitte nicht schießen! Ich habe Frau und Kinder, bin ein liebender Vater und übe regelmäßig den Geschlechtsverkehr aus!“

„Ihre Familie ist doch pensionsberechtigt, eine gute Lebensversicherung haben Sie auch noch, - legen Sie sich hin, daß ich Ihnen den international patentierten Genickschuß erteilen kann, - los, dalli!“ erwiderte Professor X, der seine Fassung schon wiedergewonnen hatte. In diesem kritischen Augenblick jedoch stürzte ein General in den Raum, ordensgeschmückt mit praller Korsettbrust, riß dem Physiker die Pistole aus der Hand und rief in gutem Deutsch: „Bürger, Citoyen, Physiker, Väterchen! Deine Erfindung ist einmalig... Einmalig...! Was macht es, daß Hubschrauber und Verteidigungsminister tot? Aber deine Erfindung ist viele, viele Goldrubelchen wert. Alles, was nicht mehr nationalistisch ist, antigravitonieren wir..., erst Ukraine, Rußland, Mongolei - Europa - Amerika - dann bricht endlich Paradies an! Genosse, Citoyen, sei umarmt!“

XXIV. Kapitel: Der Kardinal in der Weißwaldklinik

„Weißwaldklinik“, riefen Hugin und Mugin wie aus einem Schnabel und setzten zum Sturzflug auf den imposant-rustikal gehaltenen Gebäudekomplex an, der sich, von baumtragenden Wiesen umgeben, einladend aus sanft schweifenden Hügeln und Wäldern erhob. Schon dieser Anblick mußte Todkranken zur Genesung verhelfen. Runzelfroh hatte in ständiger Sorge um seinen treuen Begleiter Rasputin die Raben gebeten, ihn zu dieser weltberühmten Klinik zu tragen, bevor er sich weiter dem Kampf um die Erhaltung der Menschheit stellen wollte. Auf zwei ehrwürdige Tannenwipfel sich zurückziehend, überließen die Raben den Kardinal der Empfangsdame, die rauschend mit geblähten Nüstern und ebenso geblähter Schwesternhaube heransegelte. In ihrem

Gefolge befand sich die nicht weniger imposante Schwester Hildegunde, Fieberthermometer und Blutdruckmesser in den Händen balancierend.

„Herr Kardinal, Herr Kardinal, was für eine Ehre, Sie in unserem bescheidenen, aber echt deutschen Familienbetrieb zu begrüßen...! Hoffentlich nichts Ernstes? Bitte nehmen Sie doch einen Augenblick im Wartezimmer des Chefs Platz. Herr Professor Blinkmann ist gerade mit einem psychotherapeutischen Kaiserschnitt zugange und wird nach erfolgreichem Abschluß desselben ganz zu Ihrer Verfügung stehen. Ihre Ankunft hat uns schon der Türmer Lynceus angekündigt, der sich hier seit Goethes Zeiten bestens konserviert hat."

Der Kardinal folgte Schwester Hildegunde in das musterhaft polierte Wartezimmer (drei Fernsehapparate), um auf einer der individuell handgeschnitzten Sitzgelegenheiten Platz zu nehmen. Duftende echt Weißwälder Arbeit! Schüchtern fragte der Kardinal nach dem Verbleib seines Dackels Rasputin.

„Raaasputin", erwiderte Schwester Hildegunde mit wogendem Körperoberteil, „Raaasputin? Nein, dieser Name kommt unter unseren Patienten, aber auch in unserer Hundeabteilung nicht vor. Sie wissen doch, daß wir unseren Hunden einmalig patentierte, regenerative Hormone aus der Vorstecherdrüse entnehmen. Das hohe Alter der meisten unserer Patienten, von denen viele schon das hundertste Lebensjahr überschritten haben, die zum Teil noch an den Verwundungen aus dem preußisch-französischen Krieg 1870/71 leiden, gab Professor Blinkmann den Einfall zu dieser segensreichen Operation, der er seinen internationalen Ruf verdankt. Wir transplantieren die Vorstecherdrüse in den Hinterlappen der Hypophyse vermittels Laserstrahlen... Vollständig schmerzlos! Aber das ist Ihnen doch sicher schon alles bekannt? - Doch halt, da habe ich doch ein Dackelchen gesehen, so ein kleines Dackelchen..., das wird Ihnen Professor Blinkmann besser mitteilen als ich. Er verbringt ja seine Morgenstunden immer im Hundezwinger, um die stärksten Rüden - natürlich nur beste italienische Importware - auf ihre Vorstecherdrüse zu prüfen und moralisch für die Operation vorzubereiten."

In diesem Augenblick öffnete sich die Türe zum Behandlungsraum, und der so attraktiv vertrauenerweckende, ebenso menschlich wie sympathisch aussehende Professor Blinkmann, das große Vorbild der Ärzteschaft, begrüßte in der ihn auszeichnenden, einnehmend-charmanten Art den Kardinal, von dessen Ankunft und Besuch er bereits über Telefon, Telefax und Rauminterpolant informiert worden war. Aus dem Konsultationsraum strömte wundersamer Parfümduft, der sich mit anmutig-weiblichen Lauten zu jenem Blumen- und Blütenstrauß vermischte, der den Reiz der noch nicht emanzipierten Frau ausmacht. Allerdings war von dieser nichts zu sehen. Nach erfolgter, andachtsvoller, ehrfurchterheischender Begrüßung, die Runzelfroh ebenso respektvoll zurückgab, bat ihn Professor Blinkmann in sein Privatissimum mit herrlichem Blick auf Weißwaldwälder, Tannen und grasende Rehe. Nachdem er Eminenz höflichst auf den Patientenliegestuhl eskortiert hatte, erkundigte er sich diskret nach dem Befinden des Kardinals, selbstredend in der Annahme, dieser suche bei ihm Genesung und Heilung von lästigen vermutlichen Altersgebrechen. So war er nicht wenig erstaunt, das eigentliche Anliegen Runzelfrohs zu hören, betätigte aber umgehend seinen Monitor „Hundeabteilung“ und wandte sich dann mit etwas leidvoll-verhärmtem Mundwinkel an den Kardinal: „Mein hochverehrter Herr Kardinal, Sie erweisen unserem Haus und meiner bescheidenen Person ungewöhnliche Ehre. Vergessen wir nicht, daß Sie sich in unserem Gästebuch eintragen, in dem sich auch der berühmte Philosoph Seichdegger mit einigen bedeutsamen Zeilen wirklich verewigt hat. Eben der Seichdegger, der seinerzeit zu den wenigen von der Gestapo zugelassenen Widerstandskämpfern gehörte. Er war uns ein regelmäßiger, treuer Gast, und seine bei uns gehaltenen Vorträge und Seminare wurden ja vor kurzem unter dem Namen „Weißwälder Klinikgespräche“ erfolgreich publiziert. Er hat sich bei uns mit folgenden Worten im Gästebuch unsterblich gemacht, die ich auswendig im Herzen bewahre: ‘Das Bei-sich-Sein ist fragendes Denken, fragendes Denken ist Bei-sich-beisammen-Sein, Sein Bei-sich-beisammen-Sein ist bei sich fragendes Beisammen-Sein, wie bei sich fragendes Beisammen-Sein bei sich fragendes Beisammen-Sein ist’“, schloß Blinkmann und fuhr fort: „Ja, dieses nur scheinbar komplizierte Satzgebilde ist dem einmal sich besinnenden Denken so einleuchtend, daß ich es jederzeit und sofort wiedergeben kann. Ich wende es als eine Art Mantram an, seine beruhigende Wirkung vor operativen Eingriffen, aber auch vor dem Einschlafen, habe ich oft erprobt: ‘Das Bei-sich-beisammen-Sein...’ - Aber zurück zu Ihrem Hund“, unterbrach Professor Blinkmann sein Mantram, „ist es überhaupt Ihr Hund? Sind nicht alle Hunde Gemeinschaftsgut? Wie kämen wir und zahlreiche Universitätskliniken im In- und Ausland sonst dazu, sie aus Italien zu beziehen? Wir benötigen im Monat an die fünfzig Stück, der Bedarf der anderen Kliniken ist um vieles größer. Aber lassen wir die Besitzfrage außer acht, selbstverständlich werde ich mich nicht mit einer Persönlichkeit wie Ihnen auf das juristische Hundeparkett begeben. Nein, das steht uns nicht an. Was würde die Presse dazu sagen, der Klerus ist mir interkonzeptionell heilig, heilig! Nichtsdestoweniger hätte ich Sie um einen Nachweis Ihres Besitzrechtes bitten können, aber auch davon will ich Ihnen zuliebe absehen. Sie sind uns doch ein Fürsprecher im Himmel, sozusagen vom Allerhöchsten gesandt... Deshalb will ich es kurz machen. Selbstverständlich werden Sie doch Gast an unserer bescheidenen Abendmahlzeit sein?“ Schon hatte er einen Telefonhörer ergriffen: „Schwester Hildegunde, - bitte ein Gedeck mehr heute abend. Nein, es ist nicht zu berechnen, der Kardinal ist doch unser Gast.“ Und sich wieder an Runzelfroh wendend: „Ja, verehrte Hochwürden, Ihr Dackelchen ist vor kurzem operiert worden. Ich spreche ganz offen mit Ihnen, - seine Vorstecherdrüse, die ungewöhnlich vital und groß war, aber weder hypertrophiert noch bindegewebsentartet, wurde reizlos entfernt und geteilt. Einen Teil erhielt der ehemalige US-Präsident Cartoon, den anderen unser hochverehrter 132jähriger Pong Chen Führer Sabbaibn Sabba. Beide Herren haben die Einpflanzung bestens überstanden, auch Ihr Hundchen lebt, allerdings ist es nicht mehr als unbedingt potent anzusehen..., Sie verstehen?“

„Er lebt?“ rief Runzelfroh erleichtert aus - nur mit Anspannung seines Tugendkodex hatte er die langen Darlegungen des Professors ertragen können. „Wann werde ich ihn wiedersehen?“

„Sogleich, sogleich, Hochwürden, aber gestatten Sie die vielleicht etwas indiskrete Frage: Ist Ihr Hund kassenärztlich versichert, um die Operationskosten zu tilgen?“

Beschämt verneinte der Kardinal, gab jedoch sein Wort, die Kosten selber zu tragen. Daraufhin ergriff Professor Blinkmann wieder den Telefonhörer: „Bitte Hundeabteilung, Hundewärter Canaillon, - hallo, Canaillon? Kostenfrage ist geklärt. Bringen Sie den besagten Dackel in mein Zimmer. Keine Nachblutung? Kräftig gefressen? Gut, alles bestens, ja - ein intelligentes Tier, ein sehr intelligentes Tier.“

Die Doppeltüren öffneten sich: Und da war er schon! Als ob er die gelegentlich weihrauchumduftende Anwesenheit seines Herrn schon gewittert hätte, sprang Rasputin laut kläffend und jaulend Runzelfroh in die Arme, der, alle kirchlichen Würden mißachtend, ihn an sich drückte: „Mein Rasputinchen, mein Pinipinchen“, stammelte Runzelfroh, „da habe ich dich wieder!“ Er preßte das Dackelchen an die Brust, das vor Winseln und Schwanzwedeln ganz außer sich war.

„Ein Herz und eine Seele“, kommentierte Professor Blinkmann, und wie sollte Runzelfroh anders antworten als: „Es geht nichts über die Zuverlässigkeit der Weißwaldklinik im Dienste des Nächsten, damit der Menschheit.“

Auf das Abendbrot, Gästebuch und geselliges Beisammensein verzichtend, sauste er wenig später an Hugins und Mugins Beine geklammert durch die Luft, während Rasputin als Ehreninvalide auf dem Nacken Hugins Platz nehmen durfte.

XXV. Kapitel: Rückkehr des Kardinals und neue Reisevorbereitungen

„Plumps“, da hatten Hugin und Mugin schon den Kardinal und Rasputin auf Rumpelmausers Couch fallen gelassen. Von dem schnellen Flug durch die kalte Luft noch etwas verwirrt, setzte Runzelfroh seinen Hut wieder zurecht, Rasputin schüttelte sich und eilte schnell in die ihm vertraute Ecke hinter dem Plüschvorhang. „Mein lieber, lieber Runzelfroh“, umarmte ihn Wotan, der soeben noch von düsteren Gedanken umwölkt am Telefon gesessen, aber sofort aufgesprungen war, als der Kardinal aus der Luft auf die Couch fiel. „Berichte, erzähle, - was ist dir alles passiert? Frey von Skrupel hat mir den Detektor entwendet, und ich bin eben erst von Barbarossa angerufen worden, daß er sich bei ihm im Kyffhäuser in Sicherheit befindet. So konnte ich dein Ergehen nicht direkt verfolgen... Erst Hugin und Mugin hatten dich dann in Rom aufgespürt.“

„Ich brauche erst einmal eine Tasse Tee, vielleicht sogar zwei, der Flug war ziemlich anstrengend. Du kannst dir denken, daß es in meinem vorgerückten Alter nicht so einfach ist, sich ein halbe Stunde oder länger freischwebend in der Luft an vier Rabenbeinen festzuhalten.“

„Tee, - natürlich...“, da war schon Lizzie mit ihrem adretten Schürzchen und weißen Häubchen herbeigesprungen, um gleich wieder, nachdem ihr Wotan Order erteilt hatte, fortzueilen und wenig später mit der Silberkanne und frisch aufgebrühtem Darjeeling First Flush wieder zu erscheinen. „Und wie steht es mit etwas Toast und Butter, verehrte Eminenz?“ insistierte sie, possierlich schwanzklopfend.

„Wenn es nicht zuviel Arbeit macht, liebes Fräulein Katze, wäre ich Ihnen in der Tat für diese Labung sehr dankbar.“

Sofort war Lizzie wieder türwärts verschwunden, und Runzelfroh betrachtete seinen Freund Wotan inzwischen kritisch, fragte ihn: „Du siehst besorgt aus, - wie steht es bei Professor X? Was gibt es Neues? Berichte, bevor ich dir von meinem Papstbesuch erzähle, der, wie ich schon vorwegnehmen kann, ganz erfolglos verlaufen ist.“

„Ich kann es kurz zusammenfassen“, antwortete Rumpelmauser, „der Universaldetektor ist - wie ich schon erwähnte - bei Barbarossa. Da wir seit urgermanischen Zeiten befreundet und verschwägert sind, - er heiratete in 53ter Generation eine Enkelin meiner Frau Maya -, wird er ihn mir zurückerstatten.“

„Ah, Gott sei Lob in alle Ewigkeit, Amen“, rief Runzelfroh erleichtert aus, „jedenfalls nicht im Besitz des Physikers!“

„Nein, dein Gott oder meine Götter haben es nicht zugelassen.“

„Die Vorsehung, die Vorsehung hat eingegriffen“, ereiferte sich Runzelfroh.

„Ein Polizist hat den Theobald vorübergehend festgenommen, und Barbarossa hat den Detektor konfisziert. Aber soeben habe ich mit dem Kyffhäuser telefoniert. Es sieht noch sehr schlimm aus. Frey von Skrupel ist in Schrödingers Katzenkäfig eingesperrt, Professor X hat das Antigraviton an die neo-faschistischen Sowjets verkauft, - aber einer seiner Assistenten hat aus Versehen den russischen Hubschrauber in die Luft gehen lassen. Drei hohe Offiziere entschwebten und sind noch nicht wieder aufgebracht worden. Einer rettete sich und konferiert mit dem Physiker. Wenn das Antigraviton in den Besitz einer einzigen Weltmacht gelangt, sind wir geliefert, - oder kommen unter die neo-narzistische Knute. Was sollen wir tun? Maya rechnet mit dem Weltuntergang und ist eifrig damit beschäftigt, unsere Brut in Pflanzen zu verwandeln. Das hat ja alles schon die Edda vorausgesagt!“

„Auch die Apokalypse in Verbindung mit dem Jüngsten Gericht, das gab es noch nicht zu deiner Zeit. Aber alles das ist jetzt zweitrangig, und es gibt nur noch eine Möglichkeit, wir müssen eine UNO-Generalversammlung vermittels des Roten Telefons einberufen, die UNO muß eingreifen. Wir müssen beide nach New York, und zwar sofort. Vielleicht kann eine Friedenstruppe das Schlimmste verhindern.“

„Die UNO?“ lachte Wotan ironisch. „Das ist doch eine internationale Mafia von totalen Versagern und Gehaltsempfängern! Denk' nur an die zahllosen Bürgerkriege überall in der Welt. Aber dir zuliebe will ich es versuchen.“ Und Rumpelmauser ging an das Rote Telefon, das vermittels einer automatisch einsetzenden Sirene in Minutenfrist zu einer Generalversammlung zusammenrief, - soweit die Abgeordneten sich zufällig in New York aufhielten. Aber bevor noch Rumpelmauser das Alarmzeichen durchgeben konnte, klopfte es erst diskret, dann eindeutig an die Türe. Den Universaldetektor in den Pfoten trat Lizzie ein. „Herr Präsident, Herr Kardinal, der Detektor wurde eben von einem Schutzmann abgegeben."

„Da können wir ja gerade noch einmal nachsehen, wie weit es bis zur endgültigen Katastrophe ist", rief Wotan erfreut aus und stellte den Detektor auf das hübsche Mahagonitischchen, - englische Fabrikation, Georg III. -, um ihn sofort einzuschalten. „Ah...", spöttelte Runzelfroh, „da sind ja meine Freunde, die Gelben! Der Bürstenhaarige an der Spitze, der erst vor ein paar Stunden in Rom die Regenröhre herunterkletterte! Und da, - Wotan, sieh mal, die ganzen nach symbolischer Haft entlassenen Blockheads und Terroristen aller Couleurs! Wie sie sich harmonisch zum Schlagabtausch zusammenfinden! Vor dem Atom-Institut!"

„Sieh doch mal genauer hin, Runzelfroh", unterbrach ihn Wotan. „Vor dem Institut steht doch unsere Sicherheitspolizei, Barbarossas Euro-Volksmannen patrouillieren in dichten Reihen... Und da liegen die Trümmer des neo-sowjetischen Hubschraubers... Ich stell' jetzt den Detektor auf Institutsinnenraum, mal sehen, was da los ist."

Der Kardinal visierte Wotans Wunsch gemäß das Laboratorium und die umliegenden Räume an. Da saß der Physiker im Gespräch mit dem ehemaligen GUS-General, der die Armbinde mit dem Hakenkreuz trug und der bereits eine Stahlkassette auf den Tisch gestellt hatte und ganze Rollen von Goldstücken vor Professor X ausbreitete.

„Die Neo-NS-Russen kaufen das Antigraviton, das muß verhindert werden!" rief Runzelfroh.

„Solange unsere Polizei das Gebäude umstellt hat, kann es der General nicht verlassen. Wie soll er denn aus unserem Land?" beruhigte ihn Rumpelmauser. Er fuhr fort: „Aber du hast recht, hier muß die UNO eingreifen... Die arabo-serbischen Friedenstruppen mit ihrem harten Palästinenserkern haben sich doch so gut bewährt!"

„Da müssen wir sofort Hugin und Mugin besteigen, wo sind die beiden Kerle?" Der Kardinal erhob sich, noch einen Rest Tee schlürfend, und biß von dem köstlich durchgebutterten, heißen Toast ab.

Wotan eilte wieder zum Roten Telefon, schaltete ein, aber es gelang ihm wieder nicht, den ehemaligen, inzwischen 96jährigen SS-Brigade-General, den Generalsekretär der UNO, zu sprechen. Es war nur ein merkwürdiges Geschnatter zu hören. Er rief Runzelfroh herbei und hielt ihm den Hörer hin. Auch dieser vernahm nur diffuse Gespräche, als ob jemand mit Händen und Füßen rasch in das Wasser platschte. „Was ist das, was ist da schon wieder passiert?" riefen die beiden aus. „Eine Versammlung scheint stattzufinden, aber die Sprache ist unverständlich."

„Esperanto?" murmelte Rumpelmauser fragend.

„Nein, nein, das hört sich eher wie rasch gesprochenes Tibetanisch oder frühorthodoxes Kirchengriechisch an. Aber jedenfalls findet eine Versammlung statt!"

„Wir müssen sofort hin, ich rufe die Raben..., die Armen, sie schlafen gerade ihren Met-Rausch aus."

Und Wotan ging zu den beiden Vögeln, die in ihrer Spezialkiste schlaftrunken auf dem Rücken lagen und mit ausgebreiteten Flügeln schnarchten. Aber der Kardinal rief ihn wieder an den Detektor, bevor Wotan noch die beiden Raben wecken konnte.

„Sieh nur!" ereiferte sich Runzelfroh, „die Gelben und die Blockheads demonstrieren gegen die Polizei für die sofortige Befreiung des sowjetischen Generals..., allen vor an die Blockheads und der Bürstenhaarige!"

„Bei Thor und Freya, es wird Zeit, daß ich mich mit der Midgardschlange zur endgültigen Ruhe begebe... Heda, Hugin und Mugin! Macht euch bereit! Wir müssen in Sekundenschnelle zur UNO nach New York!"

Die beiden Raben erhoben sich äußerst unwillig, krächzten schimpfend herum, wurden aber friedlicher, als Wotan ihnen aus einem Holzfläschchen eine goldgelbe, das ganze Zimmer mit herrlichem Jasminduft durchziehende Flüssigkeit zu trinken gab, beide Raben sich auf diese stürzten und sich anschickten, - nachdem sie ihren Durst gestillt hatten, - wieder eines ihrer Couplets zu singen.

„Nein, nein, Schluß mit eurer Singerei, wir müssen sofort zur UNO!" donnerte Wotan.

„Und Rasputin, mein lieber Rasputin?" beklagte sich Runzelfroh, „er kann doch nicht hier bei der Katze bleiben."

„Dackelchen, komm mit, komm mit", begannen nun doch die beiden Raben auf die Melodie „Fuchs du hast die Gans gestohlen" zu improvisieren. Aber einige Knüffe Wotans brachten sie zum Schweigen, sie erhoben sich, an jedem Paar Beine hielten sich Runzelfroh und Rumpelmauser fest; Rasputin saß wieder auf einem Rücken, diesesmal auf dem Mugins. Ein ungeheuerer Knall ertönte..., die Schallmauer war dreifach durchbrochen, das Rabenpaar im Himmelsblau verschwunden.

XXVI. Kapitel: Unvorhergesehenes Ende der UNO und der Molekularpsychiatrie

Kaum hatten Hugin und Mugin mit eleganter Bremsung vermittels ihrer seit dem letzten urgermanischen Thing nicht mehr beschnittenen Krallen auf dem Hubschrauberplatz der weltbekannten Riesenzigarrenkiste in New York sich niedergelassen, kaum waren Runzelfroh, Rumpelmauser und Rasputin nach ihrer betäubenden, interkontinentale Raketen weit hinter sich lassenden Geschwindigkeit von den Rabenbeinen erlöst, sausten sie schon durch die chromblitzende Turbo-Sauganlage in den großen Sitzungssaal der Hauptversammlung herab. Rasputin, Schnauze und Kopf vorweg, fiel neben dem Präsidententhron zu Boden, der Präsident, erschrocken über diese Unterbrechung, sprang vor seinen berufsmäßig angespannten Zuhörern auf. Aber Rasputin leckte ihm schon freundlich schwanzwedelnd Schuhe und Hosen, - seit der Entfernung der Vorstecherdrüse schien er pädophile Tendenzen entwickelt zu haben, - und erst das Erscheinen so bekannter Persönlichkeiten wie Rumpelmausers und des Kardinals, ließ den Präsidenten, eben jenen besagten Greis, die Bedeutung dieses unerwarteten Besuches erraten. „Der Präsident der Universität von Pilzweiher, seine Eminenz der Kardinal Runzelfroh!“ rief er in das Mikrophon, und wie Donner schallte es aus der riesigen Aluminiumhöhle zurück. Das Plenum erhob sich und begrüßte die Abkömmlinge mit einem langgezogenen „Salaaam!“

„Was gibt uns die Ehre, nehmen Sie doch hier Platz, meine Herren, die Sitze der eben gegründeten Republiken von Papalulu und Mamabango stehen Ihnen zur Verfügung. Wir sind heute hier“, so fuhr der weißhaarige Greis fort, „mit der Weltorganisation der ‘Psychiater aller Länder, vereinigt euch’ zusammengetroffen, um über die Bedeutung von Experimenten an noch lebenden Patienten zu diskutieren und ein entsprechendes weltverbindendes Gesetz zu erlassen. Sie sehen dort den zukünftigen Nobelpreisträger, Professor Hohlmann, auf der Rednertribüne; er demonstriert gerade die hochinteressante Durchführung einer pipophisären Pipektomie... oder wie heißt dieses Organ noch?“ rief der Präsident durch das Mikrophon.

„Hypophyse“, schallte es zurück. Aber die simultan in 32 Sprachen übersetzende Maschine sprach nur arabisch und serbisch, nachdem der bekannte Massenmörder Molisopitsch Generalsekretär geworden war. Runzelfroh und Rumpelmauser sahen jetzt den ihnen schon vertrauten Hohlmann - vermittels eines automatisch die Augen umschließenden Fernglases mit 120facher Vergrößerung - und eine unter weißem Laken auf einer Bahre bauchwärts liegende Gestalt, der Hohlmann eine lange, glänzende Injektionskanüle in den Hinterkopf einführte. Der Patient wimmerte kurz auf, versuchte zu strampeln, was aber infolge seiner Fesselung nicht gelang. Das berühmte 30-Millionen-Dollar-Diaencephaloskop projizierte das Hirninnere unter das universale Weltwappen der UNO. Die rot gefärbte Hypophyse, zwischen den verschiedenen Hirnteilen eingelagert, begann sich bei Annäherung der Injektionsnadel selbständig zu bewegen; sie krümmte und streckte sich, bis die Nadel in sie eindrang und ihr eine Lösung injizierte. Das Diaencephaloskop warf die Formel auf die Projektionsfläche: „Methylparaphenylacedophiles Hyperitin“. Aber kaum hatte Hohlmann die Nadel wieder geschickt aus dem Schädel gezogen, riß sich der Kranke von den Fesseln los und brach in ein anhaltendes, nicht zu bremsendes Gelächter aus. Er lachte in den höchsten Tönen, gurgelte herab in die tiefsten Laute, kletterte die Lachtonleiter wieder nach oben, überschlug sich, kollerte nach unten, als ob er noch immer tiefere Lagen suchte. Halbartikulierte anglo-russische Worte drangen durch die Lachsalven: „Idiotenverein, Versagerversammlung!“ Die Vollversammlung brach in stürmisches Beifallklatschen aus. Schon war der Präsident der Weltorganisation für molekulare Psychiatrie die 132 Stufen zu dem anderen Präsidenten emporgeeilt, riß das Mikrophon an sich und rief: „Meine Damen und Herren, Sie haben sich von der humanen, praktisch schmerzlosen Methode überzeugt, die Hypophyse zu komprimieren. Sie haben der blitzschnellen Heilung eines seit Stalins Tod chronisch depressiven, ehemaligen GUS-, jetzt neo-sowjetischen Bürgers beigewohnt, und Sie können die Wirksamkeit der absolut humanitär eingestellten Molekularpsychiater bezeugen."

„Halt, halt!" riefen Rumpelmauser und Runzelfroh wie aus einem Mund und versuchten jetzt ihrerseits, das Mikrophon an sich zu zerren. Es entspann sich ein regelrechtes Handgemenge zwischen den beiden und dem Generalsekretär Molisopitsczh, der mit bekannter Brutalität auf den Kardinal einschlug, - während Rasputin durch einige gezielte Bisse den serbischen Kindermörder zu vorübergehendem Schweigen und Beschäftigung mit seinen Waden zwang. „Meine Damen und Herren", rief jetzt Rumpelmauser in das Mikrophon, „das Antigraviton ist erfunden, das Schicksal der Menschheit steht auf dem Spiel!" Aber das nicht endende Gelächter des Patienten, der sich inzwischen auf dem Vorführpodium herumwälzte und sich vollständig nackt gestrampelt hatte, übertönte alles. In seine Lachsalven, die jetzt mit Speichel gemischt über die Vollversammlung und 285 Molekular-Psychiater spritzten, mischten sich weitere artikulierte Laute: „Stalin ist tot, es lebe Hitler!", was die atemlos dem Experiment Hohlmanns gefolgten Psychiater und übrigen Mitglieder wieder zu anhaltendem Beifallsklatschen veranlaßte; ja, sie wollten sich erheben, um ihre berühmte Alzheimer-Hymne anzustimmen. Da aber verdunkelte sich schlagartig der ganze Saal, Nacht senkte sich auf die Vollversammlung herab, - während Rumpelmauser, Runzelfroh und Rasputin fluchtartig vermittels der Schleudersessel den Landeplatz und die schon startbereiten Raben erreichten. „Mehr Licht!" ertönte es in 32 Sprachen aus der Ferne, aber schon hatte sich die ganz und gar unerwartete Giftgaswolke auf die Versammlung gesenkt. Es war die Ansammlung von Giftgas, die dem Weltsicherheitsrat ebenso entgangen war wie den hochdotierten Spionen aller Länder einschließlich des vatikanischen Geheimdienstes. Es waren Giftgasüberbleibsel made in Germany aus der so erfolgreich durchgeführten ethnischen Säuberung Bosniens, die sich zu einer nicht gerade kleinen Wolke verdichtet hatten. Als besagte Wolke sich auf dem UNO-Gebäude niederließ, hatte das Gas sich durch Verbindung mit Kohlendioxyd bereits in seiner Zusammensetzung verändert und nur eine Verwandlung sämtlicher Teilnehmer - einschließlich der Molekularpsychiater - der Vollversammlung in Pinguine verursacht. Der einzige, der seinen menschlichen Kopf als noch zur Gattung Homo sapiens sive neandertaliensis gehörig bewahrt hatte, war Hohlmann, - aus dem schwarzen Pinguingefieder blickte sein Kopf erstaunt in die Welt. Der Verlust der 285 ethisch und international gesonnenen Psychiater, der über 500 Vertreter achtbarer Staaten durch Verwandlung in Pinguine wurde durch die sofortige Auffüllung verschiedener Zoologischer Gärten ausgeglichen, - zumal die Pinguine im Aussterben begriffen waren.

Aber halt! Der Patient, das harmlose Opfer wissenschaftlichen Stolzes, war der Verwandlung entgangen. Auf dem Podium stand er splitternackt und rief vor den aufgeregt durcheinanderhopsenden Pinguinen pausenlos: „Stalin ist tot, es lebe Hitler!“ Er war wirklich ein unnachahmliches Beispiel für die Erfolge der Molekularpsychiatrie.

XXVII. Kapitel: Letzter Besuch im quantenspiritistischen Kabinett

Während sich die Ereignisse in dieser dramatischen Weise in New York zuspitzten, verfolgten Lizzie und Aikino auf dem Schirm des Universaldetektors die Vorgänge im kernphysikalischen Institut. Mit Sehnsucht und liebesschwerem Herzen erblickten sie beide den wachsblassen Theobald in Schrödingers Käfig, - nicht ahnend, was für tiefgehende Wandlungen er in seinen merk- und denkwürdigen Erlebnissen im Zwischenbereich von Leben und Tod durchgemacht hatte, im Bardo Tödol gemäß dem Tibetanischen Totenbuch. Auch ahnten sie nicht, daß seine Blässe eher der Ausdruck von Verklärung als der der unmittelbaren Todesbedrohung war. Ja, da lag der Arme, gefesselt, durch die Maikäferlöcher seiner Kiste eher mühsam als glücklich atmend, aber über seinen die Zuschauerinnen nach wie vor stimulierenden schwarzen Bart hatte sich doch so etwas wie ein stiller Glanz verbreitet; es war zwar noch kein Heiligenschein, aber doch an diesen grenzend. Wie nur konnten sie ihn befreien? Wie in dieses Institut eindringen, das inzwischen von einer beträchtlichen Demonstration der Gelben und der Razors umringt war, die gegen einen Kordon von Polizisten sich anzustemmen begannen, so daß in Kürze das bekannte Handgemenge zwischen Recht und Unrecht eintreten mußte, - Recht und Unrecht auch hier Angelegenheit subjektiven Ermessens blieben. Die mit Leuchtfarbe bestrichenen Transparente der Blockheads forderten: „Freilassung der russischen Kunstflieger“, „Schutz der Minorität der Atomphysiker“, „Rettung des Antigravitons zum Umweltschutz“, den Transparenten „Wir wollen Hitler und das Antigraviton“, „Deutschland erwache“, war die inzwischen stattgefundene Bekanntschaft des Antigravitons zu entnehmen. Aikino und Lizzie sahen und hörten, wie der bürstenhaarige August mit großem Gejohle und Applaus auf die Schultern gehoben wurde und sich anschickte, eine seiner zündenden Ansprachen zu halten. Das jeweilige, mancherlei versprechene 'Wumm' seiner Faust sauste auf den Schädel der deutsch-national-gesinnten Mörderin des EG-Präsidenten, Charlotte Zeisig, herunter, die unter seinem Ruf: „Freiheit der Atomphysik, Freiheit der Forschung, Freiheit den großen neomarxistischen Kunstfliegern“ offenbar das Bewußtsein verloren hatte und zusammengebrochen war. Ihr Kopf wurde zwar rasch ersetzt, aber der Bürstenhaarige rieb sich das anscheinend etwas lädierte Knie, bevor er auf anderen Schultern herüberwackelte und Atem zu neuen Wahrheiten fand.

So starrten beide Mädchen - sofern Lizzie auch zu dieser Kategorie des Weiblichen zählte - gebannt auf das außerhalb des Instituts sich abspielende

Geschehen, denn inzwischen waren die Interna der Euro-Volksmannen-Polizei mobilisiert worden. Unter persönlicher Leitung von Barbarossa, der wegen des mit ihm untrennlich verbundenen Schreibtisches in einem der letzten Modelle des Leopard-Panzers anrollte, - allerdings Bart und Kopf noch außerhalb der Klappe emporhielt, - näherten sich die Insektenroboter langsam den Demonstranten. Besonders eindrucksvoll wirkte der große Skorpion, der sich jeweils auf zwei seiner mit Widerhaken bewehrten Beine hob und dabei sein mit zahlreichen Doppelreihen von Zähnen bewaffnetes Maul öffnete, den schrecklichen Schwanz mit dem ein Meter langen Giftstachel zum Schlag ausstreckte. Schon wichen die Demonstranten, Entsetzensschreie ausstoßend, vor den menschengroßen Wespen und Ameisen zurück, die sich steif im klassischen deutschen Paradeschritt näherten. Schon wankten die Transparente, geriet August immer mehr in Schaukeln und Wackeln, bis sich endlich alle im Aufschrei fanden: „Zu Hilfe! Rotes Kreuz! Humanitäre Hilfe! Wir brauchen Care-Pakete!", und dieser Schrei eine gewisse Wirkung auf die heranmarschierenden Großinsekten nicht verfehlte. Da diese offenbar nur „Kreuz" verstanden und das entweder mit der herrschenden konservativen Partei in Verbindung brachten oder als eine Art ungetaufter Dämonen das Kreuz überhaupt scheuten, - kurzum, der friderizianische Stechschritt fiel in sich zusammen, der Skorpion holte seinen Giftstachel ein, und erst das Erscheinen Barbarossas im Leoparden, der jetzt einen Lautsprecher in der Hand hielt, aus dem er einige markige Befehle donnerte, brachte wieder Zucht und Ordnung in die weichende Phalanx. Vor dieser hatten sich jedoch schon einige im Klettern bewährte Akteure an die Fenster des Instituts herangemacht und diese - obwohl strahlensicher gepolstert - geknackt, um sich dort oben in Sicherheit zu bringen. Sie schienen selbst den Schrödingerschen Käfig einer Begegnung mit dem Riesenskorpion oder den Wespen zu bevorzugen. „Schnell, Aikino - schnell, da sind einige Fenster auf, jetzt kommen wir in das Institut hinein!" miaute Lizzie, sprang mit Aikino in die Garderobe und griff nach dem Hintersitz der immer startbereiten Honda (8 Zylinder!) des Universitätspräsidenten. Kühn, mit aufgestellten Schnurrhaaren, steuerte Lizzie über Bürgersteige, über Rotlicht und gesperrte Kreuzungen, Aikino unerschütterlich auf dem Hintersitz. Schon waren sie inmitten der sich auflösenden Demonstration und bremsten aufheulend und aufquietschend direkt vor dem Institutsgebäude. Lizzie reichte Aikino ihren Schwanz und zog sie als bewährte Fassadenkletterin hinter sich hoch. Ein Stoß mit dem Kopf: Das angeknackste Fenster flog auf, - sie waren im Sekretariat. Aber - oh weh! Da lag Fräulein Gillich auf dem Boden und zeigte Goldplomben und jungfräuliche Schenkel..., stumm..., steif..., ohnmächtig? Tot? Ja, was zuviel ist, ist zuviel, spricht die Volksweisheit. Aikino beugte sich über die Dahinschmachtende, fühlte erfolglos Herzschlag und Puls. Lizzie aber rüttelte vergeblich an der Türe, - sie waren gefangen! Wieder zum Fenster hinaus? Wieder auf die Straße? Dort unten hatte inzwischen reguläre Polizei Stellung bezogen, Barbarossas Leopard stand unmittelbar vor dem Institutseingang! Nur durch die Innentüre ging es weiter, und zweifellos ging es nur über Fräulein Gillich durch diese Türe...

In dieser beklemmenden Situation und nicht zuletzt zum Schutz vor der Befreiung durch die Demonstranten hatten sich der General und Professor X in das berühmte Kabinett zurückgezogen, das dem quantenphysikalischen Spiritismus diente. Professor X hatte bereits einen ganz unmodernen Ledersack mit einer Million Goldrubelchen geschultert, träumte von einem Landsitz an der Côte d'Azur oder den Balearen (Vermittlung durch Sotheby) und bot sich in überschwenglicher Geberlaune an, einige Landflecken oder Dörfer der unmittelbaren Nachbarschaft - einschließlich des Viehbestandes, der Getreide- und Kartoffelsilos - zu Demonstrationszwecken mit dem Antigraviton in die Luft gehen zu lassen, ja, sogar den ganzen ihm so verhaßten nordamerikanischen Kontinent, - um damit den düsteren Ahnungen Mayas und ihrer zeitentsprechenden Säuglingsverwandlung recht zu geben. Aber der General, der den zukünftigen Verteidigungsminister und das inzwischen voll hitlerisierte Polit-Büro fürchten mußte, lehnte lachend ab, schlug seine Pranke dem einknickenden Professor auf die Schulter, und noch immer lachend spülte er das Innere seiner gesunden Pausbacke mit einem tüchtigen Schluck Whisky aus. Nichtsdestoweniger betrachtete er die geheimnisvollen Apparaturen, Schalttafeln und Computer des Kabinetts interessiert, so daß der Nobelpreisträger in unveränderter Geber-Stimmung ihm anbot, Einstein oder andere verstorbene Größen - nicht nur der Physik, sondern z. B. Hitler, Mussolini oder auch Marx persönlich - erscheinen zu lassen, vom Zaren und Kaiser Wilhelm ganz abgesehen: „Wie wäre es mit Lenin, Herr General, Väterchen Hitler, oder wollen wir uns nur an die großen Physiker halten?"

„Du glaubst an Unsterblichkeit, Volksgenosse Physiker? Hat du nicht Büchner und Moleschott gelesen?"

„Das ist keine Unsterblichkeit, General", erwiderte der Profillose, „sondern eine quantenmechanische, gegen den zweiten thermodynamischen Hauptsatz gerichtete Reunifizierung der im Tod sich auflösenden Quanten zu einem Scheinkörper. Natürlich ist es nicht der wirkliche Hitler oder Einstein, sondern nur ihre Quanten, einschließlich ihrer gewichtigen F-3-Super-Quarks und schweren Fermionen."

„Oh, Volksgenosse Physiker - überraschen Sie mich. Sie werden Präsident der obersten physikalischen Akademie, und Sie werden ein eigenes mongolisches Superinstitut erhalten, - wenn Sie Lenin oder Hitler erscheinen lassen! Ha..., ha..., ha!" Und er schüttelte sich vor Lachen, um in der bekannten russisch-herzhaften Weise sich auf die Schenkel zu schlagen.

„Dann nehmen Sie bitte hier an diesem Tisch Platz. Ich benötige nur meine beiden Assistenten zu diesem Zweck." Professor X bediente einen der zahllosen Knöpfe der rechten Schalttafel, schon sausten Klaus und Wilhelm auf dem bekannten Lichtstrahl - mit dem Kopf vorneweg - in das Kabinett. Sie sprangen auf und nahmen sofort militärische Haltung an. Professor X redete sie an: „Meine Herren, Sie wissen ja Bescheid, es soll zuerst Lenin quantenphysikalisch rekonstituiert werden, aber auch Stalin und Einstein sind erwünscht. Was ist aus der psychoanalytischen Behandlung von Kaiser Wilhelm durch Freud geworden? Haben Sie neue Nachrichten von da drüben?"

„Äh - äh", stotterte Wilhelm, „ja, Freud hat den Kaiser vergeblich vor einem Weltkrieg gewarnt. Seine Todestriebhypothese stand ihm im Weg. Das wurde ihm von Kaiser Wilhelm entgegengehalten, der sich damit als überzeugter Anhänger der Todestriebhypothese kundgab."

„Ja, ja", sinnierte Professor X vor sich hin, „als wir seinerzeit Hitler zitierten, hat der auch behauptet, im Grunde genommen Freudianer zu sein. Und er hätte nur das in die Praxis umgesetzt, was Freud in 'Jenseits des Lustprinzips' behauptet hätte. Aber lassen wir das. Lenin hat sich von solchen undialektischen Theorien immer ferngehalten. Also, meine Herren... Lenin!"

Sofort begann das gleiche Schalten, Drücken und Schieben von Knöpfen und Hebeln, Aufleuchten von Kontrollampen, Aufglühen und Aufknistern von Quantenspiralen, das Aufzischen gelbgrüner Blitze. „Hier", rief Professor X, „die Formel für Lenin, setzen Sie sie bitte in den Computer ein, nicht in den rechten, sondern in den zweiten geradeaus."

Während die beiden Assistenten zwischen Blitzen hin- und hersprangen, klärte der Nobelpreisträger den General anhand eines Taschencomputers auf, daß er über hundert Formeln bekannter Verstorbener in mühseliger Arbeit entwickelt hatte, die, computerisiert, eben den Verstorbenen quantenphysikalisch rematerialisierten. Der außerordentlich überraschte General hatte inzwischen schon über die Hälfte der Whiskyflasche geleert. Da: ein Blitz, ein Knall! Die thermodynamische Schranke war durchbrochen, für einige Millisekunden erloschen die Kontrollampen: Da stand Kaiser Wilhelm in voller Paradeuniform, mit gewichstem Schnurrbart und der von dem goldenen Reichsadler gekrönten Pickelhaube im Kabinett. „Lenin, Lenin!" schlug der Nobelpreisträger ärgerlich seine Prothese auf den Tisch. „Haben Sie anstatt der R-256 die R-355 computerisiert? Sie Hornochse!" Schon wollte Kaiser Wilhelm seine berühmte Rede über die gelbe Gefahr fortsetzen, als er den General sah, der, halb ohnmächtig vor Schreck, im Begriff war, unter den Tisch zu rutschen. Denn Kaiser Wilhelm hielt ihn für den letzten Zaren. „Nikolaus!" rief Kaiser Wilhelm entzückt aus. „Mein teurer Vetter Nikolaus... Haben sie dich auch thermodynamisch materialisiert? Du siehst aber ganz anders aus als drüben... Bist du's wirklich?" Aber eine kurze Drehung an dem zweiten, mittleren Computer geradeaus, - und schon hatte sich der Kaiser in Photone und Quarks aufgelöst. „Nummer R-256, Lenin", befahl der Physiker erneut. Dann aber bemerkte er den kritischen Zustand seines Gastes, der inzwischen fast unter dem Experimentiertisch und dem Podium für Verstorbene verschwunden war. Sein Kopf und die prunkschwere Generalsmütze waren bereits auf den Boden geglitten, er hing zwar noch über dem Stuhlsitz, aber röchelte bereits bedenklich. „Ein Arzt, ein Arzt!" pfiff Professor X zwischen seinen Lippen hervor. „Holen Sie einen Arzt... Der General darf uns hier nicht sterben, sonst wird unser Geschäft annulliert. Holt einen Arzt! Morphium!"

„Sollen wir Dr. Frey von Skrupel holen, er ist doch nebenan in der Blackbox?"

„Holen Sie ihn, holen Sie ihn... Wir können ihn ja nachher wieder einsperren."

Klaus sprang auf und eilte in das Nebenzimmer, aber noch an der Türschwelle hielt ihn ein ungewöhnlich dröhnender Donnerschlag zurück: Von weißem Licht umzuckt, hatte sich Einstein materialisiert, den gerade der Assistent Wilhelm zur Einkörperung gezwungen hatte. Mit leichtbeschwingtem Schritt, die Brille auf der Nase etwas zurechtrückend, trat er in flatterndem, offenbar im Jenseits von der Stange gekauften Anzug auf Professor X zu und nahm dessen vor Schreck fast erstarrten Prothesen das Antigraviton einfach weg: „Herr Kollege", sagte er freundlich lächelnd, „Sie haben genug Unsinn mit diesem Apparat getrieben. Gestatten Sie mir, daß ich ihn umpole." Und über dem röchelnden General und dem Profillosen schwebend, betätigte er die Schaltung des Antigraviton. In der rechten oberen Ecke des Kabinetts erschien jetzt schwach erleuchtet die Büste Niels Bohrs: „Achtung, Albert, nicht die Relativitätstheorie ist vollständig, sondern die Quantentheorie."

„Du hast recht, Niels, die Relativitätstheorie ist eben nur relativ, die Quantentheorie aber absolut", gab Einstein zu und händigte, während er sich in einem zarten elektronischen Funkenflug auflöste, das Antigraviton dem Profillosen wieder aus. In dem Funkenschwarm ertönte seine angenehm-warme Stimme: „Passen Sie auf, Herr Kollege, die Schwerkraft wird nicht mehr aufgehoben, aber die Zeit ist umgepolt! Lesen Sie den berühmten Roman von H. G. Wells über die Zeitmaschine, bevor Sie weiteren Unfug treiben!"

Ein Blitz..., ein Knall, und Einstein war wieder jenseits der zwölffachen Schallmauer im Bardo Tödol entschwunden. Die Anwesenden, einschließlich des Nobelpreisträgers, waren sprachlos vor Staunen, - wenn nicht das immer lautere Röcheln und jetzt auch von Erbrechen begleitete Stöhnen des Generals den an der Türe stehen gebliebenen Klaus bewogen hätte, schnellstens zur Blackbox zu eilen.

Aber er kam zu spät. Inzwischen war es Lizzie und Aikino geglückt, Fräulein Gillich mit dem bewährten Coca Cola aus ihrem doch nur vorübergehenden Schock zu erwecken, ihr die Sachlage zu erklären und sie zu veranlassen, die Türe zum Laboratorium zu öffnen. Aikino hatte schon den Deckel zur Blackbox angehoben, als Lizzie mit elegantem Sprung herabsauste, die Fesseln durchbiß und den mit großen Augen Träumenden aufrichtete, nachdem sie hinter seinen Rücken geklettert war und ihn anschob, Aikino Theobald von oben zog. So war es beiden Damen gelungen, den Halbbetäubten in den Laborraum zu befördern. Als Klaus in diesen stürzte, hatte sich Theobald, erschöpft von seinem Aufenthalt im Zwischen von Leben und Tod, auf einen der milchweißen chromledernen Stühle niedergelassen. Mit einem Pappmodell des zukünftigen Wohn- und Praxishäuschens wedelte ihm Aikino Luft zu, Lizzie tat desgleichen mit ihrem schon in mancherlei Aktivitäten bewährten Schwanz.

„Was gibt es, was ist hier los?" fragte Theobald den atemlosen Klaus, mit dem er früher nicht auf schlechtestem Fuß gestanden hatte. Der sprudelte hervor: Der General sei kollabiert, Einstein sei erschienen, habe das Antigraviton in eine Zeitmaschine umfunktioniert... Er, Theobald, müsse sofort Samariterdienste leisten, der Chef habe gesagt, daß er allerdings anschließend wieder in die Blackbox müßte...

Da erhob sich Theobald trotz aller Ermattung wie ein Mann:

„Mit Ihnen, Ihrem Chef und dem Antigraviton will ich nichts mehr zu tun haben. Sie haben die Grenze zwischen Wissenschaft und Mord überschritten, ich habe dazu beigetragen. Ich werde nicht mehr kooperieren, und auf meinen Lehrstuhl pfeife ich!"

„Bravo, Geliebter, du Held, du wahrer, einziger Siegfried!" Damit warfen sich ihm Aikino und Lizzie um den Hals. Aber da besann sich Theobald eines anderen. Er setzte sich wieder, sah den erstaunt-bestürzten Klaus ernst an und sagte: „Bringen sie mir erst das Antigraviton, dann werde ich dem Russen helfen!"

Klaus eilte wieder davon - denn wozu sollte jetzt das Antigraviton noch von Nutzen sein? Wenige Sekunden später war er wieder zurück, widerstandslos hatte ihm der Profillose das ehemalige Antigraviton überlassen. „Ein Kinderspielzeug, nehmen Sie es mit", hatte Professor X nur schwach gemurmelt. „Einstein hat es mir zerstört..."

„Die Zeit wird jetzt für den, den der ausgesandte Strahl trifft, umgekehrt", erklärte Klaus dem aufmerkenden Theobald.

„Gut! Folgen Sie mir unauffällig", wandte sich der mehr und mehr männlich entschlossene Theobald an die beiden Damen und den Assistenten.

„Theobald, du Supermann!" rief Aikino begeistert.

„Nein, der wiedererstandene Siegfried", miaute Lizzie. (Ach, sie konnte das Siegfriedmotiv nicht miauen!)

„Und bist du, Lizzie, die Walküre?" konnte sich Aikino einer spöttischen Bemerkung nicht enthalten.

„Nein, ich bin Kundry...!" schlug Lizzie zurück, als sie bereits in dem quantenspiritistischen Kabinett standen. Dort erblickten sie als erstes den gebrochen, mit aufgestützten Prothesen an seinem Tisch sitzenden Professor X; zu seinen Füßen, nur undeutlich erkennbar, röchelte der General. Der Lederbeutel mit einer Million Goldrubelchen hatte sich über den ganzen Fußboden entleert.

„Ihre Zeit ist gekommen, Professor X!" richtete Theobald das ehemalige Antigraviton auf ihn, während unter leichtem Funkenzucken und Blitzen oberhalb der schwarzen Fenstervorhänge die neugierigen, sich schelmisch zuzwinkernden, aber gipsweißen Gesichter von Einstein und Niels Bohr einen Augenblick auftauchten.

„Aber lassen Sie doch diesen Unsinn, Herr Frey von Skrupel, Sie werden doch Ihren Lehrstuhl und Ihre akademische Karriere nicht aufs Spiel setzen!" knarrte der Nobelpreisträger.

„Ich pfeife auf die Karriere!" Theobald drückte einen fingergerechten Knopf an dem ehemaligen Antigraviton, ein violett schwingender Strahl fiel auf den Nobelpreisträger. Ein grüner Blitz zuckte auf, und anstelle von Professor X erhob sich ein gewaltiger vorsintflutlicher Tyrannosaurus. Auf dem langen Schlangenhals schwankte der kleine Kopf mit den schrecklichen Zähnen, der fast an die Decke des Kabinetts stieß. Die mächtigen, schuppigen Vorderbeine reichten an das eine Ende des Kabinetts, die kleinen Hinterfüße berührten die Eingangstüre, unter seinem wabbeligen Bauch hatte gerade der Tisch und der unter diesem liegende General Platz. Das Ungeheuer tappte schon bedrohlich umher und suchte einen Ausgang. Dann drückte er die Türe mit einem gewaltigen Tritt des Vorderfußes krachend ein und entschwand im Nebenraum, aus dem nur der gellende Schrei von Fräulein Gillich verriet, daß der Tyrannosaurus im Begriff war, das Institut ordnungsgemäß durch den Hauptausgang zu verlassen, - des Schlüssels bedurfte es allerdings nicht mehr. Da er anscheinend noch über menschliches Orientierungsvermögen verfügte, schleppte er ampelgerecht seinen unförmigen Leib durch die Straßen, erregte kurzfristiges Aufsehen, aber an mancherlei Ungeheuerlichkeiten gewöhnt, sahen die Zeitgenossen ihm eher erstaunt nach und hielten es für den neuesten Werbeslogan der Bauernpartei.

Der Tyrannosaurus eilte spornstreichs zu Dr. Fallstricks Villa und betätigte den Klingelknopf mit seinem rechten Vorderbein, brachte allerdings dabei einen Teil der Hausmauer fast zum Einsturz, wobei er auch die Alarmanlage auslöste. Dr. Fallstrick unterbrach die Behandlungsstunde - der Patient war gerade dabei, seine Reinlichkeitserziehung zum 32. Male zu wiederholen und konnte seinen Satz: „Als mein Kinderkackwürstchen..." zu seinem Leidwesen nicht beenden, denn der Therapeut stürzte die Treppe herunter zum Hauseingang. Und stürzte beim Anblick des riesigen Ungeheuers ebenso wieder zurück. „Das habe ich doch alles vorausgeträumt", rief Fallstrick, „heute nacht sah ich dieses Untier. Es weinte Tränen an der Eingangstüre, weil ich abwesend war. Das war nur meine Gegenübertragung. Aber man kann eben nicht alle Patienten annehmen, nicht einmal Privatpatienten, wenn sie ein bestimmtes Alter überschritten haben. Nein, dieser Typ ist zu alt. Ich werde ihn nach Schottland an meinen Kollegen Macintosh überweisen, der seine Bonbonfabrik neben dem Loch Ness betreibt. Dort ist er gut untergebracht und kann sein derzeitiges vorsintflutliches Regressionsstadium überwinden und ein vernünftiger, angepaßter Bürger werden", dozierte der Doktor vor sich hin, indem er die Treppe hinaufeilte, um die jüngste ADAC-Straßenkarte zu holen. „Das hätte selbst Freud noch in Erstaunen versetzt", fuhr er fort, mit der Karte in der Hand die Treppe wieder hinuntereilend. Der in Therapie befindliche Patient hatte sich geradezu an seine Rockschöße geklammert, um endlich zum 32. Male den seine Reinlichkeitserziehung betreffenden Satz zu Ende zu bringen. Aber er gelangte diesmal sogar nur bis zu „Kinderkack...". Fallstrick, bereits im Hauseingang angelangt, überreichte dem Saurier die ADAC-Straßenkarte mitsamt einem in Windeseile abgefaßten Überweisungsbericht an seinen Kollegen Macintosh. Da er nicht bis zu den Augen des Untiers gelangte, - das sich inzwischen ganz artig und erwartungsvoll wie ein ausgewachsener Hase auf die Hinterpfoten gesetzt hatte -, bat er um eine Stehleiter, die ihm seine Frau und der Patient aufstellten, wobei der Patient wiederum den vergeblichen Versuch unternahm, seinen die Reinlichkeitserziehung betreffenden Satz abzuschließen. Dr. Fallstrick hielt - bewundernswert unerschrocken - die Straßenkarte und den Überweisungsbrief in direkte Nähe des schrecklich grinsenden Gebisses, - der Saurier versuchte ihm vermittels seiner Zunge jedoch verständlich zu machen, daß er kurzsichtig sei und Fallstrick doch bitte beide Objekte unmittelbar vor seine grünlich schimmernden Augen halten möge. Zu seinem Erstaunen vermochte das Monster einige menschliche Worte zu lallen: „Lieber Dr. Fallstrick, ich bin doch Ihr Patient, der berühmte Nobelpreisträger. Ich würde mich lieber bei Ihnen als in Schottland behandeln lassen. Aber lassen Sie mich doch einige Tulpen, Rosen und ein wenig Gras in Ihrem Garten raufen; auf Fleisch, insbesondere auf Menschenfleisch, das es zu meiner Zeit noch nicht gab, steht mein Appetit nicht."

„Ja, Balduin, laß ihn Gras fressen, aber daß er mir nicht an die Tulpen und Rosen geht! Sonst hole ich die Feuerwehr", rief die Frau des Psychoanalytikers, die wohl an mancherlei Schrecken im Verlauf ihres Lebens sich gewöhnt hatte. Vermittels seines Schwanzes, den der Tyrannosaurus vorsichtig nach vorne reckte, dabei noch einige Dachziegel abstreifte, ohne glücklicherweise jemanden zu beschädigen, steckte er das Überweisungsschreiben in eine seiner zahlreichen von Schuppen gebildeten Taschen, beugte sich darauf zum Rasen, um einige Minuten friedlich zu grasen und berücksichtigte auch sorgfältig die Blumenrabatten.

Diese Atempause benutzte der einfallsreiche Fallstrick, um die „Grünen Radler" anzurufen, er bestellte einen Transport mit der Auflage, nach Schottland zu fahren. Gesagt, getan. Kaum war der Kleintransporter angerattert, stieg alias Professor X in diesen, die ADAC-Straßenkarte wurde nebst Trinkgeld dem Fahrer ausgehändigt.

„Zum Loch Ness, zu Dr. Macintosh!" Ja, wer war denn das? Da saß ja der bürstenhaarige August am Steuer, den Fallstrick aus 2351 verflossenen Behandlungsstunden kannte. „Sie hier?" rief er, „ich dachte, Sie sitzen lebenslänglich?!"

„Oh nein, im Gegenteil! Einmal im Leben will ich mich doch gesellschaftsnützlich erweisen, damit meine 2351 Behandlungsstunden wenigstens zum Transport eines Sauriers ausgereicht haben. Und dazu noch eines ehemaligen Nobelpreisträgers!" Er gab Gas, fuhr mit aufquietschenden Rädern davon, denn der Saurier überstieg das erlaubte Ladegewicht erheblich. Fallstrick und seine Familie sahen nicht ohne menschliche Rührung dem aus dem Transportwägelchen herausschwankenden Hals samt Kopf und bleckenden Zähnen nach. Nicht ohne Rührung sahen sie, wie dem Untier einige Krokodilstränen heraustropften. „Es gibt doch unter den Nobelpreisträgern wirklich einige anständige Menschen", kommentierte die Frau des Psychoanalytikers, der jetzt seine Behandlung wieder aufnehmen und endlich dem Patienten Gelegenheit geben wollte, zum 32. Male die Einzelheiten seiner Reinlichkeitserziehung abzuschließen.

Das Loch Ness war seit Jahrzehnten wegen einem dort hausenden, nie deutlich diagnostizierten vorsintflutlichen Lebewesen nach wie vor touristischer Anziehungspunkt. Seit diesen Ereignissen beherbergt es jetzt ein echtes zweites Ungeheuer, das darüber hinaus vermittels seiner Sprachfähigkeit und eines Kurztelefons sich in täglicher psychoanalytischer Behandlung befindet. Aus diesem Grunde war es von größtem Interesse, nicht nur für die Psychoanalytiker und ihre weltumspannende Vereinigung, sondern auch für die Paläontologen, so daß sich beide Forschungszweige, die sich mit der Vergangenheit und der Tiefe befaßten, hier zu einem harmonischen Stelldichein fanden. Die Vereinigung der Nobelpreisträger versammelte sich jeweils zum Geburtstag ihres verunglückten Kollegen, den sie mit Einwurf von Blumen, Kränzen und kürzlich der Max-Planck-Medaille in das Loch Ness begingen. Letztere wurde von dem Ungeheuer verschlungen. Zu den zahlreichen Besuchern zählte auch die englische Königsfamilie, Dauergast war der japanische Kaiser. Er finanzierte die wahrhaft unendliche Analyse des Sauriers, da diese die interessanten Epochen der Erdgeschichte zur Geltung brachte. Wie weit jedoch ein so erfahrener Psychoanalytiker wie Dr. Macintosh den als Regression bezeichneten Zustand des Tyrannosaurus zu einer humanen Weiterentwicklung veranlassen wird, ist noch unentschieden. Das unbestimmte lange Lebensalter des Ungeheuers läßt befürchten, daß Dr. Macintosh seine Behandlung nicht überleben wird, - aber zahlreiche Adepten stehen schon bereit, um für die weiteren hundert Jahre die unendliche Analyse zu gewährleisten.

XXVIII. Kapitel: Ende gut, alles gut?

Dem wohlwollenden Leser soll nicht verschwiegen werden, daß in der „besten aller möglichen Welten" des berühmten Leibniz (nicht mit den gleichnamigen Keksen verwandt) Theobald in das von Aikino projektierte Heim einschließlich ärztlicher Allgemeinpraxis zog, er auch die Kassenzulassung dank der Fürsprache seines Schwiegervaters erhielt. Wie vorauserlebt, sind dem ehelichen Bund mehrere Kinder entsprossen, deren Aufsicht und Pflege - Stillen nicht einbegriffen - Lizzie übernommen hat, die sich darüber hinaus als Praxishilfe und Mädchen für alles sehr gut bewährte. Ihr anziehendes Wesen, vor allem das verführerische Klopfen mit dem Schwanz, hat nicht wenig zu der anwachsenden Zahl auch von Privatpatienten beigetragen. Freilich mag es dem einen oder anderen unangenehm sein, wenn Lizzie ihm intravenös Blut entnimmt, da Lizzie beim Anblick von Blut nicht immer gegen ihr instinktbedingtes Verhalten anzugehen vermochte und wiederholt nach abgeschlossener Blutuntersuchung heimlich auf der Toilette die Reagenzgläser ausschlürfte, ohne Rücksicht auf deren möglichen Cholesteringehalt.

Der jetzt nicht mehr Antigraviton, sondern Antitempiton benannte Apparat wurde Barbarossa übergeben, der diesen im Kyffhäuser, in einem nur ihm zugänglichen geheimen Tresor, aufbewahrt, - denn wer will schon in seine früheren Existenzformen verwandelt werden? Zumal doch selbst Einstein nicht an die Reinkarnation glaubte!

Der Kardinal Runzelfroh, dessen Verdienste um Erhaltung des Friedens jetzt auch von Hieronymus dem 85sten gebührend anerkannt wurden, hofft auf den Preis des deutschen Buchhandels, höher gehen seine Hoffnungen nicht. Gealtert ist nur Rasputin, der doch - entgegen dem Gesetz der Prognose Professor

Blinkmanns aus der Weißwaldklinik - die Entfernung seiner Vorstecherdrüse nicht problemlos überstanden und manches von seinem Charme und Witz verloren hat, sehr zum Kummer von „Herrchen".

Wotan Rumpelmauser und Frau Maya haben sich nach den Aufregungen des vorausgegangenen Berichtes ein wenig von der Welt zurückgezogen, obwohl der alterslose Präsident der Universität von Pilzweiher einstimmig für weitere 500 Jahre in seinem Amt bestätigt wurde. Maya wirkt einmal im Jahr bei den Richard-Wagner-Laienfestspielen in Bayreuth mit, um dort ihre Lieblingsrolle, die Walküre, zu intonieren, - aber auch Wotan ließ sich in seiner unveränderten Vitalität nicht davon abhalten, gelegentlich eben sich selbst zu singen. Alle Universitätsmitglieder, die allgemein für stimmbegabt galten und sich um Rollen bemühten, wurden jedoch abgewiesen, - nur der Dekan Schwanzelhuber durfte als Alberich mitwirken. Es zählt zu den Höhepunkten ihres Familienlebens, wenn Theobald, Aikino, Lizzie und die beiden ältesten Kinder Bayreuth besuchen und dort ihre Großeltern sich durch den „Ring" singen sehen. Einmalige Höhepunkte!

Aber noch einige weitere Überraschungen erwarteten unseren schwergeprüften Theobald, Freiherrn von Skrupel: Er durfte nach langen bürobedingten Bemühungen seinem Namen die ursprüngliche Form des „Freiherrn" wieder erteilen, er war somit nicht mehr der Frey von Skrupel, sondern Freiherr von Skrupel. Darüber hinaus hatte die hohe medizinische Fakultät seine früheren wissenschaftlichen Verdienste voll anerkannt und ihn ohne zusätzliche Verfahren auf den Lehrstuhl für Strahlenkunde und Molekularpsychiatrie berufen, insbesondere nachdem eine große Anzahl psychiatrischer Lehrstühle seit jenem Vorkommnis in New York bis auf weiteres vakant geblieben waren, - zur allgemeinen Erleichterung zahlloser Patienten, die notabene sich in einem „Patientenkollektiv" reorganisierten. Freilich wird unter der Hand gemunkelt, daß an der Berufung Theobalds auch dessen einflußreicher Schwiegervater Wotan nicht unwesentlich beteiligt war. Aber wir wissen ja: ohne Beziehung kein Lehrstuhl, und Theobald wäre kein Mensch, wenn er nicht diesen ehrenvollen Auftrag angenommen hätte. Es war schließlich auch im Sinne der Familienversorgung.

Und Hugin und Mugin? Was ist aus den beiden reizenden Raben geworden? Wie stets zu musikalischen Späßen aufgelegt, verabschieden sie sich von dir, geneigtem Leser, mit einem feurigen Cancan, zu dem sie das folgende Couplet singen:

„Das Anti-Anti-Tempiton,
das kommt im nächsten Band,
was Theobald dann treiben wird,
bringt dich aus Band und Rand!
Drum spähe immer eifrig aus:
Buchmesse oder Büchermarkt,
und eines Abends komm nach Haus,
den neuen Theo in der Hand!"

Dieter Wyss

Wer rettet Einstein?

Erscheinungstermnin: Herbst 1995

„Wer rettet Einstein?“ setzt die vorliegende surreale Erzählung fort. Wir begegnen außer den alten Freunden, dem Universitätspräsidenten Wotan, dem Kardinal Runzelfroh, Maya, Theobald und Lizzie, jetzt auch dem Autor, der persönlich in das Geschehen verwickelt wird. Denn mit Einsteins Antitempiton, der Apparatur der Zeitumkehr, geraten Diesseits und Jenseits in Gefahr. Ob es diesmal glimpflich ausgeht?